KB199550

특별감식관_DNA 초상 기록 No.2035-01

# 단 한 명의 조문객

**특별감식관_DNA 초상 기록 No.2035-01**
**단 한 명의 조문객**

**초판 1쇄 펴냄**  2021년 12월 15일
**초판 2쇄 펴냄**  2022년 3월 5일

**지은이**  이성탄
**발행인**  박민홍
**책임편집**  허문원
**디자인**  양동엽
**인쇄**  정아인쇄
**발행처**  그래비티북스
**등록**  2017년 10월 31일 (제2017-000220호)
**주소**  06312 서울시 강남구 논현로 38 (개포동, 다우빌딩 2층)
**전화**  02-508-4501
**팩스**  02-571-4508
**전자우편**  say2@cremuge.com
**ISBN**  979-11-89852-30-6  03810

**그래비티북스** _ 주식회사 무게중심의 출판 전문 브랜드입니다.

특별감식관_DNA 초상 기록 No.2035-01

# 단 한 명의 조문객

이성탄 과학추리소설

GRAVITY BOOKS

# 차 례

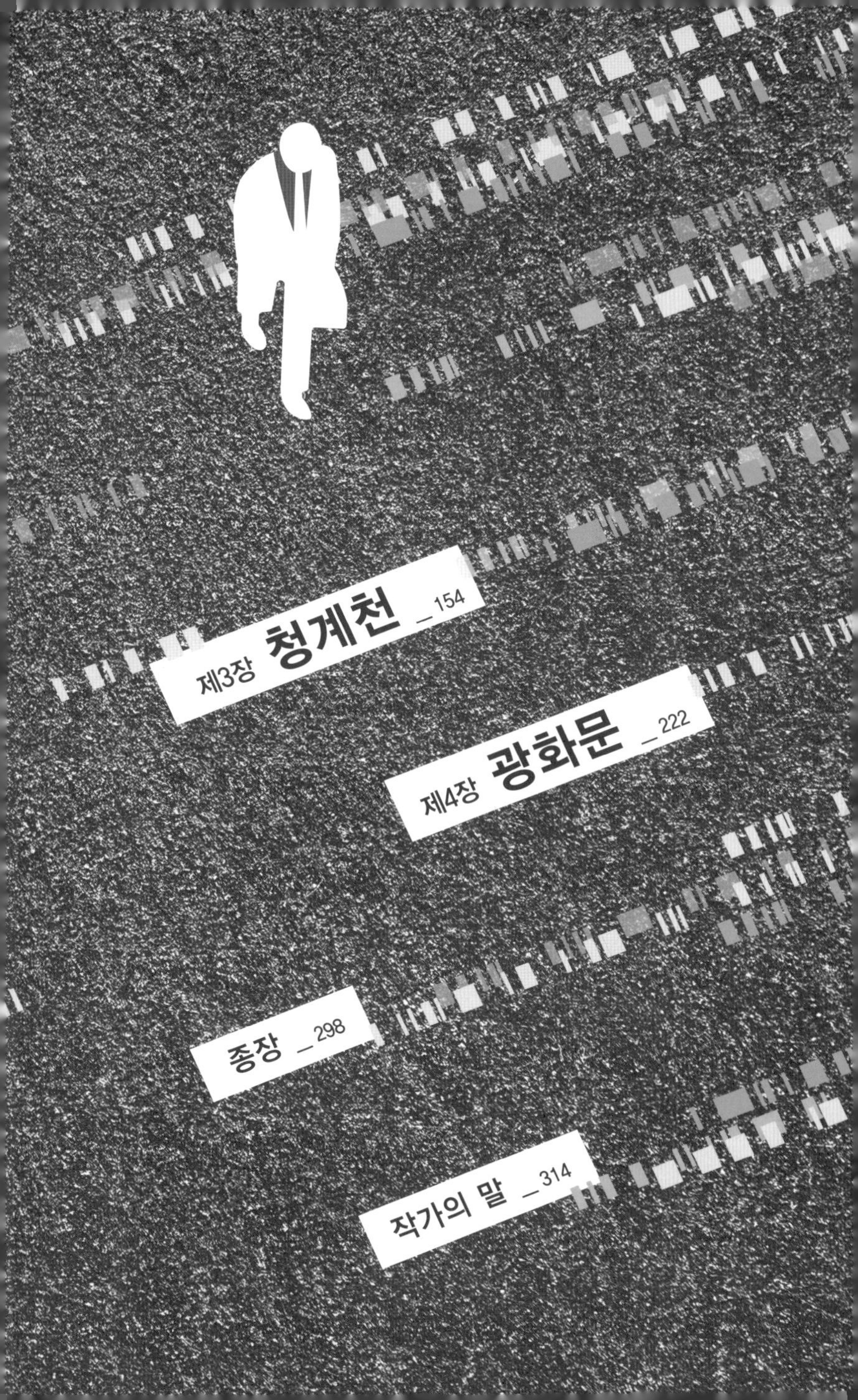

# 서장

이번 장례식에는 상주도 조문객도 없을 예정이다. 유일한 참석자 채도운이 있지만 그는 죽은 이를 생전에 알지도 못했다. 그가 참석한 모르는 사람의 장례식은 이번이 다섯 번째다.

오늘의 장례식장은, 3선의 마포구청장이 임기 11년차에 야심차게 추진한 차 없는 거리 정책에 따라 너비 20미터의 큰 길이 모두 화려한 디자인의 보도블록으로 덮인 곳이었다. 가로수들이 어린아이도 건널 수 있게 놓아둔 시골마을 징검다리처럼 촘촘하게 두 줄로 서서 길을 세 갈래로 나누었다.

대부분 붉은 벽돌로 외벽을 마감한 5층 이하의 길가 건물에는 SNS에 이름난 카페나 식당들이 들어서 있었다. 야외 테이블에서는 하늘하늘한 옷차림의 젊은이들이 반짝거리는 포크를 접시에 부딪치거나 잔을 홀짝거리며 빛과 바람을 즐겼다.

대낮의 햇살에 가로수 잎이 푸르게 빛나고, 그 아래에서는 나뭇잎 그림자가 복잡한 모자이크를 만들었다. 바람에 모자이크가 흔들려 그늘에 있던 눈이 밝은 햇빛에 노출되자 도운은 이마를 찌푸렸다.

9월의 햇볕은 아직 따가웠지만 바람은 시원했다. 양지는 덥지만 그늘은 서늘한 늦여름의 오후였다. 파란 하늘빛은 늦여름보다도 오히려 가을이란 이름에 더 어울렸다.

극심한 기후 변화로 사계절이 이계절이 된 지 오래였지만, 오늘만큼은 집에서 쫓겨난 가을이 돌아온 것 같았다. 만약 죽은 이를 기억하기에도 적절한 계절이란 게 있다면 가을이리라고 도운은 생각했다.

원래 피해자의 장례를 챙기는 것은 기술직 특별채용으로 경찰청에 들어온 도운에게 너무 사명감이 없다면서 선배 혜석이 시킨 일이었다. 서울지방경찰청 광역수사대 강력3팀장 신혜석 경감은 수사대장 직속 특별감식 관인 도운에게 명령할 권한은 없었다. 그러나 경찰청에 들어온 이래 혜석의 말이 크게 틀린 적이 없기에, 도운은 되도록 그의 말을 따르는 편이었다.

다만 도운은 이렇게 길거리에서 격식 없이 해내는 경우까지 장례라고 불러도 되느냐 하는 것이 고민이었다. 그러나 혜석은 아무것도 하지 않는 것보다는 간단한 추모의 예라도 올리는 것이 당연히 더 낫다고 했다. 그 정도는 같은 인간이라면 누구라도 생각하고 이해할 수 있는 일이란 거였다.

그래서 도운은 오늘처럼 상주도 조문객도 없을 예정일 때는 혼자 적당한 시간과 장소를 잡아 피해자를 추모해 왔다.

도운은 새삼 손에 든 단지를 바라보았다. 그래도 오늘 이 곳은 소명이 직접 고른 장소였다. 그 유언이 아니었다면 도운도 이런 어색한 곳에서 장례를 치를 생각은 안 했을 것이다.

물론, 현장에서 즉사한 살인사건의 피해자가 자신의 장례식에 대하여 유언을 남기는 것은 드문 일이다. 그렇다고 사건 현장에 소명의 유언장이 있었던 것도 아니

10

다. 여느 사건 현장과 마찬가지로, 6개월 전 그곳에는 단지 살인자와 피살자의 생물학적 잔해가 남아 있을 뿐이었다.

제1장

# 여의도

"드디어 왔네."

아파트 입구로 들어오는 도운을 보며 혜석이 말했다.

혜석은 170센티미터는 훌쩍 넘어 보이는 큰 키에 어깨도 넓었다. 가무잡잡한 피부색에 광대뼈가 살짝 튀어나온 편이었지만 적당한 볼살이 붙어 있어 그렇게 눈에 띄지는 않았다. 커트에 가까운 단발머리는 활동성을 우선한 것 같았다. 청바지에 바람막이 점퍼를 걸친 가벼운 차림도 역시 기능적이었다.

그에 반해 도운은 혜석과 비슷하여 남자로서는 보통 키에다가, 마른 몸에 어깨는 좁아서 운동을 안 하는 티가 난다. 도운은 혜석을 볼 때마다 서로 눈높이가 비슷함에도 이상하게 올려다보는 느낌이 들었다. 그래도 도운은 항상 깔끔하게 면도된 얼굴에 디자인은 심심하지만 새로 빤 티셔츠에 바지를 입어 보기 싫은 모양을 하지는 않았다.

혜석은 다시 도운에게 말했다.

"현장 보존하면서 증거 수집하느라 힘들었습니다, 감식관 나으리."

"아, 최대한 빨리 온 건데…….."

도운이 우물쭈물하며 서 있자 혜석은 양팔을 벌리며 말했다.

"농담이야, 농담! 쫄지 말고 이리 와서 얼른 검체 채취나 해주세요. 우리 팀 애들 움직이게."

"알았어요."

도운은 겨우 다시 집 안쪽으로 들어오기 시작했다. 그가 들어온 곳은 여의도 한강공원이 내려다보이는 고층 아파트의 7층이었다. 지금까지 가본 사건 현장 중에 가장 비싼 집임이 분명했다.

벽지 대신 페인트로 마감된 내벽은 어떻게 칠을 했는지 붓 자국 하나 없이 완전히 균질한 감색 또는 회색을 띠고 있었다. 마루는 원목으로 보였고, 대부분의 수납장은 벽 안으로 들어가 있어서 밖으로 나와 있는 것은 식탁이나 책상, 그리고 그 옆에 앉을 의자 정도였다.

지금은 광역수사대 형사들과 과학수사팀이 신발을 신은 채 온 집을 헤집고 있었지만 원래 바닥과 가구는 깨끗했을 것이 분명하다. 그러나 왠지 거기에 닿은 손길의 따뜻함은 느껴지지 않았다. 도운은 이 집을 청소한 사람은 틀림없이 집주인이 아니라 그에게 고용된 사람일 것이라고 생각했다.

도운은 앞서 걷는 혜석을 따라서 거실을 지나 안방으로 들어갔다. 그 안에 놓인 미니멀한 디자인의 원목 침대는 아주 아늑해 보였다. 적어도 지난밤까지는 아늑했을 것이다.

지금은 그 침대 위에 커다랗고 검붉은 물체가 놓여 있다. 도운은 순간 인체 대신 물체라는 개념을 떠올린 자신을 나무랐지만, 그리 호되게 나무라진 않았다. 도운이 아니라 누구라도 한눈에 그것이 사람임을 알아보기는 힘들었을 것이기 때문이다.

"역시 놀란 표정이네. 솔직히 나도 이런 건 형사 생활 12년 만에 처음 봤다."

혜석이 도운의 옆에 서서 침대를 내려다보며 말했다.

"아, 아뇨. 괜찮습니다. 그냥 잠시 딴생각이 들어서."

"살인사건 현장에서 딴생각? 딴새앵가악?!"

혜석이 허리에 손을 짚고 도운에게 고개를 홱 돌리며 그악스럽게 말을 잡아 늘였다. 장난치는 것임이 분명했지만 그런데도 도운은 어쩔 줄 모르고 '아니, 그게…….' 같은 말을 웅얼거렸다.

"한 번 농담 듣고 그렇게 당황했으면 두 번째 농담은 좀 받아줘도 되지 않아?"

"네, 그러면 좋을 텐데……. 하하."

도운이 멋쩍게 웃었다. 혜석이 작은 한숨을 쉬었다.

"그래요, 일이나 합시다. 딴생각 안 한 내가 설명해 주지. 피해자 이름은 이소명, 나이 만 36세, 보다시피 여성. 직업은 사모펀드 매니저. 신고자는 이 집 가정부고. 매일 피해자가 출근한 뒤 11시에 집에 와서 청소와 빨래, 밥을 하는데 빨랫감을 가지러 안방에 들어갔다가 피해자를 본 거지. 그게 지금으로부터 3시간 전, 11시 42분이었어."

"그렇게 정확한 시간을 알 수 있나요?"

"최초 목격자가 112에 신고한 시각이지. 처음부터 사람이 죽은 것 같다고 신고를 했어. 그야 저 모양을 보면 당연하지."

혜석이 턱으로 침대 쪽을 가리키며 말했다. 이소명의 사체는 팔다리와 몸통 부분이 모두 피부가 벗겨지고 근육까지 난자당하여 군데군데 뼈가 보일 정도였다. 그냥 몸 전체에 성한 근육이 하나도 없는 것 같았다. 그 몸뚱어리를 보고서는 피해자의 성별도 알아맞히기 어려울 것 같았다.

그런데도 혜석이 '보다시피 여성'이라고 말할 수 있었던 것은 그의 얼굴 덕분이었다. 긴 속눈썹이 내려앉은 눈은 평온하게 잠든 듯 감겨 있었고, 새로 태어난 듯 매끄럽고 하얀 피부에서는 빛이 나는 것 같았다. 깎은 듯이 좁고 높은 콧날에서는 쉽게 무뎌질 예리함보다는 일종의 단단한 결기가 느껴졌다. 강한 인상의 미인이었다.

"방 안 온도와 피부 온도로 봤을 때는 지난밤에 죽은 것 같대. 자다가 살해당했다고 보면 피해자 몸에 방어흔이 없는 것도 설명되지. 약독물 감식 결과가 나와야 알겠지만, 자는 사람을 마취한 다음에 살해하고 사체를 훼손한 거 같아. 외부에서 강제로 침입한 흔적이 없는 걸 보면 피해자가 문을 열어준 것 같고. 이거야 곧 CCTV 보면 알 수 있겠지."

"어, 잠깐만요. 피해자가 문을 열어줬는데 범인이 피해자를 마취할 때는 피해자가 자고 있었다고요?"

"집에 들어오자마자 살해한 게 아니라, 들어와서 얼마간 같이 있었겠지. 뭘 하고 있었는지는 모르지만."

그러나 도운은 계속 애매한 표정을 짓고 있었다.

"그 얼굴은 뭐지? 혹시 내 가설이 너무 복잡하고 이상한가? 그냥 사건 초기에 세워 보는 여러 가설 중 하나일 뿐이야. 가설을 세우고, 조사해서 검증하면 되지."

"그래도 선배가 맨날 했던 말이 생각나서요. 모든 가설을 똑같은 정도로 검토하는 건 불가능하다. 제일 꽂히는 것에 집중해야 한다. 그런데 지금 그게 그렇게 강하게 꽂히는 가설인지는 약간, 잘 모르겠어요."

"그야 그렇지. 원래는 좀 더 증거가 수집된 다음에 가설을 세우고 검증해야겠지만, 이번에는 처음부터 온갖 가설을 다 세우고 다 검토할 수 있을 것 같아."

혜석은 그렇게 말하며 손을 펼쳐 주변 수사팀원들을 가리켰다. 보통은 살인으로 의심되는 변사체가 발견되더라도 처음 출동하는 인원은 일선 경찰서 강력팀 형사들과 지방청 과학수사 요원들을 포함하여 5명 내외이고, 10명은 넘지 않는다. 그러나 지금 이 집에는 20명은 되어 보이는 많은 인원이 북적대고 있었다.

"수사 자원이 풍부하거든. 지휘부가 보니 언론에 날 사안 같으니까 처음부터 철저하게 하자는 거지. 사실 그렇잖아. 수 조 자산을 굴리는 미모의 젊은 금융인이 잔인하게 살해당하다! 딱 야마 나오지."

"수 조요?"

"아까 말한 것처럼 사모펀드 매니저라는데, 유족 얘기 들어보니 굴리는 돈이 조 단위였대. 정확한 건 나중에 계좌 추적 해봐야겠지만 아무튼 보통 분이 아니셨나 봐."

"그럼 금전 문제인가 봐요."

"그럴 수도 있고, 아닐 수도 있고. 일단 가족관계는 단출해. 부모한테서는 독립한 지 오래됐고 비혼에, 입양한 아이 하나가 있어. 문제는 그 아이가 주민등록은 이 집으로 돼 있는데 생활 흔적은 없다는 거. 어디 다른 데 맡겨 났을 수도 있지만, 아니라면 살인사건에 아동 실종사건 하나가 더해지는 거지. 자, 그럼 우리 특별감식관님께서 일단 살인사건의 범인이 누구인지 밝혀주셔야지?"

"알겠습니다. 혹시 채취 전 조사는 누가 했는지 아세요?"

"글쎄? 방 나가서 김정훈한테 물어봐."

"알겠습니다."

사실 도운은 김정훈이 누구인지 알지 못했다. 그러나 혜석은 도운이 김정훈을 알 것으로 생각하고 그에게 물어보라고 했다. 도운은 경찰청 안에서 자신을 믿어주는 몇 안 되는 사람인 혜석을 실망시키기 싫어, 그에게 김정훈이 누구인지 되물을 생각도 하지 못했다. 그냥 방을 나가서 아무 경찰관이나 붙잡고 그게 누구인지 아는 것처럼 김정훈이 어디 있느냐고 물을 생각이었다.

그러나 방을 나온 도운은 김정훈의 계급과 직함도 모른다는 사실을 깨달았다. '김정훈 경사님 어디 있어요?'는 서로 같은 직장 다른 부서 소속의 직원에게 할 만한 질문이었지만, '김정훈 어디 있어요?'는 김정훈의 개인적인 친구가, '김정훈 씨 어디 있어요?'는 아예 다른 기관에 소속된 사람이나 할 만한 말이었다. 그렇다고 김정훈을 찾지 않고 채취 전 조사를 무시한 채 아무 데서나 검체를 채취할 수도 없었다.

도운이 가진 특별감식관이라는 직함은 「개인특질식별 유전정보의 보호에 관한 법률(법률 제34121호, 2030. 4. 1. 제정 및 시행, 이하 '개특법'이라 함)」에 따라 주어진 것으로, 특별감식관은 살인, 강도 등 강력사건의 현장에서 생체 시료를 채취해 DNA 초상화를 그릴 자격을 부여받는다.

　채취 전 조사란 DNA 분석용 시료를 채취할 때 반드시 거치도록 개특법에 정해진 절차였다. 개특법이 시행되기 전 과거의 DNA 감식은 정말 단순한 것이었다. 그저 사건 현장에서 범인의 것으로 짐작되는 DNA를 채취해서 그것을 강력범죄자 DNA 데이터베이스와 비교해보거나, 다른 단서를 통해서 찾아낸 피의자의 DNA와 비교하여 일치 여부를 살피는 것이었다. 그렇게 특정인과의 일치 여부 외에 DNA 자체에서 알아낼 수 있는 정보는 기껏해야 성별이나 다운증후군 등 특정한 유전병을 가지고 있는지 여부, 혹은 그 사람의 식성이나 건강과 관련된 몇 가지 특정 유전자의 유무 정도였다. 그래서 살인사건 현장에서는 온갖 곳에서 DNA를 채취한 다음 그것을 데이터베이스와 비교해서 피의자를 찾았다.

　그러나 DNA 초상화의 도입으로 많은 것이 달라

졌다. 별도의 비교 대상이 없더라도 현장에서 채취한 DNA의 염기서열을 분석한 뒤 이를 시뮬레이션에 집어 넣어, 시료 주인의 성별뿐 아니라 나이, 얼굴, 피부톤, 키 등 온몸의 자세한 생김새, 체중, 체력 등을 추정했다. 이렇게 DNA만 가지고 그 주인의 얼굴을 그려낼 수 있게 되자 너무 많은 사람의 개인정보가 노출되었다. 예를 들어 사건이 가게에서 벌어졌는데 가게 곳곳에서 검체를 채취하면 그곳에 방문한 모든 손님의 얼굴을 알 수 있었다. 물론 수사관의 입장에서는 정보가 많으면 많을수록 좋았다.

그러던 중 서울 강남구에 있는 한 카지노에서 일어난 사건이 그런 풍부한 정보 수집을 제한하는 계기가 됐다. 패를 속였다고 시비가 붙은 끝에 한 손님이 다른 손님의 머리를 벽에 찧어 죽였다. 사건은 CCTV의 사각지대인 화장실로 가는 길목에서 일어났고, 목격자는 있었지만 살인자의 얼굴을 정확하게 기억하지 못했다. 경찰은 현장 반경 30미터 이내에서 광범위하게 DNA 검체를 채취했다. 시뮬레이션 결과 수백 명의 신체 정보가 나왔지만, 그 중 국민 누구나 단번에 알아볼 수 있는 얼굴은 하나뿐이었다.

그렇게 여당의 차기 유력 대선후보가 카지노에 상습적으로 불법 출입한 사실이 밝혀진 뒤에야, 사건 현장에서의 광범위한 DNA 검체 채취가 인권과 연결된 문제라고 인정되었다. 언제 자기 일이 될지 모른다고 생각한 의원들은 빠르게 법안을 통과시켰다. DNA 초상화를 적용할 수 있는 사건의 범위가 살인, 강도, 강간 등 일부 강력범죄로 크게 줄어든 것은 물론, 살인사건의 현장에서조차 감식관 마음대로 검체를 채취할 수 없었다. 수사팀에서 '채취 전 조사'를 실시하여 범인의 DNA가 있을 가능성이 가장 높은 곳을 특정해 두면 그 곳에서만 채취가 가능했다.

그러니 도운은 반드시 채취 전 조사를 누가 했는지 알아내어 그한테서 채취 장소를 적어둔 조사 보고서를 받아야 했다. 결국 도운은 사방을 둘러보며 그나마 가장 한가해 보이는 사람을 찾아냈다.

"저, 혹시 김정훈……."

"네? 김정훈 경위요?"

"네, 김정훈 경위님이 지금 어디에 있는지……."

"저도 모르겠네요. 아마 지금쯤 집 안은 다 보고 복도 보고 있지 않을까 싶긴 한데."

"네, 감사합니다."

도운이 급하게 다시 몸을 돌려 출입문 쪽으로 향했다. 대답해 준 사람은 살짝 고개를 흔들고 다시 하던 일, 즉 현장 사진 촬영으로 돌아갔다.

다행히 복도에 나와 있는 경찰관은 문을 지키는 순경을 제외하면 허리를 숙여 계단을 살펴보고 있는 한 명밖에 없었다. 도운은 그보다 네 계단 아래에서 위를 보고 말했다.

"김정훈 경위님?"

김정훈 경위는 허리를 숙인 채로 고개를 뒤로 돌려 도운의 얼굴을 확인하더니 다시 허리를 폈다.

"아, 네, 감식관님."

도운은 김정훈 경위를 몰랐지만 김정훈 경위는 도운을 알고 있었다. 김 경위는 계단을 내려오며 말했다.

"채취 전 조사 때문에 찾으신 거죠?"

"맞습니다."

"잠깐 기다리시겠습니까."

김 경위는 계단을 내려와 집 안으로 들어가더니 잠시 뒤 종이 석 장을 들고 나왔다.

"채취 전 조사 보고서입니다. 대략적으로 말씀드리면

사체가 발견된 방 안에서 열한 군데, 집 안 나머지 부분에서 열두 군데, 복도에서 세 군데 정도 채취하시면 될 것 같습니다."

김 경위가 종이를 바르게 펴서 도운에게 두 손으로 내밀며 말했다.

"감사합니다."

도운은 종이를 받아들고는 더 이상 김 경위에게 인사하지 않고 고개를 숙여 종이의 내용을 보며 그대로 다시 집 안으로 들어갔다. 김 경위는 도운의 뒷모습을 보며 어깨를 으쓱하고는 증거 수색을 계속했다.

그때부터 도운은 내내 피비린내를 맡으며 혼자서 17시까지 검체를 채취했다. 먼저 와 있던 팀원들에게 더 묻고 싶은 내용도 있었지만, 도운은 비단 김정훈 경위뿐만 아니라 혜석을 빼면 현장 인원 중 누구의 이름도 알지 못했다. 애초에 도운이 경찰청 안에 이름을 알고 지내는 사람이 두 손에 꼽고도 손가락이 남을 정도였다. 결국 도운은 보고서 한 장에 의지해 되는 대로 채취를 하는 수밖에 없었다.

도운은 혜석을 포함한 대부분의 현장 인력이 저녁 식사를 주문할 때쯤 채취를 마치고 분석실로 돌아갔다. 분석실은 종로구 서울지방경찰청 본부 3층에 위치해 있었다. 도운이 들어서자 사무실을 지키던 행정요원 규영이 밝게 인사를 건넸다.

"다녀오셨습니까, 감식관님."

"그래."

규영은 여섯 시가 훌쩍 넘었지만 퇴근도 안 하고 도운을 기다리고 있었다. 하지만 도운은 그렇게 늦게까지 기다린 규영에게 격려나 위로를 할 생각도 하지 못했다. 그런 도운에게 규영처럼 붙임성 좋은 직원이 배속된 것이 그나마 다행이었다.

서울지방경찰청 특별감식관실에는 세 명의 감식관과 한 명의 행정요원이 배치되어 있었다. 감식관들은 각자 자기 분석실을 하나씩 가지고 있었고, 이규영 경장은 도운의 분석실 옆에 부속실 형태로 붙은 사무실을 지켰다. 덕분에 도운은 사건을 접수하고 분석보고서를 송부할 때 바로 옆에 있는 규영과 서류를 주고받으면 되었지만, 동료 감식관 2명은 자기 분석실에서 복도로 나와서 규영의 사무실로 이동하는 수고를 해야 했다.

사실 도운이 가장 좋은 분석실을 차지한 것은, DNA 감식관 특채 공고가 나왔을 때 가장 먼저 지원하여 최선

임 감식관이 되었기 때문이다. 당시 경찰청은 특별감식관을 채용하며 DNA 분석 분야에 있어 박사 학위와 2년 이상의 실무경력을 요구했지만, 그 정도 자격을 갖춘 사람이 시장에서 얻을 수 있는 급여의 20%도 제시하지 못했다. 도운은 그런 최소 요구 조건을 한참 넘는 자격을 갖추고서도 경찰청의 일자리에 목을 매야 했던 당시 처지를 떠올리자 절로 쓴웃음이 나왔다. 사실 그의 좋은 사무실 위치는 그리 큰 자랑은 아닌 셈이었다.

도운의 개인 공간인 10평 정도의 분석실에는 DNA 등온증폭장치와 염기서열 분석기, 후성유전학적 변형을 검사하는 장치와 프로필 시뮬레이션 전용 서버 1대, 사무용 PC 1대가 있었다. 그 기계들을 이용하여 한 사람의 유전체 전체의 DNA 염기서열은 물론 텔로미어의 상태, 조직별 DNA 메틸화, 히스톤 변형 등 그 사람이 살아가는 동안 유전체에 생긴 변형, 즉 후성유전학적 특징까지 모두 알아내는 데에는 20분이면 충분했다.

이는 실로 엄청난 발전이었다. 1990년에 시작된 최초의 인간 유전체 분석 작업인 이른바 '인간 게놈 프로젝트(Human Genome Project)'는 무려 6개국의 연구진이 13년간 3조 원이 넘는 돈을 소비하면서 진행되었다. 이는 그나마도 후성유전적 분석을 제외한 것이었다. 그러던 것이 불과 약 20년 만에 개인도 회사에 의뢰하여 유전체 분석을 의뢰할 수 있을 정도로 비용이 싸지더니, 이제는 단독 연구실에서 한 시간에 몇 건씩 마칠 수 있는 간단한 작업이 된 것이다.

물론 화학적 분석은 화학 반응을 기초로 하는 것이기 때문에 그 속도 향상에 한계가 있었지만, 조각조각 분석된 DNA 염기서열을 종전 인간 유전체 데이터베이스와 비교해서 조합하고 분석하는 컴퓨터 작업의 속도는 예전과 비교할 수 없었다.

덕분에 유전체 분석은 이제 대부분의 사람들이 자녀가 태어나기 전 태아에 대해서 실시하는 필수 코스가 되었다. 도운이 사용하는 것과 같은 기술을 사용할 경우 부모들은 자녀가 소년, 성년, 노년에 이르기까지 어떤 모습으로 변해 갈지 모두 시뮬레이션해 볼 수 있었고 거기에 특별히 많은 돈이 드는 것도 아니었다.

하지만 이 또한 개특법으로 금지된 일 중에 하나였다. 그래서 실제로 부모들이 획득할 수 있는 정보는 중요한 유전병과 신체·정신적 장애에 대한 것으로 한정되어 있었다. 그러나 일부 산부인과 의사들은 수상하게 비싼 의료기기들을 남몰래 들여다 놓았고, 그런 의사들은 임산부와 대화할 때 태아 얘기를 하던 중 별다른 이유 없이 특정 연예인의 이름을 거론하거나, 모르는 사람의 얼굴 사진을 보여주는 경우가 많았다.

수십 년 전에 태어나 자신의 태아 시기에는 유전체 검사를 해볼 기회가 없었던 성인들도 건강검진을 받는 것과 같은 개념으로 유전체 검사를 받았다. 이 또한 암, 치매 같은 중병부터 골다공증, 피부병까지 다양한 질병의 예측과 예방, 치료에 광범위하게 쓰였다.

결국 일반인들의 유전체 검사든 수사관의 특별감식이든 현재 DNA 검사에서 핵심적인 작업은 염기서열 분석이 아니라, 분석된 염기서열에 따른 개인 특질 식별이었다. 과거에는 겨우 사람의 성별과 피부색, 특정 유전병의 유무 정도를 알아내는 데 그쳤던 유전체 감식으로 이제는 DNA 주인의 상세한 외모까지 그려낼 수 있는 만큼, 작업 시간도 전체 과정 중 가장 오래 걸렸다.

DNA 염기서열과 후성유전적 변형 상태를 입력하고 모든 변숫값을 0으로 놓은 채 시뮬레이션을 돌려 DNA 프로필을 얻는 데 걸리는 시간은 20분에서 30분 정도였다. 그러나 당연하게도, 한 인간의 외모와 여러 신체적 특질은 유전학적 특성에 의해서 결정되기도 하지만 영양 상태나 감정 상태, 사회적 지위 등에도 큰 영향을 받았다.

사실상 기계가 대부분의 일을 하는 DNA 초상화 작업에 있어서 인간의 직관이 필요한 부분이 바로 여기였다. 피해자에 대한 정보와 검체 채취 당시의 정보, 사건에 관한 모든 정보를 종합하여 DNA의 주인에 대한 성장·노화 변숫값을 입력하는 것이다.

그러나 이번 사건에서는 DNA 주인, 즉 범인에 대한 정보가 제한적이었으므로 특정 변숫값을 입력하기 어려웠다. 결국 도운은 검체에서 발견된 DNA에 대하여 임의로 변숫값을 변경해 가며 시뮬레이션을 돌릴 것을 명령하는 수밖에 없었다.

도운이 다시 퇴근하는 순간에도 여전히 규영은 자리를 지키고 있었다.

"들어가십시오, 감식관님!"

도운은 지하주차장에 있는 자신의 차로 걸어갔다. 경찰청 소유의 업무용 승용차이긴 하지만 특별감식관 전용으로 배정되어 도운이 출퇴근길에도 이용하는 중이었다.

"야, 그냥 너 차 하나 사달라고 해."

네 달 전 도운은 혜석이 운전하는 차의 조수석에 타고 사건 현장으로 출동하고 있었다.

"특별한 명분이 없는 것 같아서요."

"아니, 왜? 특채지만 계급도 경감이고, 일하다 보면 현장하고 사무실 계속 왔다 갔다 해야 하고, 또 검체 수송하려면 차 안에 냉장고 같은 것도 필요한 거 아냐?"

"DNA는 아주 안정적인 물질이라 보관에 냉장고까지는 필요 없어요."

"그래?"

"우리 체온이 36.5도인데 몸속에서도 아무런 변형 없이 구조를 유지해야 하니까요."

"흠."

혜석은 운전대에 손을 얹은 채 앞을 바라보며 잠시 생각했다.

"그런데 DNA 보관에 냉장고가 필요 없다는 건 경찰청에서 나랑 너만 아는 거잖아."

"네?"

"나도 이제야 알게 된 거고, 원래는 냉장고가 있어

야 되는 줄 알았다니까? 아마 우리 재무기획관님도 나랑 비슷할 거야."

"무슨 말씀이신지……."

"기다려 봐."

혜석은 자동차의 음성인식 기능을 이용해 '경철 선배'에게 전화를 걸었다.

"선배님~ 혜석입니다. 잘 지내시죠?"

"그럼요. 태빈이도 잘 있죠?"

"하! 그럴 줄 알았다니까요. 그 변신자동차 제가 엄청 조사해 보고 산 거라고요."

"역시 빠르신 선배님. 그러니까 용건이란 게 말입니다, 제가 드린 것처럼 변신까지 할 필요도 없으니까 그냥 평범한 차 하나만 사주시죠. 아, 완전 평범한 건 아니고 차 안에 작은 냉장고 하나만 달아서."

"그게, 저랑 같이 자주 일하는 친구 중에 DNA 감식하는 애가 하나 있는데, 현장에서 분석실까지 검체를 안전하게 가져오려면 냉장고가 있어야 된대요. 아쉬운 대로 아이스박스를 쓰기는 하는데 현장 작업이 길어지면 결국 그것만으로 안 되는 거라……."

"아이, 선배. 특별감식 못 들어봤어요? 우리 청장님

제 1 장 — 여의도

이 과학수사 얼마나 강조하시는지 알잖아요. 제 생각에 이거 차 한 대만 사면 예산 부문에서 과학수사 역량 강화 점수 엄청 올릴 수 있어요."

"그럼요! 청장님이 완전 좋아하신다니까요."

"아, 물론 시간 걸리는 거야 이해하죠."

"어쨌든 그럼 차는 사주시는 걸로 알겠습니다. 냉장고 달아서요?"

"에이, 제 마음 아시잖아요."

"됐다. 이제 조금 있으면 네 차 생길 거야."

물론 마지막은 도운에게 한 말이었다.

"아니, 진짜 냉장고랑 과학수사랑 아무 상관 없는데……."

"됐어. 어차피 너는 강력팀이랑 움직이는 리듬이 다르니까 차 하나 있긴 있어야 돼. 그리고 냉장고 차가 있으면 꼭 DNA 채취에는 아니더라도 언젠가 쓸모가 있지 않겠냐?"

"네, 뭐."

그게 도운의 업무용 승용차가 새로 생긴 연유였다. 도운이 차에 올라타자 지난번 내리기 전에 듣고 있던 모차르트의 교향곡이 자동으로 재생되었다. 업무용으로 쓸 일이 없는 냉장고에는 편의점에서 산 맥주 두 캔이 들어 있었다. 도운은 새로 맥주를 채워놔야겠다는 생각을 했다. 현재 생활에 대해 그 이상의 욕심은 없었다.

다음날 도운은 사건 현장에서 채취한 검체에서 7명의 프로필이 나타난 것을 확인했다. 그 중에서 건물 출입구 CCTV 및 주변인 프로필로 확인한 피해자의 가정부, 택배원, 유족 등을 제외하자 2명의 상당히 유력한 피의자가 남았다. 2명의 프로필은 거의 일치했다. 남성, 동북아시아계(한국계일 가능성이 높았으나 확실치는 않았다), 30대 초반, 키 190±2센티미터, 하관이 길지만 잘생긴 외모.

외모를 제외한 살인마의 모습을 그리는 건 도운이 할 일이 아니었다. DNA 초상화 기술은 실로 놀라운 것이었지만 한 사람의 정신세계에 대해서는 거의 정보를 주지 못했다. 도운이 알기로 그것은 기술 개발 과정에서 투입된 데이터가 부족했기 때문이었다.

DNA 초상화 기술의 개발자는 유전자 하나하나가 사람의 키와 얼굴 모양에 끼치는 영향을 직접 계산하지는 않았다. 그러고도 개발자가 DNA 초상화 기술을 만들어내는 데 성공한 것은 기계 학습 덕이었다. 유전자 분석에 관한 원천기술을 가진 스타트업 기업인 알피(RP, Real Portrait)가 국내 최대 재벌기업인 고산그룹에 팔려나갔고, 고산그룹이 막대한 자금으로 10만 명의 생체시료 및 그들의 신상정보를 입수하여 그 데이터를 유전정보 추정 인공신경망에 투입한 것이다.

과연 10만 명의 샘플만으로 컴퓨터를 충분히 학습시킬 수 있느냐는 학계와 업계의 의문이 있었지만, 적어도 회사가 내놓은 결과물은 충분히 현장에 적용할 만한 것이었다. 데이터 부족을 비판하던 학자들과 업계 경쟁자들은 끝까지 뭔가가 잘못되었다고 중얼거렸지만 DNA 초상화 기술이 워낙 높은 설명력을 보였기에 그런 투덜거림은 큰 목소리가 되지는 못했다. 알피가 개발한 시스템은 성장·생육환경에 따른 차이를 감안하여 ±2센티미터 범위에서 대상자의 키를 추정했고, 그렇게 추정한 키는 99%의 확률로 들어맞았다.

그러나 고산그룹의 자본력과 알피의 기술력으로도 사람의 정신적인 부분은 유전체를 통하여 분석할 수 없었다고 알려져 있다. 알피와 고산그룹은 이에 대해 '인간 정신이 너무나 복잡하고 방대하여 분석할 수 없다.'

라는 대답을 내놓았다. 사실 유전체만 가지고 한 사람의 정신세계를 온전히 분석하는 데 성공했다는 발표가 나왔다면 오히려 말도 안 된다는 반응을 얻었을 것이다. 더구나 신체적인 부분만 분석하더라도 유전체의 주인에 관하여 매우 자세한 정보를 얻을 수 있었다.

도운은 혜석에게 스마트밴드로 전화하여 사건 현장에서 검출된 DNA 주인의 프로필을 읊었다. 혜석은 도운의 말을 듣고 스마트밴드로 보고서 파일을 보내도록 했다. 스마트밴드는 손목, 손가락, 머리, 목 등 어디든 차고 싶은 곳에 감을 수 있는 정보 송수신 및 홀로그램 생성 기기였다.

도운은 보통 스마트밴드를 손목에 찼다. 공무원들이 가장 선호하는, 스마트밴드의 '보수적인 위치'였다. 손목시계와 스마트 워치에 대한 오래된 기억이 손목을 그런 자리로 만들었을 것이다.

반면 혜석은 상당히 전위적으로 목에 스마트밴드를 차고 다녔다. 경동맥이 눌려 답답하지 않느냐는 질문이 있었지만 스마트밴드는 이름 그대로 스마트해서 목의 형태와 부위별 강직도에 맞추어 형태를 조정하기 때문에 그런 일 없다는 게 혜석의 대답이었다. 굳이 목에 차

제 1 장 | 여의도

37

는 이유에 대해서는 양손을 자유롭게 하기 위함이라고 대답했다. 목에 스마트밴드를 차면 통화를 할 때나 홀로그램을 띄울 때나 손을 전혀 쓸 필요가 없다는 것이다. 그러면서 언제 육탄전을 할지 모르는 강력팀 형사들이라면 마땅히 자신을 따라야 한다고 주장했다.

그러나 아무리 혜석을 믿고 따르더라도 개목걸이는 못하겠다는 후배들이 많았다. 혜석은 개목걸이가 아니라 초커라고 응수했지만, 애초에 그 둘이 뭐가 다른지 모르겠다는 게 후배들의 마지막 대답이었다.

손목에서 올라온 홀로그램을 조작하여 혜석에게 프로필 보고서를 보낸 도운은, 규영에게도 정식 공문으로 보고서를 다시 보낼 것을 지시했다.

분석실로 돌아온 도운의 귀에, 얇은 패널 벽을 넘어 복도에서 다른 감식관들이 걸어가며 이야기하는 소리가 들려왔다. 정확한 내용은 들리지 않았지만 어제의 살인사건이 화제인 것 같았다. 도운이 직접 감식을 맡은 사건임에도 그들은 도운에게 와서 물어보지는 않았다.

물론 도운 역시 단 한 번도 그들의 사건에 대해서 물어본 적이 없었다. 서로 기술적인 의견교환을 한 적도 없다. 사실 나머지 둘은 DNA 감식에 있어 도운보다 한 수 아래라는 것이 도운의 생각이었다. 그 생각을 입으로 말한 적은 한 번도 없지만 언젠가 눈치챘을지도 모른다.

도운은 자기가 먼저 그들을 무시한 주제에 그 생각을 들켰을지도 모른다고 상상하면 식은땀이 났다. 때로 복도에서 다른 감식관을 발견하면 도운은 필사적으로 그 눈을 피해 다른 곳을 쳐다보았다. 그들의 눈빛을 한 번도 제대로 본 적이 없으니, 그들이 정말 도운의 생각을 눈치챘는지 어쨌는지도 확인할 수가 없었다.

점점 가라앉던 도운은 결국 의자 등받이를 뒤로 눕힌 채 혼자 사건에 대해서 생각했다. 피해자의 근육이 거의 다 해체될 정도로 몸을 난자한 이유가 무엇일까? 재산 문제로 벌어진 사건이라기엔 살해 방법이 너무 잔혹하다. 그렇다고 피해자에 대한 증오심에 그런 잔혹한 방법을 썼다고 하기에는, 피해자가 자는 동안에 살해한 것이 이해되지 않는다.

"와, 이거 진짜 그냥 미친놈이네. 감식관님, 혹시 뉴스 나온 거 보셨어요?"

그때 갑자기 규영이 문을 벌컥 열고 들어와 말했다. 도운은 규영의 야단에 깜짝 놀라며 흔들리는 의자 위에 허리를 세웠다.

"사람 놀래기는. 그런데 뉴스?"

"아이코, 죄송합니다, 감식관님. 그런데 이건 보셔야 할 것 같아서요. 지금 링크 하나 보내드릴게요. 이거 어제 감식 다녀오신 사건 아니에요?"

도운은 스마트밴드로 규영이 보낸 인터넷 동영상 뉴스 링크를 수신했다. 규영의 말대로 소명에 대한 뉴스였다. 30대 여성 펀드 매니저가 칼에 찔린 사체로 발견됐다는 뉴스에는 적잖은 댓글이 달려 있었고, 그 중에는 어떻게 알았는지 몸통과 사지가 수백 번 칼에 베인 상태였다는 내용까지 있었다.

"이 뉴스 진짜예요?"

"딱히 가짜 뉴스나 오보는 없는 것 같은데?"

"아니, 뉴스에 나온 건 당연히 진짜겠지만 댓글에 온몸이 난자당했다고도 나와서요. 그것도 맞아요?"

"어, 그것도 진짜야. 이 경장 말대로 제대로 미친놈인 거 같아. 그런데 이게 어떻게 벌써 언론에 났지?"

"내용이 자극적이잖아요. 기자들이나 국민들이나 관심이 많을 수밖에 없겠는데요?"

"당연히 관심은 가지겠지만, 뉴스 소스가 어디냐는

거지."

"글쎄요……. 나름 정보원들이 있겠죠."

도운이 정보원에 대해 생각하려던 차에 규영의 사무실 전화기가 울렸다. 도운이 자기가 받겠다고 말하고 수화기를 들자 규영은 다시 목례하며 부속실로 나갔다.

"감식관 채도운입니다."

"어, 도운아. 너 출장 한번 다녀와라."

"네? 또 새로운 사건입니까?"

"아니, 이소명 사건. 참고인 출장 조사를 해야 되는데 인력이 모자라서 좀 부탁할게. 그때 말한 이소명 양자 있잖아, 지금 어디 사는지는 몰라도 어느 학교에 다니는지는 알아냈어. 한번 가봐."

"그런데 제가 사람 조사를 해본 적이 없어서……."

"진짜 조사는 재수가 다 알아서 할 거니까 걱정 마. 규정상 재수 혼자 출장 갈 수가 없어서 그냥 아무나 한명 더 붙이기로 한 거야. 가서 계속 옆에 서 있기만 하면 돼."

도운은 재수가 누구인지 몰랐지만 아마 혜석이 이끄는 강력팀의 형사 중 하나려니 했다. 졸지에 혜석의 부하에게 따라붙는 아무나가 되었지만 그에 대해 불만이

있지는 않았다. 그 정도 작은 일에 불만을 가질 정도의
감정적 에너지가 없었기 때문이다.

"알겠습니다, 선배."

잠시 뒤 도운은 재수를 만나 재수가 운전하는 수사용
승용차에 탔다. 재수는 강력팀 형사답게 짧은 스포츠머
리에 가죽재킷, 청바지 차림을 했지만 소년같이 맑은 얼
굴이 복장의 균형을 해치고 있었다.

"감식관님, 팀장님한테 대충 말씀은 들었습니다만 혹
시 출장 조사는 이번이 처음이십니까?"

재수가 밝은 목소리로 물었다.

"그렇습니다."

"알겠습니다. 그럼 제가 알아서 조사할 테니 그냥 편
히 계십시오."

"그러지요."

"그런데 혹시 왜 갑자기 팀장님이 감식관님한테 출장
을 가라고 했는지 아세요?"

"모르겠습니다."

"혹시 내 일도 아닌데 왜 끌려다니나 기분 나쁘신 건
아니죠?"

"아닙니다."

"혹시 감식관님 아이 있으세요?"

"없습니다."

"그럼 졸업하신 뒤로는 초등학교 가보신 적은 없겠네요?"

"네."

재수는 운전을 하면서도 계속 도운에게 말을 걸어왔지만 도운의 모든 대답은 단답형이었다. 그렇게 5분 정도 말을 걸던 재수도 지쳤던지 마침내 차 안이 조용해졌다.

상당히 먼 옛날 한국에서는 입양은 결혼생활을 유지하고 있는 사람만 가능했고, 결혼도 이성 간에만 가능했다. 그러나 입양 관련 법률이 먼저 개정되어 비혼자도 입양을 할 수 있게 되고, 동성 간에도 결혼의 법률 효과에 준하는 동반관계가 인정되었다.

이는 세계에서 가장 낮은 수준의 출산율을 높이는 효과를 가져오지는 못했지만, 태어난 아이들이 한국 안에 머물며 건강하고 행복한 환경에서 자라날 확률을 높여주었다. 보육원에 있다가 양부모의 집으로 간 아이들은 대부분 그 환경 변화를 반겼다. 그러나 소명처럼 초등학생 나이의 아이를 입양하는 경우는 드물었다. 그리고 기껏 입양한 아이와 다른 집에 살고 있는 것은 더더욱 드문 경우였다.

도운과 재수가 넘어가는 구불구불한 산길은 연인들이 즐기는 호젓한 드라이브 코스였지만 지금 그들에게는 어색하기만 했다. 그렇게 20분 정도 달리자 골목길 안쪽에 위치한 초등학교에 도착했다.

소명의 양자 유빈이가 다니는 학교는 서울지방경찰청에서 북악산을 넘어가면 나오는 정릉동에 있었다. 소명이 실제 사는 집은 여의도의 고급 아파트였고 소명과 유빈 모두 그곳으로 주민등록이 되어 있었지만, 뭘 어떻게 손을 썼는지 유빈이는 여의도와는 아주 먼 곳으로 학교 배정을 받았던 것이다.

재수와 도운은 먼저 유빈이의 담임교사를 만났다. 교사와 아이의 면담을 위하여 수업 종료 직후 점심시간에 맞춰 학교에 방문한 채였다. 유빈이는 점심을 안 먹고 하교하는 1학년이었지만 다른 교사가 잠시 아이를 보고 있기로 했다.

"선생님, 혹시 유빈이는 엄마가 죽은 것을 알고 있습니까?"

"뭐라고요?"

44

재수의 질문에 대한 반응을 보니 담임교사도 소명의 죽음을 몰랐던 모양이다.

"아, 아직 선생님도 모르셨나 보네요. 그렇다면 일단은 비밀로 해주십시오. 이유빈 군의 어머니 이소명 씨가 어제 돌아가셨습니다."

"아니, 어떻게요? 원래 아프셨나요? 아니다. 경찰분들이 오신 걸 보니 무슨 사건이라도 난 거예요?"

"죄송합니다만 사건 내용은 알려드릴 수 없습니다. 아무튼 선생님이 아무것도 모르시고 유빈이가 학교에 나와 있다면, 아마 유빈이도 엄마가 죽은 걸 모르고 있을 것 같군요. 그런데 유빈이는 매일 학교에 나오나요?"

"학교는 물론 나오죠. 아니, 그런데 유빈이 어머니가 돌아가셨다니, 대체 어떻게……. 아이고, 이를 어째야 하지. 유빈이한테는 뭐라고 해야 돼요?"

"방금 말씀드린 것처럼 한동안은 유빈이와 모두에게 비밀로 해주십시오."

"비밀로요? 아이가 어리긴 하지만 그걸 어떻게……."

"수사상 필요해서 그렇습니다."

"어떤 필요가 있다고 해도 아이에게 부모의 생사를 언제까지나 속일 순 없습니다. 무슨 일인지 정확하게 설명해 주시고, 언제쯤 아이에게 사실을 알려줄지도 저한테 미리 말해 주세요."

재수는 교사의 완강한 반응에 당황한 얼굴이었다.

"그런 건 경찰이나 관공서에서 알아서 할 겁니다."

"저는 유빈이의 건강한 성장에 대해서 직업상의 책임이 있습니다. 수사에 아이를 마음대로 이용하시게 둘 순 없어요."

"아이를 이용하다뇨! 저희가 수사를 잘 마쳐야 유빈이도 어머니께 무슨 일이 생긴 건지 정확히 알 수 있는 겁니다."

"그러니까 수사는 하시되, 최소한의 밝혀진 내용, 그리고 언제 아이에게 사실을 말해 줄지는 알려달라고요."

재수와 교사의 얼굴이 나란히 상기되었다. 재수보다 한 발짝 뒤에 서서 어색하게 초점 없이 벽을 쳐다보던 도운은 잠깐 시선을 옮기다 교사와 눈이 마주쳤다.

"뒤에 계신 분도 경찰이시죠? 어떻게 하실 겁니까?"

"사실은 저도 아는 게 없어서……. 아, 그러니까 아직 저희도 수사중이라는 말씀입니다."

교사가 시선을 돌려 공격받는 기분에서 벗어나자 마침내 재수도 다시 차분히 얘기할 여유가 생긴 모양이었다.

"감식관님, 그러니까 뒤에 계신 분 말씀이 맞습니다. 아직은 저희도 알려드릴 정보가 딱히 없습니다. 대신 앞으로 한 달 안에는 수사 진행 상황을 알려드리고, 유빈이에게도 수사에 방해되지 않는 한에서 최대한 설명을 해주겠습니다."

교사는 잠시 생각을 하는지 입술을 굳게 다물고 있었다. 두 경찰관은 기다리는 수밖에 없었다. 그때 교사의 스마트밴드 알림이 울렸다.

"일단 유빈이가 있는 방으로 안내해 드릴게요. 하지만 뭐가 어떻게 된 일인지 제가 나중에 직접 다시 여쭤볼 겁니다. 형사님 연락처 좀 주세요."

재수가 왼쪽 손목을 안쪽이 상대방에게 보이도록 앞으로 들어 올리고, 오른손으로 왼손 손목의 등 쪽을 톡 쳤다. 교사도 재수를 향해 손목을 들어 올렸다. 연락처 전송이 완료됐음을 알리는 삑 소리가 울리자 교사가 뒤로 돌았다.

"따라오세요."

"저, 유빈이를 만나기 전에 한 가지만 여쭙고 싶은데요. 유빈이 집이 이 근처입니까?"

"네, 멀지 않은 빌라입니다."

일단 유빈이를 무사히 조사하게 된 것은 안도할 일이지만, 역시 보면 볼수록 이상한 모자 관계였다. 여의도와 정릉동은 모두 서울 시내로, 직선거리로는 그리 멀지 않지만 도심을 사이에 두고 있어 실제 오가기에는 상당한 시간이 걸린다. 모자가 같이 살지 않는다는 것도 이상하지만 이렇게 집이 멀리 떨어져 있어서는 일상적인 교류조차 어려워 보였다. 게다가 상주 역할을 하고 있어야 할 아이가 어머니가 죽은 것조차 모르고 아무렇지도 않게 학교에 나와 있었다.

"안녕, 네가 유빈이니?"

"네."

이제 재수는 교사의 안내를 받아 학교 상담실에서 도운과 함께 유빈이를 만나고 있었다. 아이의 보호를 위하여 담임교사가 동석한 상태였다. 상담실 안에는 어른들 나름대로는 아이들의 정서를 고려한 듯 동화책과 인형들이 놓여 있었지만, 모두 지나치게 낡아서 오히려 폐허 같은 분위기를 주고 있었다. 재수는 마치 그런 분위기를 상쇄하기라도 하려는 듯 최대한 상냥한 목소리로 물었다.

"나는 나쁜 사람들을 잡는 형사 아저씨야. 유빈이가 아저씨를 도와줄 수 있을 것 같아서 찾아왔어."

"형사요? 진짜 도둑 잡는 형사예요?"

"그래, 도둑 잡는 형사. 아저씨가 지금도 도둑을 찾고 있는데……."

재수는 유빈이에게 소명의 죽음을 자신이 전해야 할지, 전한다면 어떻게 전할지 잠시 고민했다. 그러나 아이의 정신적 충격을 최소화하기 위해서는 평소에 아이와 유대를 갖고 있는 누군가가 전하는 게 맞겠다는 결론을 내렸다. 하지만 그 결론이 합리적이라고 스스로를 아무리 설득해도 엄마의 죽음을 아이에게 숨기면서 마음속에 생기는 죄책감을 지울 수는 없었다.

"유빈이는 엄마랑 친하니?"

"엄마랑 친해요."

"그래? 엄마는 얼마나 자주 보니?"

"자주요?"

"언제 언제 엄마랑 만나?"

"토요일에 엄마가 집에 와요."

수사팀의 예상대로 이소명과 유빈이는 따로 살고 있었다.

"엄마가 집에 오면 같이 뭐 하니?"

"음……."

"나가서 같이 놀아?"

유빈이가 고개를 끄덕였다.

"집에서 책도 같이 읽고?"

"네."

"그렇구나. 잠도 같이 자니?"

"잘 때는 같이 자는데 아침에는 없어요. 제가 잠들면 몰래 나가요."

재수는 아이의 얼굴을 유심히 살폈지만 엄마가 몰래 나간다는 말을 할 때 특별히 아쉬워하거나 슬퍼하는 것인지는 정확히 알 수 없었다.

"그래도 엄마가 재워주시는구나."

"네, 자장가도 불러줘요."

그 말을 하더니 갑자기 유빈이가 노랫가락을 흥얼거리기 시작했다. 익히 아는 모차르트나 브람스의 자장가는 아니었다. 재수는 아이의 집중을 되돌리려 헛기침을 하고 다시 유빈이에게 물었다.

"그럼 다른 날에는 누구랑 지내?"

"유미 아줌마요. 그리고 아저씨도 자주 와요."

다행히 유빈이는 재수의 질문에 바로 답을 했다.

"아저씨?"

"아저씨요. 엄마 친구예요."

"보통 때 집에서는 유미 아줌마랑 같이 자니?"

"네."

"유미 아줌마는 지금 집에 계셔?"

"지금은 저 데리러 학교 오셨을 거예요."

아무래도 유미 아줌마는 소명이 고용한 보모인 모양이었다. 문제는 아저씨였다.

"아저씨는 어떻게 생겼어?"

"거인이에요. 근데 유미 아줌마가 도둑질했어요?"

"아, 아니야. 유미 아줌마는 착하신 분인 것 같아."

"도둑 잡는 형사 아저씨잖아요. 왜 유미 아줌마 얘기해요?"

"유미 아줌마가 아저씨를 도와줄 수 있거든."

재수는 유빈이가 말한 아저씨라는 자에 대해 아직 궁금한 것이 남았지만, 유빈이가 조사의 이유를 궁금해하기 시작하자 더 이상 질문할 수가 없었다. 자신이 유빈이에게 숨기는 이야기를 하지 않고서는 유미 아줌마와 아저씨에 대해서 묻는 이유를 설명할 수 없었기 때문이다.

"유빈이는 공룡을 좋아해?"

그때 재수를 돕고 나선 것은 도운이었다.

"너 가방에 붙어 있는 스티커 스피노사우루스 맞지?"

"네, 맞아요. 아저씨도 스피노사우루스 알아요?"

"그럼 알지. 너야말로 그거 알아? 아저씨가 어릴 때에는 스피노사우루스가 헤엄치는 공룡인 줄을 몰랐어. 고생물학자들이 계속 화석을 연구해서 밝혀낸 거란다."

"저도 알아요. 아저씨도 공룡 좋아해요?"

"그럼 좋아하지. 나도 고생물학자처럼 어떤 생물의 일부 흔적만 가지고 그 생물이 원래 어떻게 생겼는지 밝혀내는 사람이야."

"진짜예요?"

"그럼, 진짜지."

"아저씨도 도둑 잡아요?"

"응. 그런데 어쩌면 유빈이네 아줌마나 아저씨가 도둑을 어디서 봤을 수도 있어. 그래서 유빈이한테 먼저 아줌마와 아저씨에 대해서 물어보는 거야."

"알았어요."

"혹시 아저씨 이름은 아니?"

"몰라요. 그냥 아저씨예요."

"아저씨에 대해서 해줄 말은 없니?"

"해줄 말요? 음, 영어를 잘해요. 나한테 영어 가르쳐 줘요."

"그렇구나. 고맙다. 나중에 아저씨랑 공룡 구경 같이 갈래?"

"네, 좋아요!"


"이소명이 아이와 따로 살고 있다는 건 알고 있었고, 그래도 주말에는 만나고 있었군요. 또 정체 모를 아저씨란 사람이 있고요."

"네, 그렇네요."

"모르겠습니다. 그런 식으로 살 거면 왜 아이를 입양한 건지. 그래도 옆에서 자장가까지 불러줬다는 거 보면 애착이 있기는 했던 것 같은데요."

그렇게 재수와 도운은 다시 경찰청으로 복귀하는 중이었다. 재수가 계속 혼잣말을 하다가 문득 생각난 듯 도운에게 말했다.

"아, 아무튼 아까는 도와주셔서 감사했습니다. 감식관님, 혹시 진짜로 공룡을 좋아하세요?"

"일단 생물학을 하다 보니······."

"그러시군요. 어찌 됐든 덕분에 아이한테 하나라도 더 들었습니다."

"뭐라도 도움이 됐다니 다행입니다. 그런데······."

"뭐요, 감식관님?"

"그, 엄마가 죽은 소식은 어떻게 전하실 건지 궁금하네요."

재수는 깊게 한숨을 쉰 뒤 대답했다.

"아무래도 보모를 통해서 해야 되나 싶습니다. 입양한 지 1년도 안 됐던데, 이런 식으로 아이 이야기를 하고 있는 것조차 미안합니다."

"그러게요."

도운은 7년 동안 부모가 없다가 1년간 엄마를 가진 뒤 다시 엄마가 없어진 아이에 대해서 생각했다. 재수는 소명이 아이와 따로 살면서 어느 정도 친밀한 관계를 유지하고 있었는지 알기 위해 필요했지만, 차마 아이에게 던지지 못한 질문에 대해서 생각했다. 그것은 엄마를 보고 싶으냐는 질문이었다.

다음 날 오전 감식관실에 출근한 도운은 혜석의 전

화를 받았다.

"도운아, 영장 초안 하나 준비해야겠다."

"피의자 검체 채취 말하시는 건가요?"

"그래, 피해자의 펀드 투자자 중에서 네가 준 프로필에 맞는 사람이 나왔어. 그리고 피해자가 펀드 자금을 횡령한 사실도 밝혔지. 1조 중에서 700억 원인가."

"벌써 계좌 추적 결과까지 나온 거예요?"

"말했잖아, 수사자원이 풍부하다니까."

"진짜 위에서 엄청 눈여겨보는 사건인가 봐요."

"그러니까 영장 얼른 준비해 봐. 계좌 추적 결과 보고서 보내줄게."

혜석이 시킨 일은 피의자의 신체에서 DNA 검체를 채취하는 압수영장을 신청하는 것이었다. 도운은 혜석이 보내준 계좌 추적 결과 보고서를 보며 신청서를 작성했다.

원래 압수영장 신청서를 작성하는 것은 도운이 아니라 혜석의 팀이 할 일이었다. 어느 날 중요한 피의자의 생체 시료를 채취할 압수영장이 기각됐다며 사무실로 찾아와 푸념하는 혜석의 앞에서 가만히 입을 다물지 못한 것이 화근이었다.

"아니, 이게 말이 되느냐고. 이거 봐, 네가 준 프로필이랑 딱 맞아. 62세 여성, 키 154센티미터 전후, 갈색 눈동자, 체력 약한 편, 얼굴 생김새도 똑같고. 그리고 무엇보다 피해자랑 동업자. 그런데 어떻게 증거가 부족하다고 압수영장을 기각하지?"

"그러게요."

"그렇지? 네가 봐도 이상하지? 근데 이상한 것도 문제지만 이 영장을 어떻게든 다시 받아야 한다는 것도 큰 문제야. 너도 한번 봐봐라."

도운은 영장 신청서와 판사의 기각 사유를 읽어보았다. 아무래도 판사는 여러 개의 독립 확률이 겹칠 경우 그 확률이 얼마나 낮아지고, 따라서 그 확률에 딱 맞는 존재가 있다는 것이 얼마나 유의미한 일인지 이해하지 못한 것 같았다.

"그러니까 그 얘기네요. 62세 여성도 흔하고 키 154센티미터도 그 나이대 여성 중에 얼마나 흔한데 그거 일치한다고 피의자로 특정할 수 있느냐. 아마 얼굴 생김새 부분은 우리가 DNA 기술로 사람 얼굴을 그릴 수 있다는 것 자체를 못 믿는 것 같고요."

"하여튼 진짜 판사들이 제일 무식하다니까. 그래서

56

어떻게 하면 좋을 것 같아?"

"일단 키가 정확하게 154센티미터인 것과 얼굴 생김
새를 DNA로만 예측했다, 과학적으로 그렇게 할 수 있
다는 것을 다시 설명하고, 그 조건들에 딱 맞는 62세 여
성은 사실 그리 많지 않다, 더군다나 피해자와 밀접한
관계가 있는 사람과 맞을 확률은 더욱 낮다고 다시 한
번 설명해야 하지 않을까요?"

"오, 도운이가 똑똑하게 말 잘하네. 그래, 이거 네가
하면 되겠다."

"제가요?"

"네가 말한 그대로만 써 줘. 넓게 보면 이것도 다
DNA 감식 일이잖아."

사실 도운도 경찰청에 들어오기 전에는 글로 다른 사
람을 설득하는 일을 곧잘 해냈었다. 글의 주제도 자신
의 전문 분야이니만큼 크게 어려울 것은 없어 보였다.
다만 도운이 그 일을 할 수 있다고 해서, 해야 하거나 하
고 싶은 것은 아니었다. 그런데도 결국 혜석의 말을 들
은 것은 꼭 도운이 반항할 에너지도 없기 때문만은 아
니었다. 혜석에게는 그런 설득력과 카리스마가 있었다.

그렇게 해서 써낸 영장 신청서는 판사의 도장이 찍힌

압수영장으로 되돌아왔고, 그때부터 DNA 관련 영장 신청서의 작성은 도운의 몫이 되었다. 오늘 생체시료 압수영장을 쳐야 할 피의자의 이름은 빅터 정, 38세의 한국계 미국인 남성이었다. 다국적 농산물 회사인 지노팜의 임원으로, 3년 전부터는 한국 지사의 지사장으로 근무 중이었다. 2년 전에는 소명이 운용하는 사모펀드에 자신의 개인 자금 600억 원을 투자했다. 한국과 미국에 가지고 있던 상속받은 빌딩 세 채 중 두 채를 팔아 현금화한 것이었다. 도운은 빅터가 타고난 부자치고는 참 인생을 열심히 산다고 생각했다.

그가 참여한 사모펀드는 총 1조 300억 원의 규모였다. 그 중에서 700억 원이 어디로 갔는지가 불분명했다. 회계상으로는 일시적인 투자손실로 처리됐고, 펀드를 청산할 시점에는 수수료를 떼고도 2년 만에 25%가 넘는 수익이 발생했다. 그래서 빅터는 물론 다른 어떤 투자자도 펀드 운영상의 문제를 샅샅이 찾을 생각을 안 했지만, 이번 수사 과정에서 그 돈이 사실은 소명의 개인 계좌로 흘러갔음이 발견된 것이다. 그러나 소명의 계좌에서 다시 현금으로 출금된 뒤로는 도통 돈의 행방을 알 수 없었다.

빅터가 이러한 횡령 사실을 먼저 알아채고 그 복수로 소명을 살해한 것일 수도 있었다. 혹은 처음에는 돈만 돌려받을 생각이었는데 소명이 생각보다 더 뻔뻔한 태도를 보이면서 다툼이 일어나 화가 나 살해한 것일지도 몰랐다. 수십억 원의 수익을 봤으면서 겨우 그 중 7% 정도의 돈을 잃었다는 이유로 사람을 죽인다는 것이 어색하게 느껴질 수도 있지만, 적어도 심각한 싸움을 일으키기에 충분한 금액인 것은 분명했다. 그리고 무엇보다도 현장에서 발견된 DNA의 프로필이 빅터라는 자와 일치했다. 이제 빅터의 DNA 시료를 채취하여 그 염기서열이 현장에서 발견한 것과 일치하는지만 확인하면 사건은 해결된 거나 다름없었다. 도운은 가벼운 마음으로 발부를 예상하며 영장 신청서를 써내려갔다.

"선배, 몇 번이나 읽어봤는데 저는 이게 무슨 말인지 잘 모르겠어요."

"'수집된 증거 및 범죄의 중대성 등에 비추어 현 단계에서 DNA 압수수색의 필요성을 인정할 수 없음'. 나도 모르겠다, 젠장. 무조건 영장 주기 싫다는 말 같은데."

도운과 혜석은 광역수사대 강력팀 사무실 안에서 판

제 1 장 ― 여의도

59

사의 영장 기각 사유서를 읽고 있었다. 그러나 몇 번을 되풀이해서 읽어도 그래서 뭐가 문제라는 것인지, 뭘 보강하면 영장을 내주겠다는 것인지, 혹은 영장이 나올 가능성이 있기는 한 것인지 알 수가 없었다.

'수집된 증거에 비추어'라는 말은 아직 피의자를 지목해서 DNA 영장을 받기에는 증거가 부족하다는 뜻이 될 수도 있고, 이미 충분한 증거를 수집했으니 굳이 DNA 압수까지 필요 없다는 뜻으로 해석될 수도 있었다.

'범죄의 중대성에 비추어'라는 말도 마찬가지였다. 워낙 무서운 범죄라서 피의자로 지목되는 것만으로도 부담이 클 테니 더 확실한 증거를 수집한 뒤에 영장을 청구하라는 뜻일 수도 있고, 굳이 영장을 동원해야 할 정도로 중대한 범죄는 아니라는 뜻일 수도 있었다.

"그럼 어떻게 하나요, 선배? 빅터를 불러서 조사하시는 건가요?"

"아니, 아직 그놈은 자기가 피의자가 됐다는 걸 모를 거야. 소환하는 순간 노출되는 거고. 그놈이 아무것도 모르는 사이에 정보를 더 수집해야 돼."

"그런데 DNA 검체 영장도 안 나오는데 통신 영장이 나올 리도 없고, 피의자가 된 걸 모르게 하려면 주변인 조사도 못 하잖아요."

"미행해 보자. 원래 사적인 공간까지 쫓아가지만 않으면 길에서 미행하는 건 영장 없이도 가능해."

미행의 효용이나 적법성에 관하여 알지 못하는 도운은 어깨를 으쓱하는 수밖에 없었다.

"네, 선배님. 증거가 나오면 좋겠습니다."

"좋겠다는 게 무슨 말이야. 같이 증거를 잡아야지."

"네, 저도 DNA 더 분석해 볼게요."

그런데 도운을 쳐다보는 혜석의 눈빛에 웃는 기운이 어려 있었다.

"잠깐, 설마 저더러 미행을 하라고요?"

같이 증거를 잡자는 말과 눈빛의 의미를 깨달은 도운이 놀라 물었다.

"하라는 게 아니라 같이 하자고. 어차피 네가 다시 검체 영장 칠 거잖아."

"아니, 근데 저는……."

"현장 요원이 아니라고? 어차피 검체 채취도 현장에서 직접 하잖아. 그리고 사건 발생한 지 얼마 안 돼서 팀원들이 다들 피해자 주변 조사하기 바빠. 나랑 며칠만 가보자. 막상 해보면 생각보다 안 힘들어."

그렇게 끌려간 도운은 3일 후, 30대로 보이는 남성이 잠복용 승용차 옆에서 구토하는 소리를 듣고 있어야 했다. 차문을 열어 쫓아내고 싶었지만 새벽 6시가 넘어 피의자가 집에서 나올지도 모르는 시간이었다.

미행하는 사람들로서는 피곤하게도 미행 대상인 빅터는 아주 부지런한 사람이었다. 지난 이틀간 새벽 6시 30분에 집에서 나와 가까운 헬스클럽에 갔고, 약 한 시간의 운동을 마치고 나올 땐 이미 출근을 위한 양복 차림이었다. 점심은 사무실 안에서 해결하는 듯 12시에서 13시 사이에 밖에 나오지는 않았다. 첫날은 15시에 사무실에서 나와 종로의 상업빌딩으로 향했고, 그 빌딩은 빅터의 거래처 회사가 있는 곳으로 확인되었다. 다음 날은 17시 20분경에 사무실에서 나왔고, 다른 직원들이 나오는 시간을 보면 17시가 정규 퇴근 시각인 것 같았다.

첫날 빅터는 거래처 사무실에서 곧장 퇴근하여 서점에 들렀다가 집으로 갔다. 저녁식사는 집 안에서 알아서 차려 먹은 건지 알 수 없었다. 둘째 날은 17시 20분 퇴근 이후 다시 헬스클럽으로 갔다.

"하루에 두 번씩 운동하면 근육이 쉴 시간이 없을 텐데……."

"네?"

"저건 좀 규칙적으로 운동하는 사람 같지가 않네."

빅터의 두 번째 헬스클럽 출근이 지난 이틀간 그를 미행하면서 있었던 제일 큰 사건이었다. 혜석과 도운은 토요일인 오늘에 기대를 걸고 있었다. 과연 이 자는 토요일에도 새벽 운동을 하는 종류의 인간일까? 주말에도 출근을 할까? 출근을 하지 않으면 어디로 갈까? 이 질문들에 정확한 답을 얻기 위해서는 차 옆에서 구토를 하는 남자 정도는 참아야 했다.

"돈도 많이 버는 사람이 왜 이런 골목에 집을 얻었을까요?"

"사실 잘 보면 별로 후진 동네는 아니야. 30미터만 나가면 강남대로고, 이 골목도 꽤 넓고 깨끗해. 그냥 저 술 취한 아저씨가 문제인 거지."

혜석과 도운 모두 5분 전에 잠에서 깬 상태였다. 그들은 밤에 잠복을 할 때에는 빅터의 건물 현관에 카메라와 라이더(LIDAR)를 겨누어놓고 등받이를 눕혀 잠을 잤다. 먼저 라이더가 현관에서 사람 출입을 감지하면 카메라가 그 얼굴을 살피고, 빅터가 아님이 확인되면 아무런 반응을 보이지 않지만 빅터의 얼굴로 확인되거나 누

구의 얼굴인지 확인이 불가능한 경우 알람을 울려 근무
자들을 깨우는 방식이었다.

덕분에 도운과 혜석은 미행 중에도 그런대로 잠을 잘
수 있었다. 다만 빅터 못지않은 운동광인 혜석이 미행
대상이 나오기도 전에 자신의 평소 운동 시각에 일어나
옆에 있는 도운을 깨웠다.

"아름다운 아침이네요."

혜석은 도운이 모처럼 던진 농담에 피식 웃으며 말
했다.

"무슨 평소에는 새소리라도 들으면서 깬 것처럼 유
난 떨기는. 오늘은 꼭 증거 잡아서 복귀하기나 빌자."

그러나 토요일 오전까지의 빅터는 평일보다 더 심
심한 사람이었다. 아침마다 밟던 근력운동 루틴은 주
말에는 빠져 있는 듯했지만, 대신 유산소 운동을 했다.
평소보다 늦은 아침 8시에 집에서 나온 빅터는 입장에
서 퇴장까지 정확하게 1시간 40분을 집 근처 수영장에
서 보냈다. 점심은 바로 근처 샐러드 카페에서 혼자 해
결했다.

도운과 혜석은 같은 카페의 구석 자리에 앉아 조심스
럽게 빅터를 감시했다. 빅터가 먹는 것은 이름만 샐러

드지 상당량의 닭가슴살이 들어간 고단백 식단이었다. 채소 주스를 포장한 빅터는 집으로 돌아갔다. 빅터가 집으로 들어가고 5분이 지난 뒤(빅터가 나갈 때 곧바로 따라 나가면 들킬 위험이 있었다.) 도운과 혜석은 카페에서 나와 다시 잠복 차량으로 걸어갔다.

그때 갑자기 빅터의 건물 주차장에서 승용차 한 대가 나왔다. 빅터가 소유한 차량으로 기록되어 있을 뿐 지난 이틀간 한 번도 움직인 적 없는 미국산 대배기량 파란색 컨버터블이었다. 도운과 혜석은 급히 수사용 승용차에 올라타 시동을 걸었다.

빅터는 강남대로에 올라 북쪽을 향했다. 혜석과 도운은 다른 차 한 대를 사이에 두고 빅터의 뒤를 쫓았다. 그대로 직진하면 어제도 빅터가 방문했던 거래 업체가 있는 종로가 나올 것이었다. 그러나 빅터는 한남대교 남단에서 올림픽대로에 올라 김포공항 방향으로 움직이기 시작했다.

토요일 낮의 올림픽대로는 교통 정체가 있는 편이었다. 사실 자율주행차가 일반화되고 도로에 다니는 차의 85%가 네트워크를 통해 상호작용하기 시작하면서부터 교통 정체는 크게 완화되었다. 교통 정체를 완전히 없앨지도 모르는 컴퓨터의 정교한 조율을 방해하는 것은 나머지 15%의 자동차들이었다.

그 15% 중 10%(최초의 100% 기준)는 새로 자율주행차를 살 돈이 없어 10년 이상 된 낡은 수동(과거에 자동차에 관하여 '수동'이란 말은 수동 변속을 뜻했지만 자율주행차가 일반화되고 수동 변속기가 사실상 멸종하면서 이제 그 말은 사람이 직접 운전하는 차를 뜻했다.) 자동차를 모는 사람들이었다. 혜석은 이들에 대해서는 차마 불만을 품을 수 없었다.

그러나 '운전의 재미'를 찾는다며 굳이 돈을 더 들여 수동 옵션을 붙이고 자동차를 모는 5%는 혜석이 매우 싫어하는 사람들이었다. 물론 혜석 자신도 수동 운전을 했지만 언제나 교통법규를 철저히 지키는 자율주행차와 달리 자신은 긴급 시에 긴급한 운전을 해야 한다는 명분이 있었다. 다만 도운이 볼 때 혜석에게 그러한 명분은 편리한 알리바이일 뿐이었다.

긴장했지만 신난 표정으로 빅터의 컨버터블을 미행하던 혜석을 방해한 것은, 역시나 혜석이 싫어하는 수동 운전자 무리 중 하나였다. 아까부터 불안하게 움직이던 승용차 한 대가 혜석의 바로 오른쪽에서 방향지시

등도 없이 혜석의 차로로 끼어들었다. 혜석은 경적을 울리며 거친 욕설을 내뱉었다. 그러자 문제의 차는 경적에 반응한 것인지 오히려 그 자리에 급정거하더니 운전석 문이 열렸다.

혜석도 하는 수 없이 차를 세워야 했다. 옆 차로를 통해서 계속 빅터를 쫓아가고 싶었지만, 옆 차로들에서는 시속 40킬로미터 정도의 속도로 차량의 행렬이 움직이고 있어서 끼어들기가 쉽지 않았다. 혜석은 얼른 창문을 내리고는 거들먹거리며 옆으로 다가온 거구의 젊은 남성에게 경찰 신분증을 보여주었다.

"제가 당장이라도 선생님을 특수협박죄로 유치장에 넣고 싶고, 넣을 수도 있는데, 오늘 선생님 운이 억세게 좋네요. 제가 지금 너무 바쁘니까 얼른 차만 빼면 그냥 넘어가 드릴게요."

남자는 젊은 여자로만 생각하고 다가온 상대 차량 운전자가 경찰 신분증을 꺼내자 잠시 움찔하는 모습을 보였지만, 곧 다시 자세를 추스르고 혜석의 신분증을 살피더니 강한 어조로 말했다.

"어, 어, 협박은 제가 무슨 협박을 했다는 겁니까? 지금 그쪽이 하는 거야말로 협박 아니에요? 어, 신혜석 경감님?"

혜석은 잘못 걸렸다고 생각했다. 시간을 더 지체할 수 없었다. 마침 남자가 차에서 내려 왼쪽에 서 있는 바람에 뒤쪽 차들이 돌아가느라 혜석이 끼어들 틈이 생겼다. 혜석은 핸들을 최대한 왼쪽으로 꺾으며 남자에게 말했다.

"성명을 알 수 없는 20~30대 키 큰 남자분. 공무상 긴급한 사유로 인하여 귀하께서 계신 곳으로 차를 몰아갈 예정입니다. 분명히 고지해 드렸으니 옆으로 비키시기 바라고, 안 비키시면 저도 모르겠습니다."

혜석이 브레이크에 주고 있는 힘을 줄이자 차가 왼쪽으로 천천히 움직이기 시작했다. 남자는 계속 "어, 어." 소리를 냈지만 혜석의 차에서 물러났다. 혜석은 다시 가속 페달을 밟아 남자를 지나쳐 앞으로 나아갔지만 정체로 인해 다른 차량을 앞지르기는 쉽지 않았다. 그렇다고 미행 중에 경광등과 사이렌을 켤 수도 없는 노릇이었다. 어찌어찌 거칠고 민첩한 운전으로 십 수 대의 차를 앞질렀지만 빅터의 컨버터블은 보이지 않았다.

"하, 그 깡패 같은 새끼 때문에!"

혜석은 계속 다른 차들을 앞지르며 나아갔지만 짜증

섞인 목소리로 보아서는 이미 빅터를 찾을 것을 거의 포기한 눈치였다.

"선배, 그런데 여기가 지금 여의도 옆 맞죠?"

도운이 조심스럽게 말했다.

"어, 그렇네."

"그럼 그 자식 혹시……."

"피해자 집?"

"어차피 놓친 거니까 그리로 한번 가보는 건 어떨까요?"

혜석은 하릴없이 소명의 집으로 가기 위해 올림픽대로를 빠져나갔다. 소명의 아파트까지 가는 길에도 빅터의 차는 보이지 않았다. 아파트 지하주차장 1층을 한 바퀴 돌았지만 여전히 빅터의 파란 컨버터블은 눈에 띄지 않았다. 지하주차장 조명이 쓸데없이 밝은 데다 주차된 모든 차량이 무채색이어서 금방 알 수 있었다. 지하 2층으로 가니 간혹 빨간색이나 노란색 승용차가 있었지만 파란색은 없었다. 계속해서 차가 보이지 않아 올라가려 할 때였다.

"선배, 저기 저 차 아니에요?"

도운이 가리킨 쪽에는 자주색 천지붕이 덮인 컨버터

블이 서 있었다. 혜석은 전진 주차로 한 번에 차를 세우고는 바로 차 문을 열며 말했다.

"야, 빨리 뛰어. 이 새끼가 현장에 있을 때 잡아야 돼."

"네?"

"이 새끼 벌써 현장에 올라간 거잖아. 지금 거기 있는 사진 하나만 찍으면 DNA 영장은 바로 나온다고."

혜석은 바로 차에서 내려 엘리베이터 앞으로 뛰어갔다. 도운도 급히 차 키를 챙겨 바지 주머니에 대충 집어넣고 혜석을 쫓았다. 엘리베이터는 소명의 집보다 두 층 위인 9층에 멈춰 있었다.

"난 뛰어간다. 너도 따라오든가, 아님 9층에서 내려서 조용히 걸어와."

혜석은 도운이 대답할 새도 없이 긴 다리로 계단을 휙휙 오르기 시작했다. 발을 디디는 순간마다 힘을 조절해서 발소리도 거의 나지 않았다. 도운은 혜석을 보며 잠시 감탄하다가 정신을 차리고 자신의 다리를 높이 들어 보았으나, 곧 막막함을 느끼고는 엘리베이터의 버튼을 눌렀다.

9층에서 지하 2층까지 내려온 엘리베이터에 겨우 올

70

라탔지만 1층에서 다시 멈추자 마음이 급한 도운은 발을 동동 구를 지경이었다. 그러나 초등학생으로 보이는 남자아이가 엘리베이터에 올라타자 도운은 애써 자신을 다잡았다. 버튼을 누르려던 아이는 9층이 눌려 있는 것을 보더니 조심스럽게 도운을 쳐다봤다. 버튼은 누르지 않았다. 도운과 아이 모두 9층까지 올라가는 10초 가량의 시간이 10분처럼 느껴졌다.

9층에 도착해 엘리베이터 문이 열리자 아이는 내리지 않고 도운의 눈치를 보았다. 결국 도운은 먼저 엘리베이터에서 내려 계단으로 향했다. 그제야 아이는 자기 집 현관으로 뛰어가 빠르게 비밀번호를 눌렀다. 혹시라도 도운이 보지 않을까 겁내는 눈치였다.

잠시 후 문이 열리자 아이가 뭐라고 말하면서 집 안으로 들어갔다. 이상한 아저씨가 있었다는 얘기인 것 같았다. 안 그래도 살인사건이 일어난 직후라 아이가 더욱 겁을 먹었으리라 생각한 도운은 마음이 안 좋았다.

하지만 다른 사람이 문을 여는 소리가 울린 것은 다행한 일이었다. 9층에서 엘리베이터가 멈추는 소리가 났는데 문 여는 소리는 나지 않는다면 7층에 있던 빅터가 수상하게 생각할 수도 있기 때문이었다.

도운은 발소리를 내지 않으려 노력하며 계단을 내려갔다. 소명의 집 현관문은 도어스토퍼에 걸려 열린 상태였다. 문득 혜석이 전자 자물쇠를 열 때 나는 소리를 어떻게 처리했을지 궁금했지만, 아무튼 이 정도 시간이 지났으면 어떻게 해서든 집 안에 들어가 있을 것이 분명했다. 도운은 천천히 집 안으로 들어갔다.

집에 들어서자 복도 멀리 혜석이 서 있는 것이 보였다. 안방을 몰래 들여다보는 것 같았다. 도운은 신발을 신은 채로 천천히 들어갔다. 다가가 보니 혜석은 볼펜형 위장카메라의 렌즈 부분만 살짝 방문 틈으로 내밀고 있었다. 혜석은 도운에게 더 이상 다가오지 말라는 의미로 손바닥을 들어 조금 앞으로 내밀었다. 도운은 고개를 끄덕이며 그 자리에 섰다.

안에서는 서랍과 장농을 뒤지는 소리가 들렸다. 어차피 빅터나 그가 찾아낸 물건이나 이곳을 빠져나가지 못할 것이기에 혜석은 여유 있게 동영상만 촬영하고 있었다. 영상이 길면 길수록 빅터의 범행 후 수상한 행동에 대한 더 좋은 증거가 될 것이다.

그때 도운의 발 옆에서 짤그랑 하는 소리가 났다.

잠복용 승용차의 차 키가 바닥에 떨어져 있었다. 도

운이 차 키를 급히 바지주머니에 넣을 때 깊숙이 들어가지 않았던 것이다. 도운과 혜석은 숨을 멈췄다. 그러나 이미 방 안에서 나던 소리도 멎어 있었다. 혜석이 얼굴을 일그러뜨리다가 하는 수 없다는 듯이 앞으로 걸음을 내디디려 할 때였다.

빅터가 고함을 지르며 방에서 뛰어나와 도운을 덮쳤다. 도운은 신분만 경찰이지 연구원 특채로 들어온 데다 들어와서도 별다른 운동을 한 적이 없었다. 반면에 빅터는 키가 190센티미터에 꾸준한 근력운동과 수영으로 다져진 몸이었다. 빅터는 순식간에 도운을 바닥에 쓰러뜨리고 주먹으로 얼굴을 한 대 때린 뒤 멱살을 잡아 올렸다.

"너냐, 이 새끼야?"

도운은 정신이 없어서 빅터의 말을 알아듣지도 못했다. 말을 듣기는커녕 얼굴의 얼얼한 통증을 느낄 틈조차 없었다.

그때 빅터의 몸이 뒤로 확 젖혀졌다. 도운은 잠시 멱살을 잡혀 끌려가다가 결국 빅터의 손에서 힘이 빠지자 다시 바닥에 팽개쳐졌다. 혜석이 빅터에게 헤드락을 걸고 있었다. 빅터는 혜석보다 힘이 셌지만 앉은 채로 등 뒤에서 목을 잡히자 혜석을 공격하기 어려웠다.

결국 빅터는 우세한 체급을 이용하는 수밖에 없었다. 빅터가 힘차게 두 다리로 일어서자 순간 혜석의 발이 공중에 떴다. 빅터는 그대로 몸을 흔들어 혜석을 옆으로 메치려 했다. 그러나 혜석은 유도 유단자였다. 오히려 두 다리를 빅터의 허리에 감아 단단히 매달리자 빅터는 몸을 움직이기 더 어려웠다.

빅터는 혜석을 누르기 위해 뒤로 세게 넘어졌다. 하지만 혜석이 팔다리를 풀며 옆으로 몸을 뺀 것이 먼저였다. 이미 머리로 가는 혈류량이 줄어 정신이 흐려지던 빅터는 뒤통수를 부딪히자 1초 정도 기절했다. 누운 채 정신을 차리려는 빅터의 몸을 혜석이 굴려 팔을 뒤로 돌렸다.

수갑을 채우려는 순간 빅터는 크게 몸을 틀었지만, 혜석에게 잡혀 있던 팔에 오히려 강한 통증이 왔다. 빅터는 통증 때문에 한 번 더 몸부림치고 혜석은 잠시 그 몸에서 떨어졌다.

하지만 빅터가 다시 정신을 차리고 일어나려는 듯한 모습을 보이자 혜석은 다시 달려들어 아까 빅터가 아파했던 팔을 붙잡아 비틀었다.

"아! 아!"

이제 빅터는 더 이상 몸을 움직이지 못했다. 혜석은 나머지 팔까지 등 뒤로 돌려 두 손목에 수갑을 채우고 숨을 고르며 말했다.

"당신을 공무집행방해의 현행범으로 체포합니다. 미국 국적이시지만 국어는 사용하실 수 있죠? 당신은 변명의 기회가 있고 변호인을 선임할 수 있습니다. 원래는 살인 혐의로 당신을 추적하고 있었지만, 그 얘기는 나중에 하죠."

빅터는 잠시 정신을 차리지 못했다. 혜석은 수갑을 찬 빅터가 똑바로 일어설 때까지 기다렸다가 다시 변명의 기회와 변호인 선임권을 알려주었다. 빅터는 뒤로 묶인 팔이 고통스러우면서도 어리둥절한 표정이었다.

"그럼 당신네가 경찰이라도 된다는 거야?"

"서울지방경찰청 광역수사대 신혜석 경감입니다. 이소명 씨 살인사건을 수사 중이고요. 방금 귀하가 폭행한 이분도 서울경찰청 소속 감식관입니다. 귀하는 사건 현장을 검증하고 있는 경찰공무원을 폭행하였고, 아마 증거인멸을 하려고 하신 것 같습니다."

혜석이 신분증을 내밀며 말했다.

"이런……!"

빅터가 고개를 뒤로 젖히며 양 눈을 꽉 감았다.

"빅터 정씨 맞으시죠? 방금 전 살인 현장에서 무슨 일을 하고 계셨습니까?"

마침내 상황 파악이 된 듯한 빅터가 고개를 흔들더니 대답했다.

"저 진술거부권 있죠? 제 변호사랑 먼저 얘기하겠습니다."

"진술거부권이 있는 건 맞습니다. 일체의 진술을 거부하셔도 되고 개개의 구체적인 질문에 대답을 안 하셔도 됩니다. 하지만 저 또한 질문하는 건 자유니까 계속 묻겠습니다. 여기가 살인사건 현장인 건 알고 계셨습니까?"

"변호사를 불러주세요."

"연락할 변호사가 정해져 있습니까?"

"회사 변호사한테 하시면 될 겁니다. 제가 무슨 회사 다니는지는 다 알고 계시겠죠?"

"회사 변호사를 부르는 것도 빅터 씨 자유입니다만, 지금 미국 본사에서 한국 지사장으로 발령받아 오신 거 아닙니까? 살인 혐의로 조사받는 거 알면 바로 본사에서 직위해제되고, 아마 결국에는 해고되시지 않을까 싶은데. 이건 인간 대 인간으로 드리는 충고입니다만, 회사 변호사 말고 다른 변호사를 알아보시는 게 좋을 거 같습니다. 물론 언젠가는 회사에 알려지겠지만 그래도 최대한 늦게 알려서 월급 받을 수 있을 때까지는 받아야죠."

빅터는 대답하지 않았다.

"그럼 변호사를 생각하실 동안 다시 물어보죠. 여기가 살인사건 현장인 건 아셨습니까?"

"……."

"왜 현장을 검증하는 경찰관을 공격했습니까?"

"경찰인 건 몰랐습니다."

"그럼 여기 또 누가 있겠어요. 당신 같은 침입자 말고."

"……."

"당신은 이소명 씨를 아십니까?"

"전혀 모르는 사람입니다. 아까 살인사건이 어쩌고 얘기하시던데, 당연히 그런 사람을 죽인 적도 없습니다."

"그럼 모르는 사람 집에는 왜 와 계셨던 겁니까?"

빅터가 대답이 없자 혜석은 잠시 빅터를 두고 도운을

쳐다보았다. 그러자 도운이 빅터의 앞으로 다가가 외운 대사처럼 말했다.

"저는 서울지방경찰청 특별감식관 채도운 경감입니다. 저희는 피해자 이소명의 살해 현장에서 범인의 DNA를 채취했습니다. 지금 그 DNA와 비교할 피의자를 찾는 중인데, 마침 오늘 귀하께서 살인사건 현장에 제 발로 나타나셨고, 현장을 검증하는 경찰관까지 공격했습니다. 저희는 반드시 귀하에 대한 DNA 검체 채취 영장을 받을 겁니다. 정황으로 보아서는 살인 현장에서 나온 것과 일치할 것 같습니다."

도운이 말하자 지금까지 잘 버티던 빅터가 당황했다. 눈빛이 떨리고 무언가를 빠르게 생각하는 모습이었다.

"결국 DNA 일치 결과가 나오면, 그것만으로도 빅터 씨에 대한 구속영장은 충분히 나올 겁니다. 그 결과를 설명할 만한 좋은 방법이 있으실까요?"

빅터가 다급하게 대답했다.

"진짜로 제가 안 죽였습니다. 저는 그냥 이소명을 만나는 사이였어요. 그러니까 당연히 이 집에서 제 DNA가 나오겠죠. 오늘 온 것도 소명이와 만날 때 여기 두고 간 물건을 찾으러 온 거예요. 혹시라도 살인범으로 의심받을까 봐서요."

도운은 이제 다시 혜석에게 이야기하라는 뜻으로 혜석을 쳐다보았다. 혜석은 한 발짝 나서며 물었다.

"그럼 경찰관은 왜 공격하셨습니까?"

빅터는 혜석의 위세에 움츠러들며 대답했다.

"저는 경찰관님이 그 스토커인 줄 알았습니다."

"스토커요?"

"소명이가 그랬어요. 자기한테 스토커가 붙었는데 무서워 죽겠다고. 저한테 문자랑 음성녹음도 보여줬는데 진짜 미친놈 같았어요. 저는 뉴스 보자마자 그 새끼가 범인이라고 생각했는데, 제가 의심받을까 봐 신고를 못 했죠."

"그럼 이소명 씨랑 빅터 정씨 스마트밴드를 저희가 살펴보면, 두 분이 사귀었던 것하고 이소명 씨에게 스토커가 있었던 것까지 다 확인 가능한가요?"

"모르겠습니다. 소명이가 워낙 보안에 철저해서 자기 스마트밴드에 저에 대한 내용이 없을 수도 있어요. 하지만 제 밴드에는 다 있으니까 지금 당장이라도 제 거 가져가세요. 아마 제 알리바이도 확인될 겁니다. 저는 2월 4일 밤에는 투자자랑 약속 잡고 만나고 있었습니다."

"일단 그렇다고 합시다. 그런데 빅터 씨는 예전에 이소명의 펀드에 600억 원을 투자하지 않으셨던가요?"

"네, 맞습니다. 수익이 괜찮게 났었죠. 처음 소명이를 알게 된 계기이기도 했고."

"그런데 그 펀드 총액의 7%를 이소명이 횡령한 건 모르셨습니까?"

"횡령이요?"

혜석은 숙련된 조사관이었다. 그의 눈에 빅터가 연기를 하는 것처럼 보이지는 않았다. 혜석은 이 부분도 일단은 넘어가기로 했다.

"됐습니다. 아무튼 지금 빅터 정씨의 말이 전부 맞는다고 해도 최소한 사건 현장에서 증거를 훔치려 하셨고 경찰관도 공격하셨으니, 우선은 가서 조사를 받으셔야겠습니다."

"네. 그런데 얌전히 따라갈 테니 수갑은 좀 풀어주시면 안 되겠습니까?"

혜석은 잠깐 고민했지만 유사시에는 다시 혼자서 빅터를 제압할 수 있다고 판단한 것 같았다. 도운은 혜석이 빅터의 수갑을 풀어주는 것을 도왔다.

"고맙습니다."

"빅터 씨의 안전을 위해서 미리 말씀드립니다만, 아무리 총기 규제가 엄격한 한국이라도 경찰청 강력팀장은 항상 권총을 휴대하고 다닙니다. 딴생각 안 하시는 게 좋을 거예요."

"저도 제 나라 사람들이 맨날 총을 쏴대는 게 특별히 자랑스럽지는 않습니다. 그렇게 비꼬실 필요 없어요."

빅터가 손목을 주무르며 말했다.

"그런데 두고 간 물건이란 게 뭐였죠?"

"피지컬밴드요. 화장대 맨 윗서랍 비밀공간에 있더군요."

피지컬밴드란 스마트밴드의 후속 제품이다. 단순히 사용자가 적극적으로 입력하는 정보만 받고 시청각 정보를 주기만 하는 스마트밴드와 달리, 사용자의 신체와 감정에 대한 정보를 직접 수집하고 또 신경자극 등 몇 가지 신체적 자극을 주기도 하는 장비였다. 건강관리용으로 가장 널리 쓰였지만, 혜석은 그 오·남용 사례를 잔뜩 알고 있었다. 빅터가 피지컬밴드를 어떻게 남용했는지는 본인에게 물어봐야 할 일이었다.

"화장대에 비밀공간이 있었다니 그 정확한 위치도 들어봐야겠습니다만, 그건 나중에 하죠. 방금 피지컬밴드 얘기를 하셨는데 혹시 탈옥해서 쓰신 건가요?"

"아닙니다! 아니, 탈옥을 한 건 맞는데 생각하시는 그런 게 아닙니다."

'생각하시는 그런 것'이란 디지털 마약으로의 사용을 말하는 것이었다. 스마트밴드의 운영체제를 탈옥한 후 무허가 어플리케이션으로 피지컬밴드의 신경자극 기능을 이용하면 사용자에게 중독적인 환각을 줄 수 있었다. 디지털 마약의 제작자들은 사용자들로부터 회당 사용료를 결제 받았지만 재료가 소비되는 것이 아니었기 때문에 사용료는 생물학적·화학적 마약보다 훨씬 저렴했다. 온라인으로 즉시 거래를 마칠 수 있었기 때문에 거래하기도 매우 쉬웠다.

결국 보건당국은 디지털 마약을 막는 것이 도저히 불가능하다고 판단하자 대신 사용에 필요한 피지컬밴드의 관리를 강화하기로 했다. 그래서 모든 피지컬밴드에는 일련번호가 붙고 사용자는 실명으로 사용 등록을 해야 했다. 그래서 빅터도 자신의 이름이 등록된 피지컬밴드를 회수하기 위해 위험을 무릅쓰고 소명의 집까지 찾아왔던 것이다.

"디지털 마약으로 쓴 게 아니라면 뭣 때문에 탈옥을

했던 겁니까?"

"그런 것까지 말해야 합니까?"

"무슨 말을 하든, 하지 않든 본인 자유입니다. 하지만 탈옥의 이유를 설명해 주시지 않으면 디지털 마약 사용을 의심할 수밖에 없잖습니까. 본인의 변호를 위해서라도 묻는 말에 대답해 주시지요."

빅터는 잠시 망설였으나, 결국 천천히 입을 열었다.

"사실은 소명이가 저에게 피지컬밴드도 주고 탈옥도 시켰습니다. 그리고 이상한 어플을 깔아주더라고요."

"이상한 어플이요?"

"그게 말하기가 좀 그런데……. 그러니까 예를 들어 소명이가 저에게 문자 어플로 문자를 보냈는데 제가 바로 답장을 안 하면, 그 어플로 신경자극이 옵니다."

"신경자극이라면?"

"손이나 팔 같은 데서 약한 통증이 시작되는 거죠. 처음 느껴질 때는 예상치 못했다면 잠시 '아야!' 할 정도. 한번 통증이 오고 나면 그 다음 통증이 올 것은 예상을 하니까 소리를 안 내고도 참을 수 있죠. 그런데 문제는 계속 답장을 안 하고 있으면 조금씩 통증이 강해집니다. 통증이 계속해서 가해지는 것도 아니고 간헐적으로 오는데, 그 간격조차 불규칙해요. 그래서 언제 통증이 올까 긴장하다 보면 일에 집중이 안 되고, 결국엔 통증을 피하기 위해 얼른 답을 하게 되는 거죠. 문자 메시지뿐만 아니라 매사 그런 식으로 소명이한테 조종당하는 느낌이었어요. 그리고 또 이런 얘기까지 형사님 앞에서 해도 되는지 모르겠는데…….."

빅터가 혜석을 빤히 쳐다보자 혜석이 금세 무슨 말인지 알아채고 대답했다.

"섹스에 대한 얘기란 거죠? 우린 모두 성인이고, 피지컬밴드를 섹스할 때 어떻게 쓰는지는 아마 제가 빅터 씨보다 훨씬 많이 알 테니 걱정 말고 말씀하시죠."

"그렇다면 말씀드릴게요. 그러니까 관계를 할 때 더 자극을 주는 건데, 문제는 그 자극을 제가 아니라 소명이가 통제하는 거예요. 제가 느끼는 쾌감이나 고통이나 여러 가지 감각을, 소명이가 생각하는 괜찮은 타이밍에."

섹스를 하며 상대방한테 조종받는 느낌을 상상하자 도운은 몸서리가 쳐졌다. 혜석을 슬쩍 쳐다보니 무표정한 얼굴을 하고 있었다.

"그렇게 일상에서도, 섹스를 할 때에도 조종을 받는

느낌이었다면 이소명한테 거부감이 생기지는 않았나요? 왜 계속 그를 만나셨습니까?"

혜석이 다시 물었다.

"글쎄요, 저는 그냥 괜찮았습니다. 사실 소명이가 제가 싫다는 생각까지는 하지 않게 조절을 잘한 것 같아요. 제가 소명이에게 너무 길들여져서 그렇게 느낀 걸 수도 있지만."

도운은 빅터의 신체 프로필과 이력을 생각하며, 그가 이렇게 경찰에게나 이소명에게나 순종적인 모습을 보이는 것은 뜻밖이라고 생각했다. 물론 사람의 성격은 생각보다 짧은 시간에 여러 가지 요인으로 변하기도 한다. 도운은 빅터의 지금 성격을 만든 요인 중 소명이 어느 정도 비중일까 궁금했다. 도운은 빅터에게 물어보았다.

"이소명 씨랑 만난 기간은 얼마나 되시죠?"

"제가 소명이 펀드에 투자할 무렵이었으니까, 3년 정도 됐습니다."

3년이라면 강한 자극이 계속될 경우 충분히 사람의 성격이 극적으로 바뀔 수도 있는 시간이었다.

제2장

# 성북동

그날 혜석의 팀원들은 6시간에 걸쳐 빅터를 조사했다. 살인 피의자의 첫 조사로는 긴 편이 아니었지만, 이미 빅터는 상당 부분 혐의를 벗은 상태였다. 빅터가 만났다고 주장하는 투자자에게 직접 확인해 봐야겠지만 일단 알리바이에 대한 빅터의 진술은 구체적이며 생생했다, 스마트밴드에 저장된 메시지와 사진, 영상을 통해서도 빅터가 소명과 연인관계였음이 증명되었다. 소명의 사망 직전까지도 두 사람 사이에 어떤 문제가 있었다는 기미는 전혀 보이지 않았다.

오히려 빅터의 협조 덕에 수사가 크게 진척된 부분도

있었다. 디지털포렌식 팀이 소명의 스마트밴드 보안을 뚫지 못해 고전하던 중, 빅터의 피지컬밴드에 깔려 있던 무허가 신경자극 어플이 수신한 신호를 역추적하여, 소명의 스마트밴드에도 탈옥 부팅모드가 따로 있었다는 사실을 밝혀낸 것이다.

일단 부팅해서 이소명 밴드의 저장공간에 접속할 길이 하나라도 뚫린 순간 나머지는 시간문제였다. 그렇게 해서 디지털포렌식 팀이 본격적인 작업에 착수하고, 다음 날 혜석과 도운은 빅터의 알리바이를 확인하기 위해 그가 말한 투자자를 방문하기로 했다. 물론 도운은 감식관인 자신이 계속해서 혜석을 쫓아다닐 필요가 있는지 의문을 품었다.

"다 너 좋으라고 이러는 거야. 너 어차피 여기 나가면 딱히 갈 데도 없잖아."

혜석의 말을 듣고 도운은 자신이 경찰청에 들어오기 전 얼마나 잘나가는 창업자였는지 설명하고 싶은 마음이 굴뚝같았다. 하지만 동시에 그럼에도 불구하고 자신이 지금의 생활을 하고 있는 이유까지는 설명하고 싶지 않았다.

"회사 생활 오래 하려면 특채라고 해서 맨날 감식만

할 게 아니라, 형사팀에서 수사를 어떻게 하는지도 알아야지. 그래야 인정받아. 인정받아야 승진하고, 승진해야 회사 생활 오래 하고."

"그럼 제 승진길 때문에 저를 데리고 다니신다는 거예요?"

"그러면서 인력도 더 효율적으로 하는 거지."

인력을 효율적으로 운용한다는 말씀이시겠죠. 도운은 마음속으로는 혜석이 한 말의 문법적 오류를 지적했지만 입 밖으로는 좀더 현실적인 문제를 이야기했다.

"그런데 감식관인 제가 선배 조사하는 데 따라다니면, 살인사건 수사 중이라고 광고하는 것 아닌가요?"

도운은 DNA 초상화 기술이 강력 사건에만 적용된다는 점을 지적한 것이다. 그러나 혜석은 아무렇지도 않게 대답했다.

"그냥 채도운 경감이라고만 소개해. 감식관이라고 하지 말고."

"아, 하지만……."

"하지만 뭐. 거짓말하자는 것도 아니고. 어차피 내가 조사하면서 내 소속이랑 다 소개할 텐데 그냥 따라다니기만 하는 네 직책이 뭐가 중요하겠니?"

결국 도운은 혜석을 따라나섰다.

투자자의 사무실은 상암동에 있었다. 2020년대 후반 남북통일의 기대감이 커질 무렵 마포구는 서울시계 안에서 북한에 가장 가까운 곳이라는 부정확하고도 허접한 슬로건으로 상암동을 홍보했다. 홍보문구의 효과는 미약했지만 운이 좋았는지 첨단사업단지에서 몇몇 스타트업 기업이 성공을 거두었고, 스타트업 투자자들도 하나둘 그곳에 자리를 잡기 시작했다. 마침 그 근처에는 지하철과 공원과 적당한 한적함을 고루 갖춘 상당히 좋은 주거지역이 있었고, 주거지구와 상업지구의 동반 성장으로 상암−성산동 일대는 상당히 비싼 동네가 되었다.

혜석이 운전하는 차를 타고 동네를 관통하던 도운은 자신과 나이가 비슷한 축구 경기장을 바라보았다. 한국에서 월드컵이 열린 것은 30년도 더 된 일이지만 여전히 월드컵 경기장이라는 이름으로 불리는 곳이었다. 아직까지 프로축구 경기도 열리고 극장과 대형 마트도 입점해 있지만 각 시설의 출입구를 제외한 외벽은 리모델링을 하지 않은 채 그대로 낡아 있기만 했다. 이에 적지 않은 사람들이 그 경기장을 흉물이라고 불렀지만 거기서 낭만을 찾는다는 사람들도 있었다. 꼭 '너희가 2002년을 아느냐.'라고 묻는 중노년층만 그런 것도 아니었다.

월드컵 경기장을 지나서는 아파트 숲 너머로 윗부분을 깎아낸 듯한 거대한 언덕 공원이 보였다. 인공적으로 만든 거라기엔 언덕의 규모가 너무 크고, 자연적으로 생겨났다기엔 꼭대기가 너무 평평했다. 도운이 언덕의 정체를 궁금해 할 때 이번에는 인공 구조물임이 명백한 빌딩들이 도운의 시야를 가렸다.

빅터의 투자자 신소희의 사무실은 산업단지 중 철도 옆에 있는 빌딩 10층에 있었다. 사무실에는 소희와 비서 역의 젊은 남성 직원 1명밖에 없는 듯했다. 빌딩의 창문은 산업단지 전체가 내려다보이는 남쪽으로 향해 있었다. 혜석이 비서에게 방문 목적을 알리자 호출할 필요도 없이 소희가 먼저 응접실로 나왔다. 진한 눈 화장과 마른 볼 덕에 상당히 공격적인 인상을 풍기고 있었다. 게다가 그 표정까지 혜석과 도운을 경계하는 기색이 역력했다.

"경찰청에서 오셨다고요?"

"네, 서울지방경찰청 광역수사대 신혜석 경감입니다. 여기는 채도운 경감이고요."

혜석이 가볍게 가슴을 숙이며 인사했다.

"신소희라고 합니다. 그런데 제가 어떻게 도움을 드릴 수 있을지 잘 모르겠는데요."

"아, 네. 저희가 수사 중인 사건이 있는데, 몇 가지 정황상 지노팜의 한국 지사장인 빅터 정씨가 피의자로 지목되었습니다. 그런데 빅터 정씨는 사건 당시 투자 건으로 신소희 씨를 만나고 있었다고 해서요. 그 주장의 진위를 좀 확인해 주셨으면 합니다."

처음에 현장에서 추정한 소명의 대략적인 사망일시는 2월 4일에서 5일로 넘어가는 밤 언젠가였지만, 이후 직장온도를 측정하고 실내 냉난방장치에 기록된 온도변화 추이를 입수하여 비교한 결과 2월 4일 20:00에서 24:00 사이에 사망한 것으로 다시 특정되었다. 빅터는 그 날 22:00 이후에는 집에 있었던 것이 자기 집 CCTV로 확인되었으므로 빅터가 범인이라면 범행 시각은 20:00에서 22:00 사이였다.

묘한 것은 소명의 집 CCTV였다. 아파트 복도에는 CCTV가 없고 건물 출입구에만 설치되어 있었는데,

CCTV에 나타난 모든 출입자를 추적하는 데 성공하였으나 그 중에서 소명 본인과 가정부 말고는 2월 4일 소명의 집에 들어간 자가 없었다. 역시 수사자원이 풍부한 사건답게 영상분석팀이 곧바로 투입되었고, 그들은 출입자가 없는 시간의 영상이 3분 단위로 반복된다는 것을 알아냈다. 누군가가 영상을 조작하여 특정인의 출입 흔적을 지운 것이다.

영상은 아파트 관리사무소의 CCTV 전용 디스크에 저장되어 있어 아파트 내부인은 쉽게 접근할 수 있었지만 네트워크에 의한 외부인의 접속도 가능했다. 누가 영상을 조작했는지는 새로 밝혀내야 할 과제였고, 단기간에 문제가 해결될 것 같지는 않았다. 아직도 빅터가 범인인지 아닌지 확정하지 못하고 혜석과 도운이 이곳까지 찾아오게 된 경위였다.

빅터는 집으로 돌아온 22:00 이전에는 21:30까지 상암동에서 신소희를 만나고 있었는데, 그 뒤에 여의도로 가서 이소명을 살해하고 22:00까지 강남에 있는 집으로 돌아오는 것은 절대 불가능하다고 주장했다. 왜 투자자를 그렇게 늦은 시간에 만났느냐는 질문에는 신소희의 일정에 맞춘 것이라고 했다.

신소희는 빅터의 알리바이를 확인하고 싶다는 혜석의 말에 답했다.

"그 얘기는 전화로 이미 들었죠. 그런데 빅터 정씨가 무슨 혐의를 받고 있는 건지는 안 알려주시나요?"

"어떤 사람이 어떤 범죄와 어떤 관련이 있느냐 하는 것이 워낙 민감한 개인정보라서 추가 정보는 드리기 어려우니, 그냥 특정 시간에 빅터 정씨를 만났는지만 확인해 주시면 감사하겠습니다."

"글쎄요, 제가 질문에 답해 드릴 의무는 없지요?"

"네, 그냥 중대한 범죄를 해결하는 데에 시민으로서 협조한다고 생각하시면 됩니다."

"그렇다면 제가 제 사생활이나 사업상 움직임을 노출하면서까지 협조할 만큼 중대한 사건인지는 알아야죠."

사건 당사자가 아닌 사람들이 경찰을 경계하며 말을 아끼는 것은 드문 일이 아니었다. 당사자 조사 경험이 적은 도운은 조금씩 조바심을 느끼기 시작했지만 혜석은 아직 괜찮아 보였다. 다만 소희에게 사건 내용을 어디까지 알려줄지가 고민인 모양이었다.

"그렇다면 오늘 저희가 설명해 드리는 내용을 어디에서도 발설하지 않겠다는 서약서를 한 장 써주시겠습

제 2 장 | 성북동

95

니까?"

그 말을 한 것은 도운이었다. 도운은 경찰청에 들어오기 전 사업을 하면서 스타트업 전문 투자자인 소희에 대하여 '깔끔하다'라는 평판을 몇 번 들은 적 있었다. 매우 추상적이고 애매한 말이었지만, 아이디어와 기술이 생명인 스타트업 창업가들 사이에서 투자자가 깔끔하다는 말은 그런 아이디어와 기술을 자신이 가질지 여부를 명확하게 결정한다는 말이었다. 돈을 투자해서 회사의 지분을 갖거나, 돈을 주지 않고 그 어떤 연도 맺지 않거나 둘 중 하나를 택한다는 뜻이다.

어쩌면 투자자가 할 수 있는 선택이란 당연히 그 둘 중 하나가 아니겠느냐 물을 수도 있지만, 실상은 돈도 내지 않은 채 기술을 가지려고 욕심부리는 자들이 적지 않았다. 도운은 자기 것의 경계를 분명히 한다는 소희의 평판을 믿고 최소한의 사건 정보를 공개하기로 한 것이다.

"저 자신에게 법적 분쟁상황이 생겨 변호에 필요한 경우에는 비밀을 이야기할 수 있다는 단서하에 서명하겠습니다."

도운은 슬쩍 혜석의 눈치를 보았다. 혜석은 이렇게

쉽게 정보를 알려주게 된 것이 탐탁지 않았지만 참고인 앞에서 경찰관들끼리 수사 절차에 관해 논쟁하는 모습을 보일 수는 없었다. 결국 혜석은 소희에게 적당한 문구를 불러주며 자필로 서약서를 적게 했다. 혜석과 도운, 소희는 안쪽 사무실에 들어가 작은 탁자에 둘러앉았다.

"그래서, 빅터 정씨가 무슨 일에 연루된 거죠?"

"아직 빅터 씨가 연루됐다고 확정된 것은 아닙니다. 신소희 씨가 수사에 협조해 주시면 저희가 그 연루 여부를 결정하는 데 큰 도움이 되겠죠. 일단 저희가 수사 중인 사건은 살인사건입니다."

"설마 며칠 전 뉴스에 나온 건가요? 펀드 매니저 살인사건?"

혜석은 소희가 너무나도 빠르게, 그것도 정확하게 사건의 내용을 넘겨짚은 것에 당황했지만 이를 내색하지 않았다.

"중대한 사건이라 협조가 필요하다는 것까지가 제가 말씀드릴 수 있는 한계입니다. 사건의 구체적인 내용은 알려드리기 어렵습니다."

"하, 그거였군요. 빅터 씨는 어떻게 그런 데 얽힌 건지……."

"저, 그러니까 2월 4일 밤에 빅터 정씨를 만난 적이 있으신가요?"

혜석은 더 이상 사건에 관한 대화를 잇지 않고 어서 빅터의 알리바이를 확인하려고 했다.

"지난 화요일에 만난 적은 있는데, 그게 2월 4일인 가요?"

"네, 맞습니다. 당시 만나신 시간은 언제였습니까?"

"그때 다른 사람이랑 만찬 미팅이 있어서 밤에 본 것 같은데, 비서에게 확인해 볼게요."

소희의 비서는 일정 수첩에 빅터와의 만남 시간이 기록돼 있지는 않지만, 그 앞 만찬 미팅 시작이 19시였으므로 아마 21시는 넘어서 빅터를 만나게 되었을 것이라고 말해주었다.

"들으신 대로, 밤에 빅터 정을 만난 게 맞습니다. 아마 그 시간에 이소명이 살해되었나 보군요."

"아니, 피해자 이름은 어떻게 아셨어요?"

도운이 놀라서 반문하자 혜석이 얼굴을 찌푸리며 대답했다.

"지금 채 경감이 한 말은 빅터 정씨 관련 사건의 내

용을 확인해 드린 게 아닙니다. 채도운 경감은 DNA 특별감식관으로서 사건의 담당형사도 아닙니다. 착오에 기한 발언으로 이해해 주시기 바랍니다."

혜석이 대충 수습했지만 이 정도면 사건의 모든 내용을 알려준 것과 다름없었다. 도운도 자신의 실수를 깨달았는지 아차 하는 표정이었다. 소희는 그러거나 말거나 상관없다는 듯 오히려 도운의 반문에 대답하기 시작했다.

"아시다시피 우리나라가 작아서, 웬만한 업계의 웬만한 선수들은 서로 다 알잖아요. 저나 이소명이나 신기술 전문 투자자니까 이름과 얼굴 정도는 알고 지냈죠. 그리고 이소명은 워낙에 업계에서 유명하기도 했고요."

"어떻게 유명했죠?"

다시 도운이 물었다. 이제 혜석은 포기한 듯이 그냥 도운을 놔두고 있었다.

"대단히 똑똑한 사람으로요. 본인은 기술자가 아니라 그냥 투자자였지만 무엇에 대해서든지 이해력이 정말 뛰어났습니다. 유전공학, 바이오 에너지, 수경농업, 굴절통신, 기계 학습, 태양활동 예보, 미니 핵융합까지 돈이 될 것 같으면 투자 분야를 가리지 않았어요. 그렇게 전방위적으로 투자 대상을 찾다 보면 전문성이 부족해지는 게 정상인데, 이소명은 항상 회사의 기술과 재정 상태에 대한 자료조사가 하도 철저하고 질문이 날카로워서 투자받으러 온 CEO들이 다들 벌벌 떤다고 했죠. 그래서 눈빛으로 사람도 죽이겠다고 별명이 메두사였던가, 그랬어요."

"그게 업계에서 붙은 별명이라고요? 업계 분들이 별로 센스가 좋은 사람들은 아니었군요. 게다가 머리가 좋고 질문이 날카롭다고 해서 그런 무서운 괴물의 별명을 붙이는 건 불공평하다는 생각도 들고."

소희는 혜석의 말을 듣고 피식 웃었다. 결국 혜석도 소명이 피해자라는 사실을 암묵적으로 인정하고 직접 조사를 진행하기로 한 것이다. 나름 업계의 큰손으로 보이는 소명이 살해당했다는 사실을 그 경쟁자 중 하나인 신소희에게만 먼저 알려주는 것은 분명 문제의 소지가 있는 일이었지만, 수사관의 입장에서 살인사건 해결에 필요한 정보를 얻는 것이 더 중요하다는 판단이었다. 피해자의 성격과 평소 소문에 대한 정보는 분명히 의미 있는 수사 단서였다.

"꼭 그렇게 좋은 쪽으로만 유명한 건 아니었거든요.

아주 머리가 좋다는 평판과 함께, 매우 악독한 투자자라는 소문도 있었습니다. 솔직히 제가 들은 이야기만 생각하면 그 사람이 살해당했다는 것도 꼭 놀랍지만은 않아요."

"악독하다고요?"

"이소명이 말로는 엔젤 투자, 스타트업 투자를 한다고 하면서, 실제로는 지분 매수가를 엄청나게 후려쳤거든요."

"장사하는 사람들끼리 사는 사람은 가격을 깎고 파는 사람은 올리는 게 각자의 기술 아닙니까? 그걸 가지고 악독하다고 할 수는 없을 것 같은데요."

"당연히 그렇죠. 그런데 이소명은 정상적인 흥정으로 가격을 깎는 게 아니라, 실제 자기가 사려는 회사의 가치를 떨어뜨리는 짓을 했어요. 일시적인 공격으로 회사의 외관상 가치를 낮춘 뒤 그 회사를 구입하고, 공격을 멈추어 가격이 정상화되면 되파는 거죠. 따지고 보면 그것도 이소명이 회사의 기술과 성장 잠재력을 평가하는 능력이 있기 때문에 가능했던 거긴 하죠. 그렇게 이소명에게 당한 회사 중에 제일 컸던 건이 알피였고요."

"알피요?"

"DNA 초상화 원천기술을 가진 회사였는데, 기술이야 당연히 좋지만 CEO의 시야와 인맥도 보통이 아니었습니다. 투자자들이 오히려 먼저 달려들 정도였어요. 뉴욕과 런던 증시에 상장 예정이라고 소문이 났었는데……."

갑자기 말을 멈춘 소희는 혜석의 옆에 선 도운을 보고 있었다. 혜석이 돌아보니 도운은 얼굴이 완전히 굳은 상태였다.

"야, 괜찮아?"

혜석이 도운의 팔을 툭 치며 속삭였다.

"아, 네. 선배. 괜찮아요."

도운은 갑자기 정신을 차린 듯 대답했다. 혜석은 도운의 상태가 신경 쓰였지만, 피해자에 대한 새로운 정보가 나오는 중이었다. 조사에 더 집중할 필요가 있었다.

"계속 말씀해 주시겠어요?"

소희도 도운에게 괜찮으냐는 듯한 눈빛을 보냈지만 도운은 또 다른 곳을 쳐다보고 있었다. 할 수 없이 소희는 이야기를 계속했다.

"그러니까…… 그때 런던 증시에 상장한다는 소문까지 났었는데, 갑자기 회사가 시끄러워졌어요. 뭐 고객 개인정보가 샜다, DNA 채취 중에 오염이 생겼다, 자꾸 이상한 소문이 나더니 채권자가 돈을 회수한다 그러더라고요. 그때 대충 사정 짐작한 사람들도 있긴 했는데, 아무튼 상장은 당연히 실패하고 회사는 헐값이 됐죠."

"그게 이소명의 공격이었다는 말인가요?"

"회사가 공격당하는 시점까지는 그냥 짐작이었지만, 나중에 이소명이 운영하는 SM펀드가 회사를 인수하면서 확정된 거죠. 원래 소문으로는 상장만 되면 바로 시가총액 천억 단위라고 했는데, 결국 SM에서 인수할 때 가격이 50억이었나……."

그때 도운이 갑자기 "죄송합니다." 같은 소리를 우물거리더니 몸을 일으켜 사무실을 나갔다. 혜석이 도운이 나간 쪽과 소희가 앉은 쪽을 번갈아 쳐다보자 소희가 먼저 말했다.

"나가 보시죠, 형사님."

"죄송합니다. 그럼 잠시."

소희는 나가는 혜석을 보며 다시 무언가 넘겨짚는 표정을 지었다.

도운은 사무실 밖 복도에 고개를 숙인 채 서 있었다. 혜석은 천천히 도운에게 다가서, 양손으로 도운의 두 팔을 살짝 잡았다. 도운이 고개를 들었다.

"힘내. 필요하면 쉬고."

"네?"

"저거 네 얘기잖아. 이소명한테 회사 빼앗긴 CEO."

도운은 어안이 벙벙했다. 혜석이 무슨 말을 하는 것인지 알 수 없었다. 아니, 어떻게 혜석이 그 일에 대해서 알고 말을 하는 것인지 알 수 없었다.

"왜, 이 서울지방경찰청 광수대 강력팀장님이 자기 파트너가 뭐 하다 굴러온 사람인지도 몰랐을 거 같아?"

"파트너라니······."

"같이 조사하면 파트너지. 아무리 특채라지만 쟤는 왜 맨날 저렇게 고개 숙이고 다니나, 아무하고도 인사도 안 하나 싶어서 좀 알아봤지. 그랬더니 옛날에 자기네 업계에서 한가락 했다는 거 아냐. 그래서 허접한 공무원 자리가 마음에 안 드나 보다 했어. 무려 이 신 팀장과 같은 경감 자리에 들어온 주제에."

"아니, 선배······."

도운은 당황해서 입이 얼었지만 혜석은 히죽 웃었다.

"그래도 네 회사 엎어버린 게 이소명인 건 나도 오늘 알았어. 보아하니 너도 그런 것 같고. 마음 복잡하면 조사 접고 오늘은 그만 퇴근하자. 다시 오면 되지."

"아닙니다. 저 때문에 조사를 망치면……."

"망치는 게 아니라 나중에 상태 좋을 때 다시 와서 제대로 하자고. 나 혼자 조사하면 절차상 문제가 되고, 너는 지금 같이 들어가면 마이너스만 될 것 같아. 그러면 차라리 나중에 오는 게 낫지."

"아무리 그래도……."

"됐어, 됐어. 얼른 퇴근이나 하자."

결국 혜석은 소희에게 돌아가 조사를 중단하겠다고 양해를 구했다. 컴퓨터로 뭔가를 검색하던 소희는 다 이해한다는 듯한 투로 대답했다.

"감식관님이 뭔가 충격을 많이 받으셨나 봅니다. 안녕히 가시고, 수사 잘 마치시기 바라겠습니다."

"고맙습니다."

혜석은 복도에서 기다리던 도운과 함께 수사용 승용차로 돌아갔다. 차에 탄 두 사람은 조용했다. 혜석은 평소와 달리 느리게 차를 몰았다. 강변북로에 올라타자 한강의 야경이 펼쳐졌다. 다리의 조명과 그 위에 늘어선 차들의 전조등 불빛이 검은 물과 하늘 사이에서 가물가물하지만 화려하게 빛났다.

혜석은 앞만 바라보며 운전했지만 도운은 창밖에 흐르는 야경과 혜석의 옆얼굴을 번갈아 쳐다보았다. 혜석이 오히려 도운을 위로해 주었지만, 어쨌든 조사를 중단시킨 도운은 혜석이 아무리 차를 얌전하게 몰아주어도 가시방석에 앉은 기분이었다. 결국 도운이 차 안의 정적을 먼저 깨뜨렸다.

"……CEO는 아니었어요."

"뭐?"

"저는 CTO(Chief Technical Officer)였고, CEO는 따로 있었죠. 아까 신소희가 CEO의 인맥도 좋고 시야도 넓었다고 했잖아요."

"오, 조사를 중단시켰으니 본인이 직접 정보를 주겠다는 거야? 그래, 그럼 잠깐 차 세워놓고 얘기할까."

혜석은 핸들을 오른쪽으로 틀어 한강공원 쪽 출구로 빠져나갔다. 한강을 바라보는 방향으로 차를 세우자 이제는 혜석의 눈에도 다리와 자동차의 야경이 들어왔다.

"나는 이 도시가 정말 마음에 든단 말이지. 너도 그렇지 않냐?"

"아, 네. 그렇죠, 뭐."

혜석은 싱거운 대답을 하는 도운을 보며 그에게 들리

지 않는 코웃음을 쳤다.

"그래, 그럼 한번 얘기해 봐."

도운은 잠깐 큰 숨을 들이쉬고 이야기를 시작했다.

"일단 신소희가 알피에 대해서 한 말은 사실이에요.
독보적인 기술이 있는 회사였죠. 어려운 얘기를 생략하
고 말하자면, 사람들의 유전체에 대한 데이터와 그들의
현재 모습에 대한 데이터만 충분히 확보하면 지금 우
리가 사용하는 것 같은 DNA 초상화 기법을 완성할 수
있었습니다. 그래서 회사 이름도 알피, 즉 진짜 초상화
(Real Portrait)라고 붙였죠."

"그런데 내가 알기로는 벌써 몇십 년 전에 유전체 분
석이란 게 상업화되지 않았나? 암 유전자, 비만 유전자,
커피 유전자, 정신분열 유전자 등 뭐 온갖 유전자가 다
있다고 하면서 그걸 다 분석한다고 하던데. 너희 회사
는 뭐가 달랐던 거야?"

"정성분석과 정량분석의 차이랄 수 있습니다. 그러
니까 선배 말처럼 암에 걸릴 확률을 크게 높이는 특정
유전자, 또는 비만율을 높이는 특정 유전자가 있어요.
그런 유전자가 어떤 사람에게 있고 없고 하는 것은 쉽
게 판별할 수 있는 문제죠. 알피도 고산그룹에 넘어가

서 빅 데이터를 수집하기 전까지는 그런 단순한 유전자 분석 작업으로 최소한의 수익을 올리고 있었고요. 이러한 '있고 없고'의 문제를 생물학이나 화학에서는 정성적 문제라고 부릅니다.

그런데 장애가 없는 상당수 인구는 눈이 있고 없고, 코가 있고 없고 하지는 않거든요. 눈이 크거나 작거나, 코가 길거나 짧거나, 입술이 두껍거나 얇거나 한 건데, 그 사이에는 무수히 많은 경우의 수가 있죠. 0과 1 사이의 선택이 아니라 0과 100 사이의 선택인데 소수점 이하 몇 자리까지 갈 수 있는지는 제한이 없는 거예요. 이러한 '정도의 문제'를 정량적 문제라고 해요.

그래서 이건 '특정 유전자가 있고 없고'로는 말할 수 없고 눈의 크기라는 결과에 영향을 미치게 되는 수많은 유전자의 영향을 다 분석해야 됩니다. 가장 멀리까지는 심지어 허리 쪽 척추도 눈의 모양에 영향을 미칠 수 있다니까요. 이런 걸 하려니까 앞서가는 온갖 기술에다가 기계 학습까지 필요했던 거죠."

"좋아, 대충 이해. 그래서 그런 엄청난 기술이 있으니까 이소명 같은 거물이 투자를 하려고 한 거야?"

사실 도운은 생물학 전공자가 아닌 혜석이 자신의 설

명을 한 번에 대충이라도 이해한다고 답한 것에 조금 놀랐지만 그런 얘길 할 수는 없었다. 도운은 혜석의 질문에 답했다.

"회사의 기술도 기술이었지만 CEO 공이 컸죠. 그 CEO가 김성현이라는 친구였는데, 긴 얘기는 생략하고 아무튼 대단한 녀석이었어요."

이야기를 풀면서 어느새 점점 도운의 목소리가 커지고 있었다. 아마도 자신의 가장 빛나던 시절을 회상하고 있기 때문이리라.

"일단 저희는 특허를 몇 개 받았습니다. 그것도 한국, 미국, 영국에서요. 각 나라 변리사를 쓰기는 했지만 성현이가 아니었으면 애초에 3개국에서 특허를 받는다는 생각도 못 했겠죠. 신기하게도 외국에서 특허를 받고 나니 우리나라에서도 투자받기가 쉬워지더라고요. 그렇게 받은 투자금으로 저는 실험 지원자들을 모집해서 기계 학습을 실행할 만한 데이터를 얻었습니다. 바로 DNA 초상화를 그려내기 시작할 정도로 많은 데이터는 아니었지만, 어떤 식으로 작업이 이뤄지는 건지 사람들에게 보여줄 수 있을 만큼은 됐습니다."

"그러고 나서 성현이란 사람이 이소명한테서 투자를

받은 건가?"

"아뇨, 아까 신소희가 런던 증시 상장 얘기를 했잖아요. 원래는 방금 말한 것처럼 어떤 식의 기술인지 보여줄 수 있을 정도의 데이터만 특정 투자자를 통해서 얻고, 그 다음에는 상장해서 돈을 끌어모을 계획이었어요."

여기서 도운의 말이 끊어졌다. 혜석은 어두워진 그의 얼굴을 보며 말했다.

"그때 공격이 들어왔군."

도운은 잠시 검은 강물을 바라보았다. 혜석이 조용히 기다리자 도운이 다시 천천히 입을 열었다.

"처음에는 전통적 방식의 DNA 감식을 의뢰했던 고객이었습니다. 사실 의뢰 단계에서부터 엄청 진상을 부린 사람이었죠. 지금 생각하면 아예 그런 사람 의뢰를 받지 말았어야 했는데. 50대 아저씨였는데, 자기 대학생 딸에게 스토커가 붙었으니 누군지 찾아달라는 거예요. 우리는 흥신소가 아니라고 설명했지만 할 수 있는 모든 일을 할 거라면서 딸의 행적을 추적해 남성 DNA를 닥치는 대로 채취해 달라고 했죠."

"그런 걸 민간기업이 할 수 있어?"

"지금은 개특법 때문에 안 되죠. 작은 생체 시료만 가

110

지고도 그 주인의 DNA 초상화를 그릴 수 있으니까요. 하지만 그때는 DNA 수집해 봤자 별로 할 수 있는 게 많지 않았기 때문에 규제하는 법률도 그렇게 엄하지 않았어요. 그런데 문제는 말한 것처럼 그 의뢰인 딸이 대학생이었단 말입니다. 행적이 겹치는 사람이 하루에도 수천 명이었다고요. 그래서 우리가 무의미한 일이라고 했지만 의뢰인은 모든 비용을 댈 테니 그냥 채취만 해달라고 했어요. 덕분에 회사에 현금은 좀 들어왔지만 다들 하루종일 그 대학생을 쫓아다니느라 메인 연구가 지체됐습니다. 그리고 그게 다가 아니었죠. 저희는 내용증명이라는 걸 그때 처음 받아봤어요."

"어떤 내용으로 받았는데?"

"엉뚱하게도 개인정보 유출 건이었어요. 우리가 DNA 감식 결과지를 보낼 때 사용한 의뢰인의 주소를 스토커가 알아냈다는 거예요. 정말로 스토커가 주소를 알아냈는지, 그래서 어떤 피해를 입었는지, 설령 알아냈다 하더라도 그게 우리 잘못인지 아무런 설명도 근거도 없었어요. 그냥 우리 때문에 피해를 입었다는 주장만 했죠. 변호사랑 상의하고 법적 책임은 없을 것 같다고 해서 무시하기로 했는데, 문제는 그때부터 그런 게 계속 생기기 시작했습니다. 누구는 개인정보가 유출됐다고 하고, 누구는 우리 검체 채취팀이 다녀가면서 가족들한테 병을 옮겼다 그러고, 우리 실험실에서 무슨 발암물질이 유출됐다는 사람도 있었고……. 직원들이 전부 민원 상대하느라 정신이 하나도 없었죠.

그러다 더 큰 문제가 발생했는데, 기존 투자자 중 하나가 자기 원금을 회수하겠다는 거예요. 하도 불안해해서 저희가 차용증을 써주고 돈을 받았던 투자자였어요. 그런데 당장 자기가 준 10억 원을 내놓으라는 거죠. 심지어 차용증 내용대로 해도 기한이 2년 넘게 남아 있었는데도요. 당연히 법적으로는 줄 이유가 없다는 게 결론이었지만, 회사 분위기는 그때쯤부터 돌이킬 수 없었던 것 같아요."

이제 사업의 결말 부분을 이야기할 차례였다.

"회사의 서비스와 재무상황에 대한 신용도가 떨어져서 상장은 모두 실패했습니다. 전통적 방법으로 DNA를 감식하던 종전 일감도 없어졌죠. 주력사업으로 생각하던 DNA 초상화는 거액의 투자금 없이는 불가능한 거였고요. 그래서 완전 무가치한 회사가 된 거죠. 하지만 아무리 그래도 회사를 50억 원에 판 건 너무했어요. 그때 성현이는 거의 넋이 나가 있었어요. 서울 작은 집 한 채가 20~30억 할 때였다고요."

혜석은 말없이 고개를 끄덕였다.

"한 1년 지나니까 고산그룹이 다시 사모펀드한테서 회사를 샀어요. 그때 가격이 600억 원이었나. 물론 저희가 꿈꾸던 회사 가치의 50분의 1도 안 됐고 당시 시장에서도 싼 가격이라고 했지만, 그래도 펀드 입장에서는 괜찮은 장사였겠죠. 그리고 저도 SM펀드가 잡아먹은 회사가 한둘이 아니라는 얘기는 들어봤어요. 운영자이름은 몰랐지만."

"그렇게 회사를 넘기고, 우리 회사에 들어왔구먼."

"네. 원래는 DNA 감식이라면 생각도 하기 싫었지만, 달리 갈 데도 없었죠. 이미 고객 관련 소문이 다 안 좋게 나서 업계 내 이직도 안 되고. 그러다가 나라에서 DNA 초상화 기술로 공무원을 뽑는다기에……."

"고생했다."

"네."

도운은 위로의 말에 고맙다는 대답을 할 주변머리조차 없었지만, 혜석은 겉으로도 속으로도 그를 비난하지 않았다.

"네가 회사 사람들한테 인기는 없지만 일은 확실히 하잖아. 그 난리를 겪고도 그 정도 하고 있는 건 대단한 거야."

"뭐, 대단한지는……."

"그런데 알고 보니 이번에 할 일은, 너한테 그렇게 엿 먹인 사람 한을 풀어주는 거란 말이지. 게다가 그 사람이 그렇게 잡아먹은 피해자가 한둘이 아니란 거고."

"그렇게 됐네요."

"그럼 진짜 무슨 일이 있어도 범인을 잡아야겠네. 잡아놓고 그 나쁜 놈 그렇게 죽여줘서 고맙다고 할지, 본인이 복수하지 못하게 한 걸 원망할지, 소심하게 그래도 어떻게 사람을 죽일 수 있냐고 할지, 정의로운 척하며 살인은 무조건 나쁘다고 할지는 네가 잘 생각해봐."

도운은 어색하게 웃었다.

"알겠습니다, 선배님."

잠시 두 사람은 말없이 검고 널따란 강물에 비치는 불빛을 바라보았다. 문득 도운은 차 안이 아늑하게 느껴졌다. 그 안에서 도운은 범인에게 하고 싶은 말보다는 오히려 죽은 소명에게 하고 싶은 말들을 떠올렸다. 질문과 원망, 공격과 위로, 푸념과 다짐이 섞인 말들이었다. 어쨌든 도운은 살아남았고, 소명은 죽었다. 죽은 자에게 무슨 일이 일어났는지 밝힐 책임의 일부가 그에게 있었다.

하지만 도운이 상념에 빠져 있는 동안, 사건의 주 책임자인 혜석은 더 실용적인 고민을 구체화하고 있었다.

"하, 너도 머리 복잡하겠지만 나도 막막하다. 피해자에게 원한을 품은 피의자가 갑자기 수십 명으로 늘어났네."

그러자 도운이 조심스럽게 말했다.

"그런데 어쩌면 이소명은 피해자라고 할 수 없을지도 몰라요."

혜석은 즉시 정색하며 대답했다.

"아무리 남의 회사를 잡아먹는 악독한 사람이었어도 우리 사건에서는 피해자야. 네 마음 충분히 이해하고, 그것 때문에 좀 쉰다거나 아예 사건에서 빠진다고 해도 뭐라고 안 할 거야. 하지만 수사팀에 있는 동안에는 그렇게 생각하면 안 되지."

도운은 당황했다. 혜석이 이렇게 진지하게 말하는 것을 보기는 처음이었다.

"아니, 그게……."

"그래, 할 말 있으면 해도 돼."

혜석이 화를 내는 것은 아니었다. 아니, 사실 도운은 혜석이 화를 내는지 아닌지 판별할 만큼 혜석을 잘 알지 못했다. 다만 그 차분한 목소리에서 보통 사람들이 노기라고 할 만한 것을 느끼지 않을 뿐이었다. 그런데도 도운은 더 이상 하고 싶은 말을 할 수 없었다. 혜석의 앞에 앉는 피의자들이 왜 그렇게 벌벌 떨다가 모든 사실을 털어놓는지 알 것 같았다.

"아니에요, 선배 말이 맞습니다."

혜석은 도운의 어깨를 두드렸다.

"할 말 있으면 하라는 건 진심이야."

"알아요."

"그래, 그럼 오늘은 퇴근하고 내일 다시 범인 잡으러 가자. 오늘 일들은 뭐가 됐든 신경쓰지 말고."


"결국 진짜로 스토커가 있었네요."

"그래."

도운과 혜석은 소희를 만난 다음 날 다시 혜석의 사무실에 있었다. 이소명의 스마트밴드로 지속적으로 문자와 음성 메시지를 보낸 남자가 발견된 것이다. 대부분의 스토커가 그러하듯 내용에 창의성은 전혀 없었다. 다른 스토커가 다른 피해자들에게 보내는 메시지하고도 비슷했고, 이 스토커가 소명에게 보낸 메시지들도 서로 거의 똑같았다. 대개 소명에게 신체적 위협을 가했다가, 다시 달랬다가, 애원했다가, 성적인 위협을 가했다. 가끔 나타나는 변주로 소명의 치부를 세상에 드러내겠다는 것도 있었다(어떤 치부인지 구체적인 내용은 없었다). 메시지 중에서 가장 무서운 것은 소명의 집이나 사무실 안에 두는 물건의 내역과 생김새를 언급한 부분이었다.

혜석의 팀은 그 내용을 분석해 발신자의 신원을 알아내려 애쓰고 있었다. 발신자가 철저하게 우회 IP와 익명 메신저를 이용해 자신의 정체를 숨겼던 것이다.

"스토커가 누구인지는 찾았어요?"

"아니. 익명으로 메시지 보내는 법을 많이 공부했나봐. 내용분석으로 찾아본다고 하는데, 모르겠네, 그게 될지. 너도 다른 할 일 없으면 한번 봐봐."

"알겠습니다."

"네 방에 가 있으면 밑에 얘기해서 파일 보내줄게."

도운은 자신의 자리로 돌아와 PC를 켰다. 스마트밴드의 홀로그램 영상으로 볼 수도 있었지만 도운은 가능한 상황에서는 모니터로 화면 보기를 선호했다. 한때 세상에는 디스플레이 화면보다는 종이에 인쇄된 걸 보기 좋아하는 사람들이 있었다고도 하던데, 그와 비슷한 것인지 아무리 제조사들이 홀로그램이 가장 눈이 편안하다고 홍보해도 도운은 모니터가 더 편했다.

도운은 스토커의 문자 메시지를 차례대로 읽었다. 음성 메시지를 보낸 것도 있었지만 모두 컴퓨터가 문자로 전환해 주었다. 음성을 듣는 것은 글을 읽는 것에 비해 훨씬 긴 시간이 소모되기 때문에 최근 수사현장에서는 웬만한 음성은 문자로 전환하는 게 일반적이었다.

음성인식 프로그램이 모든 스마트밴드에 기본으로 설치되면서 아예 글쓰기를 말로 하는 사람들도 생겨났다. 손으로 쓸 때보다 수정이 불편하고 다듬어지지 않은 문장이 그대로 튀어나온다는 단점이 있어서 아직 그리 많은 사람들이 쓰는 방법은 아니었지만, 짧은 글의 초고를 쓰기에는 괜찮은 방법이라는 의견들도 있었다.

한편 음성인식의 반대방향이랄 수 있는 음성합성 및 문자인식 프로그램도 못지않게 발달하여, 오히려 인쇄되거나 파일로 작성된 글을 귀로 듣는 사람들도 있었다. 물론 시간효율이 절대적으로 떨어지기 때문에 업무와 관련된 서류를 굳이 소리로 바꾸어 듣는 경우는 드물었다. 하지만 어느 무모한 출판인이 음성합성 컴퓨터에게 연극배우의 대사와 낭송자들의 시를 학습시키기로 마음먹으면서부터 많은 일이 벌어졌다. 적지 않은 배우와 성우, 낭송자가 자신의 음성을 제공했다. 그 중에는 돈을 받지 않고 목소리를 제공한 사람도 꽤 많아 후대 사람들에게 의외라는 평가를 받았다. 그러한 의외의 일이 일어난 과정에는 SNS에서의 특정한 흐름, 감정적인 호소, 예술가들의 연대, 분명 돈 거래가 없었던 것 같은데 어디선가 돈을 벌어간 수상한 사람 등이 나타났다가 사라졌다.

어쨌든 그 결과 사람들은 텍스트만 있는 문학작품을 과거에 오디오북이라고 부르던 형태로 감상할 수 있게 되었고(별도의 오디오북 출판 절차 없이 모든 책이 오디오북으로 기능할 수 있게 되니 진짜 오디오북은 사라졌다.), 활자는 싫지만 지적 허영은 부리고 싶은 이들의 시장이 생겨났다. 변인 통제가 잘못되었다고 비판받은 어느 연구에서는 그 덕에 출판시장의 규모가 7년 만에 60% 이상 성장했다는 결론을 내리기도 했다.

어쨌든 도운은 문자 메시지와 문자로 옮겨진 음성 메

시지를 읽어 내려갔다. 그러나 겨우 20분 만에 극심한 피로감에 잠시 고개를 뒤로 젖히며 눈을 감았다. 그렇게 짧은 시간이라도, 신체적 위협 아니면 성적인 위협으로 점철되어 있는 문장들을 계속해서 읽는 것은 쉬운 일이 아니었다. 게다가 이 스토커는 그리 멍청한 편은 아니었다. 어떤 메시지에도 자신의 신원을 짐작할 만한 정보를 남기지 않은 것이다. 도운은 순식간에 쌓인 피로를 느끼고는, 시간 순서대로 읽는 것을 중단하고 소명이 죽기 전날의 메시지부터 읽기 시작했다.

그러자 곧 눈에 띄는 메시지 한 개가 있었다. 그 말투도 스토커의 다른 메시지들과는 달랐지만, 무엇보다 특이한 것은 특정 장소를 언급하고 있다는 것이었다.

너는 나에게 잊지 못할 많은 기억을 선사했지. 하지만 역시 나는 평화카페에서 네가 해준 대접 덕분에 지금까지 이렇게 살아갈 힘을 얻고 있어.

도운은 혜석에게 전화하여 이 메시지를 확인했는지 물어보았다. 혜석은 당연히 수사팀에서 이미 확인했고, 평화카페는 신논현역 소명의 사무실 근처에 있는 작은 카페라고 했다.

카페 주인 말로는 소명은 그 카페의 단골손님이 아니었고, 키 190센티미터 정도의 남자를 기억하지도 못했다. 게다가 위 메시지만 보면 스토커가 소명과 직접 만나서 대화라도 한 것 같지만, 그 외에는 어떤 메시지에도 두 사람이 실제로 만났음을 언급하거나 암시하는 내용이 없었다. 결국 혜석은 스토커가 평소처럼 소명의 직장 근처에 숨어서 소명을 지켜본 일을 쓴 것이라고 생각했다.

그러나 도운에게 평화카페란 또 다른 의미가 있는 이름이었다. 자신이 직접 만나봐야 할 사람이 있었다. 도운은 규영에게 참고인 조사차 출장 간다고 말해놓고 사무실을 나섰다.

가기 전에 전화라도 하면 좋겠지만 도운이 마지막으로 알고 있던 그의 전화번호는 끊긴 지 오래였다. 그가 아직 자신의 집은 떠나지 않았기를 바랄 뿐이었다. 그리고 무엇보다도 그의 기억과 총명함이 조금이라도 제자리에 남아 있기를 바랐다.

도운은 특별감식관 전용 차량을 타고 서울지방경찰

청을 나와 삼청동을 지났다. 한때 왕복 2차선의 좁은 도로 양측에 미술관과 전통식당, 찻집이 늘어서 있던 이곳은 그 후 양식당과 카페, 불법 주차된 차들에 정복당했다가, 중앙 행정기관 중 청와대가 마지막으로 세종시로 이전하고 일대의 건물 높이 제한 및 용적률 제한이 완화되면서 광화문 빌딩가의 확장지역으로 다시 변모했다. 그래서 지금은 직육면체를 기본으로 다양한 현대적 변형이 가해진 고층 빌딩들이 왕복 6차선 도로변에 줄줄이 늘어서 있었다.

삼청동을 지나자 성북동 주택가가 나타났다. 경사 급하고 꼬불꼬불한 왕복 2차로 포장도로변에는 보도도 상가도 없이 높은 담벼락만이 이어져 있었다. 한때 부자들의 고급 주택가로 통했던 이곳에 아직까지 사는 사람은 대개 봉건주의자나 낭만주의자, 그도 아니면 그냥 게으른 자였다.

봉건주의자들은 높은 담과 대문, 중층의 구조를 가진 이곳 주택들을 마치 중세시대 영주 가문의 성처럼 생각했다. 그들은 고급주택에 대한 사람들의 관념과 유행이 바뀐다고 해서 가문의 성을 포기하는 것은 어불성설이라고 말했다.

낭만주의자들은 자신의 자녀와 손자들에게 '어릴 때 구석구석을 탐색하던 커다랗고 오래된 우리 집'의 추억을 남겨주고 싶어 했다. 이들은 얼핏 봉건주의자와 비슷해 보이고 실은 자세히 보아도 대동소이했으며 많은 경우 겹치기도 했지만, 어쨌든 봉건주의자가 집에 대해 말할 때와 낭만주의자가 집에 대해 말할 때는 그 뉘앙스가 조금 달랐다.

마지막으로 게으른 자들은 그냥 예전에 돈이 많았을 때 이곳에 집을 얻었고 이제 돈 많은 자들의 유행은 다른 동네로 옮겨갔지만, 큰 집에 들어 있는 많은 짐과 생활 근거를 옮기기가 귀찮은 사람들이었다.

도운이 찾아가는 사람은 마지막 부류에 가장 가까웠다. 다만 그에게는 게으르다는 말보다 무기력하다는 말이 더 어울릴 것 같았다.

도운의 차는 어느 높은 담벼락에 달린 차고 문 앞에 섰다. 도운은 느리게 열리는 문이 모두 열리고도 2, 3초 정도 가만히 문을 쳐다보다가 차고 안으로 들어갔다.

차고에서 차 문을 열고 내리자 으스스한 한기가 느껴졌다. 도운은 이렇게 크고 좋은 집의 내부에서 추위를 느낀다는 게 어딘가 못마땅하게 느껴졌다. 네 개의 형광등 중 두 개가 꺼져 있어서 사뭇 주변이 어둡기도 했다. 한쪽 벽에는 곧장 실내로 통하는 문이 달려 있었다. 20년은 되어 보이는 전자 자물쇠 앞에 손을 흔들자 검은 표면에 번호판이 떠올랐다. 과연 구식이었다. 도운은 그 문의 예전 비밀번호를 기억하고 있었지만 그 번호를 눌러도 좋은지는 몰랐다. 그 사이에 바뀌었을지도 모르고, 바뀌지 않았더라도 다른 사람이 마음대로 번호를 누르고 들어오는 것을 집주인이 반기지 않을지도 몰랐다. 어쨌든 수사 협조를 구하러 온 것이기 때문에 집주인에게 조금이라도 나쁜 인상을 줄지도 모르는 일은 피하고 싶었다. 특히 도운이 마지막으로 본 집주인의 상태를 생각하면 더더욱 그러했다.

결국 도운은 자물쇠 옆에 달린 초인종을 눌렀다. 점퍼 주머니에 손을 넣고 잠시 기다리자 문이 바깥으로 열렸다. 도운은 자동차와 문 사이에 낀 좁은 공간에서 겨우 문을 피했다. 도운이 힘겹게 문이 열린 쪽으로 몸을 빼내자 30대 초반 정도 되어 보이는 남성이 안쪽에 서 있었다. 키는 약간 큰 편이고 몸매도 적당했다. 혈색이 너무 하얗다는 거 빼고는 건강해 보이는 인상이었다. 다만 도운은 그 얼굴, 그 표정을 견디기 힘들었다.

성현은 도운을 바라보며 예전과 똑같은 미소를 띠고 있었다. 아무런 연락이 없다가 3년 만에 찾아온 옛 친구를 맞아들이기에 적당한 얼굴이 아니었다. 그 미소는 도운과 성현의 회사가 소명의 사모펀드에 넘어간 뒤로 한 번도 성현의 얼굴을 떠나지 않았다.

성현은 회사를 빼앗긴 뒤로 그것을 빼앗아간 자들을 욕한 적이 없었다. 함께 하던 직원들에게는 회사와 무관하게 가지고 있던 사재로 괜찮은 퇴직금을 챙겨주고 훌륭한 추천서도 써주었다. 하지만 그 자신은 아무 일도 하지 않았다. 돈을 벌지도 않고 그렇다고 크게 쓰지도 않았다. 집 안에 틀어박힌 그가 뭘 하는지는 아무도 몰랐다. 성현의 부모는 성현의 간곡하고도 정중한 부탁을 받고 그와 함께 살던 집을 떠났다. 성현의 부모는 일주일에 한 번씩 방문하거나 전화하여 성현의 몸이 건강하다는 것을 확인할 뿐이었다.

동업자였던 도운은 자신은 고용된 직원이 아니기에 퇴직금을 받을 수 없고, 다시 업계에서 일할 생각이 없으므로 추천서도 받지 않겠다고 했다. 그러나 설령 도운에게 법적인 청구권이 있고 다른 곳에 취직할 생각이 있었다고 해도, 성현에게 퇴직금이나 추천서를 달라고 하지는 않았을 것이다. 비록 성현이 경제적 어려움을 겪은 것은 아니었지만, 그한테서 무언가를 받는 것은 이미 영혼이 빠져나가 텅 비어버린 그의 몸뚱이를 다시 터는 것 같은 느낌이 들었다.

도운은 사실 회사가 아니라 영혼을 잃어버린 것 같은 성현의 모습이 잘 이해되지는 않았다. 나중에 그가 혜석에게 얘기한 것처럼 성현은 대충 무엇을 해도 모자라지 않은 스펙을 가지고 있었고, 하다못해 평생 놀고먹기로 마음먹어도 큰 문제 없을 재산이 있었다. 성현도 알피에 관해 도운과 함께 큰 꿈을 꾸었고 많은 시간과 에너지를 투자하였기에 그것을 잃은 충격은 있었겠지만, 그것은 도운도 함께 느낀 것이었다. 아무리 생각해봐도 성현처럼 인생을 중단할 정도의 충격은 아니었다.

도운은 3년이 지난 지금도 성현의 태도를 이해할 수 없었다. 성현은 도운에게 친절하게 인사했다. 마치 지난주에 본 사람처럼.

"도운이네. 갑자기 집에는 무슨 일이야?"

도운도 아무렇지 않게 대답하는 수밖에 없었다.

"어, 사실 내가 그새 경찰에 취직했거든."

"잘됐네! 축하해!"

"응, 지금 사건을 하나 조사하는데 네가 알고 있는 내용이 도움이 될 수도 있어. 그래서 좀 물어보러 왔어."

"내가 도울 수 있다면 당연히 도와야지. 안으로 들어와."

성현의 집 안은 잘 정돈되어 있었다. 아니 오히려 어질러질 만한 무엇이 없다는 느낌이었다. 성현의 미소처럼, 흠잡을 데는 없지만 텅 비어 있었다. 각각 정원과 하늘을 향한 통유리창은 조망은 좋았지만 도운의 마음이 그래서인지 오히려 건물의 구성이 거주자의 통제 범위를 벗어난다는 불안감을 주었다.

"마실 것을 줄까? 주스도 있고 우유도 있어."

"물 한 잔 주면 좋겠네."

"그래."

성현은 도운을 거실로 안내한 후 주방으로 가 쟁반에 물 두 잔과 귤 몇 개를 담아왔다. 하지만 사실 도운은 그 중 어느 것도 먹을 생각이 없었다.

"물어볼 건 뭐야?"

역시 성현은 지난 3년간 무슨 일이 있었는지는 묻지 않았다. 도운은 천천히 3년 전으로 돌아가기로 했다.

"그냥, 이것저것. 오랜만에 옛날 얘기도 하고……."

"옛날 얘기?"

"그래. 예를 들어 네 덕에 처음으로 유럽에 가봤던 얘기라든가."

"아, 우리 런던에 갔던 게 처음이었어?"

"나야 영어도 못하고, 딱히 그런 데 놀러갈 돈도 없었고. 그런데 회삿돈으로 가서 네가 영어 다 해주니까 좋았지. 너 어렸을 때 영국에 살았다고 하지 않았어?"

"맞아, 초등학교 때."

"그러니까 말이야. 물론 너는 영어뿐 아니라 말 자체를 잘했어. 그때 우리가 영국 상장 심사관 만났던 게 맞지?"

"심사관도 만나고, 투자자도 만나고."

도운은 성현과 함께 영국 투자은행의 회의실에서 투자자를 만났던 때가 기억났다. 서로 역할이라도 나눈 것처럼 넥타이를 폼 나게 맨 흑인과 셔츠 목단추를 풀고 팔을 걷은 백인의 콤비, 모두 유리로 되어 있지만 방음도 방열도 철저했던 외벽과 내벽, 초고화질의 홀로그램 디스플레이까지 그 회의실은 도운을 주눅들게 하는 것 투성이였다. 하지만 성현은 그곳에서 누구보다도 편안해 보였고, 그곳 사람들과 크고 작고 공적이며 사적인 이야기들을 나누었다.

성현은 미국 동부의 명문대에서 물리학과를 졸업했지만 결국 로스쿨과 MBA 과정을 거쳐 전문 경영자가 된 경우였다. 도운과 같은 정통 기술자와는 거리가 있었다. 그러한 점이 오히려 전문 투자자들과 공감대 형성하는 데 도움이 되는 것 같았다.

"그런데 그때 왜 상대방이 주겠다는 돈보다 더 적게 받았던 거야?"

도운은 3년 동안 품고 있던 질문 중 가장 가벼운 것부터 던져보기로 했다.

"응?"

"내가 영어를 잘하진 못하지만 숫자 정도는 알아들을 수 있는데, 그 때 내 기억에는 투자은행이 먼저 제시한 투자액을 네가 오히려 깎았거든."

"아, 그건 경영권 때문이었어. 사업 초기에 특정 투자자한테 너무 많은 돈을 받으면 그 사람한테 지분이 쏠리고, 우리가 회사를 마음대로 못 하게 될 염려가 있거든. 내가 계속 상장에 신경을 쓴 것도 그래서였지. 공개적으로 여러 사람한테서 투자를 받으면 다들 고만고만한 지분만 가지니까 우리가 계속 주요주주로 남게 되는 거였어."

성현이 과거형으로 말했다. 성현과 도운은 한동안 알피의 주요주주로 활동했지만, 곧 모든 주식을 헐값에 넘겨야 했다. 성현이 말하는 모양을 살핀 도운은 마침내 진짜 질문으로 넘어가기로 했다.

"너는 별걸 다 계산하고 있었구나."

"그래, 사업이란 거 쉽지 않더라."

"그런데, 결국 우리가 그 사업을 넘기게 되었을 때 말이야."

"……응."

성현은 똑같은 미소를 띤 채로 몇 초간 아무런 반응 없이 앉아 있다가 갑자기 대답을 했다. 다시 도운의 불안감이 커졌다. 그저 필요한 정보를 얻지 못하게 될까 봐서는 아니었다.

"지분 양도 계약서를 작성했던 곳 기억나?"

사실 도운은 자신이 꺼내는 과거 이야기가 성현의 정신을 자극해 상태를 악화시키지 않을까 걱정되었다. 그러나 성현이 3년째 아무 진전도 없이 똑같은 모습을 보이고 있는 이상, 뭐라도 자극을 주어 그를 깨우는 게 더 나을지 모른다는 생각도 들었다. 도운은 잠시 자기가 그저 좋은 수사단서를 얻으려는 욕심을 합리화하려는 것일지도 모른다고 의심했지만, 그렇다고 해서 조사를 멈출 수도 없었다.

"양도 계약서? 기억나지."

"그래, 신논현역 근처 평화카페. 맞지?"

"맞아."

성현의 얼굴에 떠오른 미소가 점점 더 얇아지는 느낌이었다. 조금만 더 두드리면 와장창 깨질 것만 같았다. 도운은 자신의 가슴이 뛰는 것이 성현의 진짜 모습을 볼 수 있을지도 모른다는 기대감 때문인지, 또는 그 진짜 모습이 생각보다 더 처참할지도 모른다는 불안감 때문인지 알 수 없었다. 도운은 왠지 성현의 얼굴에 서린 미소가 깨지면 그 파편이 자기에게도 날아오고, 어떤 것은 치명적인 부위를 공격할지도 모른다는 생각이 들었다. 그러나 도운은 무언가에 끌려가는 듯한 기분으로 계속 성현에게 물었다.

"그때 우리와 계약서를 쓴 사람 있잖아."

"그래, 그 사람도 기억나. 자기를 박 실장이라고 했어."

그 사람은 도운도 기억했다. 창업자의 회사를 헐값에

인수해 가는 주제에 하다못해 사장이 얼굴도 보이지 않고 직원을 대리인으로 보냈다고 기분 나빠 했었다. 물론 지금은 그때 나오지 않은 사장의 얼굴을 잘 알고 있다.

"그런데 그 날 박 실장이 우리 말고 또 다른 사람하고도 계약서를 쓰지 않았었나?"

"우리 말고 또 누구랑 계약서를 썼는지 내가 어떻게 알아?"

"그때 카페에 갔는데 아는 얼굴이 있었잖아. 개인적으로는 모르지만 업계에서 유명한 누구였어. 키가 엄청 큰 사람이 무슨 줄기세포 생성이랑 장기 배양 사업을 한대서 자기 몸을 배양해서 그렇게 키웠나 보다고 우리끼리 재미없는 농담을 했었는데, 이름을 모르겠어."

"아, 그래. 중국계 스타트업 사업가였어. 늙지 않는 장기를 판다고 했었지. 자기 한문 이름을 한국식으로 불렀는데……. 음, 장택승이었던 것 같다."

도운은 즉시 스마트밴드로 그 이름을 검색해 보았다. 도운이 생각하던 그 얼굴 사진이 홀로그램에 나타났다. 도운과 마주앉은 성현에게는 좌우가 반전된 영상으로 보였지만 사람 얼굴 사진은 그 상태로도 충분히 알아볼 수 있었다. 인터넷에 올라온 프로필로 봐서는 이소명에게 회사를 넘긴 뒤로 공적인 활동이 없는 것 같았다.

"찾은 것 같네. 그 사람 이름을 알아내려고 우리 집에 온 거야?"

"어, 맞아. 고마워. 그런데……."

수사에 필요한 정보는 얻었다. 도운의 가설은 소명에게 업체를 빼앗기고 원한을 품은 장택승이 소명을 괴롭혀 왔다는 것이었다. 큰 키와 강한 체력, 얼굴 생김새 등 DNA 프로필에도 모두 들어맞았다. 다음은 장택승의 DNA 검체를 채취해서 사건 현장에서 발견된 DNA와 비교하기만 하면 되었다. 그러나 도운은 성현과 더 이야기를 하고 싶었다.

"다른 하고 싶은 말이라도 있니?"

"너는…… 왜 그러는 거야?"

"무슨 말이야?"

"우리 회사를 빼앗기고 나서 말이야. 어떻게 그렇게 아무렇지도 않게 평온할 수 있는 거야? 그리고 그러면서도 왜 아무 일도 하지 않고 집에만 틀어박혀 있어?"

"대체 무슨 말을 하는 건지 모르겠어."

성현은 계속 같은 미소를 띠고 있었지만, 오늘 도운을 만나고서 처음으로 목소리가 떨리고 있었다.

"너, 이상할 정도로 평온하다고. 맨날 똑같은 그 미소는 또 뭐야."

"웃는 게 뭐가 어때서. 감정에 따라 표정을 짓기도 하지만 감정이 표정을 따라가기도 한다잖아. 웃으면서 행복하게 살려고 하는 거야."

"그럼 웃으면서 다른 것도 하고 잘 살면 되잖아. 맨날 웃기만 하고 넋 나간 사람처럼 있는 건 뭔데?"

"너야말로 무슨 소릴 하는 거야. 그렇게 쓸데없는 소리로 나 괴롭힐 거면 당장 나가."

성현의 말은 공격적이었지만 얼굴은 여전히 그 미소를 띠고 있었다. 도운은 순간 등골이 싸늘했지만 그대로 나가는 건 너무 모양이 우스울 것 같았다. 도운은 오기를 부렸다.

"거 봐. 너처럼 그렇게 웃으면서 다른 사람한테 나가라고 하는 사람이 어디 있냐. 차라리 화를 내야지. 뭔가 이상하잖아. 내 생각에 넌…… 도움이 필요해."

이제는 도운의 목소리도 떨리고 있었다.

"정신과 상담 같은 걸 받아보라는 말이지? 적어도 우리나라 관습에서는 그런 말이 상당히 모욕적으로 받아들여지지 않나?"

순간 성현이 자리에서 일어났다. 통유리창으로 들어오는 역광 때문에 키 큰 성현의 모습이 거의 실루엣으로 보였다. 도운은 그 높이에 위압감을 느꼈지만, 앉아 있는 도운이 마주 일어선다 하더라도 여전히 성현이 10센티미터는 더 클 것이었다. 성현이 아래를 내려다보고 있으니 실내 조명도 얼굴에 잘 닿지 않아, 이제는 어떤 표정인지도 정확히 알 수 없었다.

"하다못해 조금 더 조심스럽게 말했어야지."

성현이 조금 몸을 숙이는 것 같았다. 도운은 자기도 모르게 자리에서 벌떡 일어섰다. 놀라서 그랬을 뿐 일어서서 뭘 어떻게 해야 할지는 자신도 몰랐다. 쓸데없이 오기를 부리면서까지 피하려고 했던 우스운 꼴을 결국 보인 셈이었다.

"이제 나가 봐."

일어서서 다시 쳐다본 성현의 얼굴에는 여전한 미소가 남아 있었다. 잠시 사라졌다 돌아온 것인지, 계속 그대로였는지는 알 수 없었다.


도운은 성현과의 면담을 마치고 곧장 집으로 퇴근한 뒤, 그날 밤 규영에게 전화를 했다. 다음 날 자신은 출

제 2 장 │ 성북동

135

근하지 않을 예정이니 병가로 전자결재를 받아달라는 것이었다. 어디가 아프시냐고 걱정스럽게 묻는 규영에게 도운은 별거 아니라고 대답했지만, 침대에 누운 채 말하느라 목소리가 잠겨 있었다. 결국 도운은 규영에게 목감기를 앓고 있다는, 구체적이기는 하지만 사실과는 다른 병가 사유를 대야 했다.

도운이 이런 상태에 빠지는 것은 경찰청에 입사한 뒤로는 처음이었다. 하지만 알피를 소명에게 빼앗기고 백수로 지내던 한동안은 자주 겪던 일이었다. 그것은 스스로를 가둔 성현의 모습과 비슷했다. 성현처럼 그 상태가 오래 가지는 않았지만, 때로는 도운도 하루 종일 집안에서 나갈 수 없을 때가 있었다. 세상의 모든 사람들이 하루아침에 회사를 잃은 도운을 비웃는 듯했다. 업계의 경쟁자들이 도운에 대해서 처음부터 능력도 안 되는 놈이 운이 좋아 그 자리에까지 갔던 것이며, 이제야 제자리를 찾았다고 뒷이야기를 하고 있을 것 같았다.

그런 피해망상에 빠질 때마다 도운은 자신의 방 안에 틀어박혔다. 사실 도운의 집이 위치한 야트막한 산자락 골목에는 작은 빌라들이 모여 있었고 왕복 2차로의 조금 큰 길로 나가면 재래시장 식으로 작은 상점들이 늘어서 있었다. 해가 뉘엿할 무렵이면 아이의 손을 잡은 어머니가 미용실에 가고, 자기들끼리 놀러 나온 어린애들은 문방구와 놀이터에 모여서 노는 풍경이 있는 마을이었다. 참새의 지저귐과 아이들의 떠듦, 상점의 흥정 소리가 섞여 화음을 만들었다. 빵 냄새와 순대국 냄새, 과일 향기와 생선 비린내도 독특한 조화를 이루었다.

그러면 바닥에는 구정물이 흐르고 쓰레기가 굴러다닐 법도 했건만, 또 이상하게 길이 깨끗했다. 특별히 미화원이 청소를 자주 하거나 아시아의 어느 독재국가처럼 쓰레기를 버릴 때마다 수백만 원의 과태료를 매기는 것도 아니었다. 결국 마을 사람들이 알아서 남에게 피해 줄 일을 피한다는 것이 도운이 생각해 낸 가장 합리적인 설명이었다.

이러한 마을의 풍경은 누구의 마음에라도 평화를 가져다줄 것이다. 다만 심리적 고립에 빠져 있을 때의 도운은, 그것을 볼 때마다 오히려 그에 대비되는 자신의 모습에 자괴감만 깊어지고 말았다.

도운은 한동안 괜찮던 자신을 갑자기 이 상태에 빠뜨린 것이 무엇인지 생각했다. 알피를 잃은 경험이 원인임은 분명했지만, 그게 다는 아니었다. 얼마 전 소희

제
2
장
｜
성
북
동

를 만난 뒤 혜석에게 자신이 알피를 잃게 된 일에 대해서 고백했을 때에는 후유증은커녕 오히려 마음이 가벼워진 느낌을 받았었다.

그러니까 결국 문제는 성현이었다. 도운은 3년째 정지된 시간 속에서 살고 있는 듯한 성현을 보며 슬픔과 상실감을 느꼈고, 그 집에서 나오기 직전에는 햇빛을 가리며 일어선 성현에게서 위압감을 느꼈다. 그것이 한동안 잠잠하던 도운의 트라우마를 되살린 것이 분명했다.

그나마 다행인 점은 도운이 이 상태가 얼마나 지속될지를 알고 있다는 것이었다. 과거에도 그 상태가 만 하루를 넘긴 적은 없었다. 하루만 병가를 내면 모레는 정상적으로 출근할 수 있었다. 그때 혜석에게 스토커의 정체가 장택승이란 것을 알려주면 되었다. 그렇게 되면 사건은 해결되고, 이번 사건에서 도운의 역할은 끝날 것이었다.


이틀 뒤 혜석은 도운을 세워둔 채 강력팀 사무실에서 장택승의 출입국 기록을 받아본 참이었다.

"어제 미국으로 출국했네."

"네?"

혜석에게 장택승의 이름을 비롯하여 성현과의 면담 결과를 알려주던 도운은 그 말을 듣고 크게 놀라며 물었다.

"어제 출국했다고. 그 전에는 단기 여행 빼고는 9년 동안 계속 우리나라에 있었어. 미국에 간 적도 없었고. 분명히 도망친 거야, 이 새끼. 그런데 넌 왜 그렇게 놀라?"

"출국일이 어제라고요?"

"그래, 좀 아쉽게 됐지. 장택승 집에서 DNA를 채취해야 확실해지겠지만, 일단 현장 DNA 프로필하고는 잘 맞고 살해 동기도 있으니 상당히 유력한 피의자인데 말야."

"어제 나갔으면……."

어제는 도운이 집 안에 틀어박혀 있던 날이었다. 만약 도운이 자기 안으로 침잠하지 않고 정상 출근해서 혜석에게 하루만 빨리 보고했으면, 혜석이 제때 출국금지를 걸어서 장택승을 체포할 수도 있었다. 도운은 식은 땀이 났다.

"야, 너 계속 왜 그래. 무슨 일 있어?"

"어제 나갔으면…… 잡을 수도 있었는데."

"무슨 말이야, 그게?"

도운은 대답하지 않았다.

"잠깐, 그러고 보니까 너 그 김성현이란 사람 면담한 게 그저께라고 했나?"

"그렇습니다."

"그런데 왜 오늘 결과를 알려줘?"

도운은 잠시 대답을 망설였다.

"어제는, 병가였거든요."

"병가? 몸이 아프면 유선으로 알려주든가 하지…… . 전화도 못 할 정도로 아팠나?"

"감기 몸살이었는데, 죄송합니다. 정말 죄송합니다."

도운은 숨을 몰아쉬었다. 공황이 왔다. 이번엔 경찰청의 모든 사람이 도운을 비난하고 있는 느낌이 들었다. 아니, 적어도 혜석이 도운을 비난하고 있음은 틀림없는 사실이었다.

"그러니까 감기 몸살 때문에, 유력한 살인 용의자를 찾아내고도 하루를 뭉갰다는 거야?"

"아뇨, 꼭 단순히 감기 몸살이라고 할 수는 없고요. 사정이 있었는데…… ."

도운이 고개를 숙인 채 주먹을 쥐었다 폈다 했다. 마

치 선생님한테 혼나고 있는 학생의 모양이었다. 혜석은 그러한 도운의 상태를 보며 눈을 깜빡깜빡하더니 한숨을 쉬었다.

"그래, 할 말 있으면 해 봐."

"그러니까 그 전날 정보를 얻은 상대가, 전에 선배한 테도 말했던 성현이라는 친구인데요……."

혜석에게 사정을 설명하려던 도운은 말을 멈췄다. 정신이 이상해진 옛 친구의 상태를 보고 저도 기분이 나빠져서 하루 일 쉬었어요. 덕분에 범인을 놓쳤네요, 이를 어째. 아무리 생각해봐도 살인사건을 추적하고 있는 경찰관이 할 만한 소리는 아니었다.

"듣고 있다."

"아닙니다, 선배. 특별한 일은 없었어요. 그냥 제 개인 사정이었습니다."

혜석의 무표정한 얼굴에는 변화가 없었다. 도운의 대답이 혜석의 예상 범위라는 얘기다. 도운이 선생님한테 혼나는 학생의 모양이라면, 혜석은 어른답지 못한 어른을 질책하는 눈빛을 하고 있었다. 거북한 침묵을 견디지 못하고 도운이 괜히 입으로 쯥 하는 소리를 냈다. 마침내 혜석이 말했다. 하지만 그 상대방은 도운이 아니

제 2 장 ― 성북동

141

었다.

"재수야!"

"네, 팀장님!"

책상에서 사건 기록을 보고 있던 재수가 자리에서 일어나며 대답했다.

"방금 출입국 기록 뽑아온 애, 일단 인터폴 수배 걸어라. 그리고 지휘검사한테 연락해서 범죄인 인도 국제 공조 좀 준비해 달라고 해."

"그 장택승을 인도해 달라고 하는 건가요?"

"그래, 범죄인 인도 청구를 하는 증거로는 대상 범죄인의 피해자에 대한 원한 관계 및 DNA 초상화 결과가 있다고 해. 구체적인 자료는 나중에 보내준다고 하고."

"알겠습니다."

"그리고 용희한테 연락해서 장택승 배경 조사하라고 해. 성장과정, 가족관계, 학력, 경력, 종교, 재산 상태, 전과 관계 전부 다."

"알겠습니다."

혜석은 도운이 그 자리에 없는 것처럼 행동하고 있었다. 도운은 만약 자기가 혜석의 팀원이었다면 지금쯤 크게 혼나고 있었을 것이라고 생각했다. 차라리 그게 나았다. 도운은 혜석이 재수와 팀원들에게 장택승에 관한 수사를 지휘하는 모습을 보며 어쩔 줄 모르고 가만히 서 있기만 했다. 한참 뒤 혜석은 마치 그제야 도운이 거기 서 있는 걸 깨달았다는 듯 무표정하게 말했다.

"넌 거기서 뭐해? 할 일 없으면 가봐."

강력팀 사무실에서 쫓겨나듯 나온 도운은 고개를 숙인 채 빠른 걸음으로 감식관실로 향했다. 이소명에게 회사를 빼앗겼을 때나 집 안에서 3년째 나오지 않고 있는 성현을 만났을 때와는 또 다른 차원의 충격이었다.

앞의 두 가지 일은 도운의 잘못이 아니었다. 잘못한 사람은 이소명이고, 도운은 오히려 그 악행의 피해자였다. 그러나 급박하게 벌어지는 살인사건 수사에서 하루의 시간을 낭비하여 장택승을 도망치게 놓아둔 것은 그의 명백한 과실이었다. 그의 실수로 다른 사람도 아닌 혜석에게 실망을 안긴 것이 또 큰일이었다.

일이 왜 이렇게 됐을까. 왜긴 왜야, 네가 넋 놓고 집에 박혀 있는 동안 망한 거잖아. 하지만 성현이를 만나고서 너무 힘들었다고! 출근은커녕 전화 한 통만 했어도 될 일인데, 전화기 버튼 누를 힘도 없었냐? 애초에 내 잘못이 아니잖아! 이소명이 회사를 빼앗고, 성현이를 폐

인으로 만들고, 장택승이 그런 이소명을 살해했어. 그래, 그리고 그런 나쁜 사람들을 잡는 게 네 일이지. 그럼 이제 와서 나더러 어떻게 하라고?

이어지는 상념 속에서 도운을 깨운 것은 부속실에서 도운을 기다리던 규영이었다. 도운의 얼굴이 한눈에도 어두워 보였던 모양이다.

"감식관님, 아직 감기 안 나으신 거예요? 많이 아프면 하루 더 쉬시지."

"괜찮아."

몸이 아파서가 아니라 내가 일을 잘못해서 그래.

"네?"

"신경 쓰지 마."

바로 방으로 들어간 도운은 어제 집에서와 같은 상태가 되었다. 단지 차이점이라면 지금 도운이 사람들로부터 비난당하는 느낌을 받는 것이 피해망상이 아니라 실제로 강력팀 팀원들이 마음껏 도운을 욕하고 있으리라는 사실뿐이었다. 하지만 그들과 동조하여 스스로를 비난하는 것으로는 상황을 조금도 호전시킬 수 없었다. 마침내 도운은 이제 어떻게 해야 할지를 생각하기 시작했으나, 외국으로 도망친 피의자를 찾아내 체포하는 것은 애초에 그의 업무영역이 아니었다. 갑자기 뾰족한 수가 떠오를 리 없었다. 몇 시간을 고민해도 아무런 방법이 떠오르지 않자, 남은 것은 피로감과 깊어진 자책감뿐이었다. 방문을 두드리는 소리가 났다. 어느새 규영의 퇴근 시간이 다가온 것이다.

"감식관님."

그러나 규영은 퇴근 인사를 하는 것이 아니었다. 문을 두드리고 들어온 규영의 한 손에는 쟁반이 들려 있었고, 쟁반 위에는 차 주전자와 깎아놓은 사과가 담겨 있었다. 도운은 고마운 마음과 귀찮은 마음이 동시에 들었다.

"고마워. 두고 가."

"감식관님, 제가 감히 이런 말씀 드리기는 좀 그렇지만 힘든 일 있으시면 저에게라도……."

"고마운데 정말 괜찮아. 이제 들어가 봐."

규영이 걱정스러운 표정을 지으며 방에서 나갔다. 물론 도운은 먹을 것에는 손도 대지 않았다. 오히려 이 또한 성현이 먹을 마음 없는 귤을 내왔던 일을 떠올리게 하여 상태가 더 나빠졌다. 도운은 규영이 옆방에 있다는 사실이 이렇게 싫은 적이 없었다. 친절하게 구는 규영에게 이런 마음이 들자 도운은 더욱 심한 자기혐오에 빠졌다. 이번엔 증상이 만 하루를 넘길지도 모르겠다고 생각할 때였다. 또 규영이 방문을 열고 들어왔다.

"감식관님, 자꾸 죄송합니다. 그런데 아무래도 이 뉴스는 한번 보셔야겠는데요."

"뉴스?"

그때 도운의 스마트밴드가 울렸다. 규영이 보낸 뉴스 링크였다.


예전에 저희 방송에서 30대 여성 펀드 매니저가 잔혹한 방법으로 살해당했다는 뉴스를 단독으로 보도해 드린 적 있는데요, 이는 피해자를 오랫동안 스토킹 해오던 30대 남성의 범행으로 밝혀졌습니다. 김지예 기자가 보도합니다.

"……한편 피해자는 살해당하기 수개월 전부터 스토킹 피해를 호소하며 DNA 초상화로 스토커를 찾아줄 것을 요청했으나, 민간기관과 경찰 모두 법적 근거가 없다는 이유로 이를 거절한 것으로 알려져 논란이 예상됩니다."

"○○이한테 스토커가 있다는 이야기는 들었지만, DNA 감식을 하려고 한 것은 몰랐습니다. 불법인 줄 아니까 저는 생각도 안 해봤고요. 그런데 이제 와서 그 감식을 못해서

146

○○이가 죽은 거라고 생각하니 (울먹이는 소리) 진짜 너무 억울하고요. 화가 납니다."

마지막 인터뷰는 자신이 피해자의 애인이라고 밝힌 빅터의 대사였다. 도운이 혜석에게 보고한 것이 불과 몇십 분 전인데 벌써 언론에 정보가 새다니, 이건 보통 일이 아니었다.

"이것도 감식관님 지난번 그 사건 맞죠?"

"그래."

"감식관님도 다시 강력팀 내려가 보셔야 되는 거 아니에요?"

"나는 못 간다."

규영은 마치 도운이 무슨 말을 하는 건지 안다는 듯 고개를 끄덕였다.

"그러시면 제가 한번 내려가서 분위기 좀 보고 올까요?"

"아니, 됐어."

그러나 도운은 사실 혜석이 어떻게 하고 있을지 궁금했다. 아마도 어떻게 수사 정보가 샌 것이냐며 재수나 다른 팀원들에게 불호령을 내리고 있겠지만, 그런 장면이라도 직접 보고 싶었다. 볼 수 없다면 전해 듣기라도 하는 것도 나쁘지 않을 것 같았다.

"네가 가보고 싶으면 마음대로 하든가."

"네, 그럼 잠시 다녀오겠습니다!"

규영을 보낸 도운은 강력팀 사무실에서 긴장했던 피로가 몰려와 잠시 눈을 감았다. 스트레스 때문에 깊이 잠들 수는 없었지만 그래서 오히려 정신 사나운 꿈이 도운의 머릿속을 헤집어 놓았다. 혜석은 여전히 도운이 존경하는 선배였지만 그의 애인이기도 했다. 도운의 품 안에 안겨 사랑을 속삭이던 혜석은 갑자기 도운의 소극성과 게으름을 비난했다. 도운이 놀라 몸을 뒤로 빼고 보니 이제 그 앞에 있는 사람은 소명이었다. 소명은 도운에게 미안하다고 했다. 뭐가 미안하냐고 도운이 묻자 소명은 대답하지 않았다. 도운은 이번엔 누구에게 미안하냐고 질문을 바꾸어 물었다. 역시 소명은 대답하지 않았다. 결국 도운이 사과는 무엇을 잘못했는지 구체적으로 밝히는 게 제대로 된 사과라고 소명에게 가르칠 참이었다.

"저, 감식관님?"

30분 만에 돌아온 규영이 도운의 옆에 서서 조심스럽

게 말하고 있었다.

"어, 그래. 어, 어, 규영이구나. 그래. 어, 강력팀 다녀온 거지?"

"네, 맞습니다. 어땠는지 지금 말씀드릴까요?"

"그래, 말해."

규영이 눈을 크게 뜨며 입을 한껏 내밀어 과장된 표정으로 말했다.

"어후, 확실히 딱 사무실에 들어갈 때부터 분위기가 장난 아니더라고요."

"신 팀장님이 엄청 화내고 있었나?"

"아뇨, 제가 처음 내려갔을 때는 아직 팀장님이 안 계셨어요. 그냥 강력팀 형사님들이 혼날 준비한 것처럼 나란히 서 있다가 제가 문 열고 들어가니까 차렷 자세를 딱 했다가 제 얼굴 보고 풀어졌죠. 그리고 이 경사님이 저더러 험한 꼴 구경하기 싫으면 애매하게 서 있지 말고 빨리 나가라고 하더라고요.

그래서 제가 혹시 신 팀장님은 어디 가셨냐고 하니까 청장실에 불려갔다고 하더라고요. 아마 청장님이 난리가 났겠죠. 수사 기밀유지가 왜 안 된 거냐, 피해자 신고를 묵살한 게 사실이냐, 언론에서 취재 연락도 안 왔냐. 어휴, 이 경사님은 그 생각만 해도 몸서리가 쳐지나 보더라고요."

"그래서?"

"저는 감식관님한테 받은 임무가 있으니까 바로 도망치지 않고 구석으로 가서 자리를 지켰습니다. 사실 이 경사님은 끝까지 도망치라고 눈치 줬는데."

도운은 자기가 임무를 부여한 적 없다고 변명하고 싶었지만 그럴 상황은 아닌 것 같았다.

"아무튼 그러고 있으니까 팀장님이 들어오시는데, 진짜 싸하더라고요. 처음에 잠시 말 한마디도 안 하고 팀원들 주욱 노려보는데, 저를 노려보는 것도 아닌데 무서워서 죽을 뻔했어요. 그러다가 갑자기 어이가 없는 듯 '하' 하고 실소를 한 번."

"그걸로 끝이야?"

"끝은요, 그게 시작이었죠. '너희가 잘못한 줄은 아냐?' 이렇게 시작해서 다들 죄송하다고 하니까 그때부터 뭐가 어떻게 된 건지 본격적으로 추궁하셨죠."

"그래서 어떻게 된 거래?"

"일단 기사에 그거 있었잖아요. '경찰이 스토커에 대한 DNA 초상화 작업을 거절했다.' 이건 피해자가 경찰에 스토킹 신고를 했다는 말인데 여태까지 그것도 확인 안 하고 뭐했냐고 닦달을 하는데, 다른 형사님들이 처음엔 제대로 대답을 못 하더라고요. 그러더니 피해자의 범죄 신고 내역은 당연히 다 확인했었고 전혀 신고 내역이 없었는데 언론이 무슨 말을 하는 건지 모르겠다고 했어요.

그러니까 팀장님이 그럼 언론이 없는 소리 막 지어낸 거냐, 내가 당장 정정보도 요청하면 되겠냐고 하니까 또 그건 아니래요. 당연히 팀장님이 더 화가 나시겠죠? 그러니까 이 경사님이 급히 하는 말이 '정식으로 신고는 안 했어도 신고 상담은 했을 수도 있다. 신고 상담 내역은 정식 기록으로 안 남기 때문에 바로 전산 조회가 안 되고, 피해자 집 근처 경찰서에 근무하는 경찰관들에게 다 개별적으로 물어봐야 된다.' 그러더라고요."

도운은 규영한테서 들은 말에 대해서 잠시 생각했다.

"그러니까 신 팀장님이 피해자가 실제로 신고를 했는지 안 했는지 추궁했다는 거고, 수사정보 유출에 대해서는 별말 안 했어?"

"그건 그냥 '정보 어디서 유출됐는지는 아는 놈 없지?' 그러고 넘어가더라고요. 저도 약간 의아해서 나중에 팀장님 다시 사무실 나간 다음에 이 경사님한테 물어봤는데, 자기 생각에는 어차피 못 잡아서 그런대요."

"못 잡는다고?"

"워낙 유명한 사건이라 경찰청 안에서 직원들이 관심이 많잖아요. 수사 담당자가 아니더라도 진행 상황을 알고 있는 사람들이 많으니까 언론사 쪽에 조사나 압수수색이라도 하지 않으면 어차피 누가 유출했는지 못 알아낼 것 같다고. 담당 수사팀을 들볶아서 될 일이 아니라고 하더라고요."

"흠."

도운은 규영으로부터 혜석에 대한 얘기를 들으면서 어느새 상태가 많이 안정되어 있었다. 자신에 대한 혐오와 걱정이 남에 대한 걱정으로 바뀌었기 때문이다. 물론 조금 있으면 스토커 살인범을 멍청하게 외국으로 보내준 사람이 다시 욕을 먹게 될지도 모르지만 지금 당장의 문제는 경찰이 소명의 호소에도 불구하고 스토커를 찾아주지 않았다는 것, 그리고 수사 상황이 외부에 유출됐다는 것이었다.

"그래서 신 팀장님 상태는 어때?"

"자기도 청장님한테 깨지고 와서 그런지 화를 많이

내기는 했는데, 생각보다 걱정을 많이 하시는 것 같지는 않더라고요. 아마 언론대응 잘하고 수사 잘하면 금방 다시 조용해질 거라고, 그냥 윗사람들이 언론에 뭐만 나오기만 하면 예민하게 굴어서 그렇지 사실 그렇게 큰일은 아니라고 하는 것 같았어요."

하지만 혜석의 그러한 예상은 나중에 도운이 기억하기로 혜석이 완벽하게 틀렸던 몇 안 되는 일 중에 하나였다.

제3장

# 청계천

소명은 경찰서에 방문해 신고 상담을 한 적이 있으나 DNA 초상화 작업이 불가능하고 달리 스토커를 잡을 방법도 없다는 말을 듣고 실망해 정식 신고를 포기한 것으로 확인되었다. 이러한 내용의 보도에 가장 먼저 반응한 것은 SNS의 여성 집단이었다.

뉴스가 퍼지면 그 뉴스를 본 사람이 자신의 경험담을 얘기했고, 다시 경험담이 뉴스와 함께 퍼지며 수많은 스토킹 피해사례가 알려졌다. 이야기가 여러 겹의 채널을 통해가면서 하나의 사례가 여러 개의 사례로 재생산되어 공유되기도 했고, 단순히 스토커에게 폭행당했다는 이야기가 살해당했다는 이야기로 발전하는 경우도 있었다. 어쨌든 스토킹 피해를 입고도 DNA 초상화의 도움을 받을 수 없었던 사람들이 존재하는 것은 분명한 사실로 보였다.

ㄴ, 이거 너무 공감함. 스토커 놈이 집에 혈서를 보냈는데 그 피 유전자 감정하는 게 왜 안 됨? 피 주인을 찾는다는데 다른 억울한 사람 유전자가 왜 나오겠음? 사람한테 혈서를 보낼 정도로 미친놈인데 그냥 두면 뭔 짓을 할지 누가 앎? 하지만 그래도 유전자 감정 못함. 내가 그 혈서 보낸 새끼한테 죽을 뻔한 것만 생각하면 X발 지금도 X발 진짜 치가 떨림.

ㄴ, 무엇보다 피해자에 대한 애도의 뜻을 먼저 전합니다. 그리고 기사에서 언급한 문제는 제가 개특법 처음 도입될 때부터 지적했던 부분이네요. 그렇게 좋은 수사기법이 생겼는데 왜 그걸 살인, 강도죄에만 적용하는 건가요? 범인 잡아서 죽은 사람 한 풀어주는 것도 중요하겠지만 상식적으로 사람이 죽기 전에 보호하는 게 더 중요한 거 아니에요? 도대체 이해가 안 되는 법입니다.

ㄴ, 나는 남자고 나를 스토킹하는 사람도 없지만, 작금의 문제 제기에 공감한다. 인권 보호는 기술을 활용하는 방법을

제한하고 남의 인권을 침해한 사람을 엄벌함으로써 확보하는 거지 혁신적인 기술을 무조건 막는다고 인권이 보호되는 게 아니다. 오히려 이 상황에서는 스토킹 피해자의 인권이 우선되어야 하는 것 같다.

---

이러한 SNS 여론의 확산은 현실 세계에 영향을 미쳐 여성단체들의 움직임을 이끌어냈다. 그들은 살인, 강도 등 일부 강력범죄뿐 아니라 스토킹 범죄에도 DNA 초상화를 사용하게 하고, 경우에 따라 민간인의 초상화 작업도 허용해야 한다는 주장을 펼쳤다. 국가가 여성을 안전하게 보호해 주는 게 우선이지만 그렇게 못한다면 자력구제라도 허용해 달라는 것이었다.

이는 여성 지지자의 비율이 높은 진보정당들에게는 곤혹스런 의제였다. 여성의 안전만이 문제라면 당연히 초상화 작업 범위 확대를 지지해야 했으나, 그러다가는 지나치게 방대한 개인정보가 국가의 손뿐만 아니라 돈을 가진 자들의 손에 들어갈 위험이 있었다. 그것은 개인정보와 사생활에 대한 정부의 간섭을 최소화하기를 원하는 진보 정치인들의 평소 입장에 반하는 것이었다. 단지 정당이나 개별 정치인들의 정치적 일관성과 관련

해서만 문제 되는 것은 아니었다. 일단 DNA 초상화 대상 범죄의 범위를 확대하기 시작하면 꼭 스토킹 범죄에서 그 확장이 멈춘다는 보장이 없을 뿐더러, 대상범죄를 어떻게 정하든 DNA 초상화 작업을 하려면 어느 정도는 무작위로 검체를 채취할 수밖에 없는데, 그러면 사건과 무관한 사람들의 프로필도 경찰의 데이터베이스에 섞여 들어갈 것이었다.

여러 가지 이유로 진보정당들이 주저하고 있을 때 정치권에서 나선 것은 뜻밖에도, 어쩌면 논리적이게도, 오래된 보수정당들이었다. 그들은 경찰이 얼마나 많은 DNA 프로필을 수집하든 간에 당신만 떳떳하다면 그걸 꺼릴 이유가 없다, 오히려 프로필 수집을 많이 할수록 나라는 안전해질 거다, DNA 초상화 적용 범위 확대에 반대하는 놈들은 켕기는 게 있는 거라는 주장을 펼쳤다. 논리성을 찾기 어려운 주장이었지만, 어쨌든 그들은 반수에 가까운 의석을 차지하고 있었다. 거기에 당론을 정하지 못한 정당의 일부 의원들이 소명의 사건에 영향을 받아 초상화 적용 범위 확대에 찬성 의사를 표시하기 시작했다. 아마 누군가의 정치권 로비가 있는 것 같았지만 그걸 확인할 만한 수사 여력은 없었다. 신속하게 언

제
3
장
ㅣ
청
계
천

159

론 인터뷰를 했던 빅터가 이 과정에도 관여하고 있을지 모른다고 막연히 짐작할 뿐이었다.

혜석은 한 달 동안 자신의 예상이 엎어지는 것을 지켜보며 계속해서 팀원들을 닦달해 언론대응 문건을 생산하고 장택승을 추적했다. 개특법 개정안이 소위원회에서 지속적으로 논의되고 있으나 야당의 반대에 부딪혀 아직 통과되지 않았다는 뉴스가 나올 무렵이었다.

도운은 그 한 달 동안, 단 한 번 점심시간에 구내식당에서 마주친 것을 제외하고는 혜석을 만난 적이 없었다. 장택승의 집에서 DNA 검체를 채취하여 현장에서 발견된 것과 비교했고, 일치한다는 결과를 얻은 것 외에는 더 이상 도운이 사건에 관해서 할 일이 없었다. DNA 비교 결과는 보고서를 강력팀에 전자결재로 발송했을 뿐 혜석에게 따로 연락하지는 않았다. 전화로 결과를 알린 뒤 정식 보고서를 따로 보낼 법도 했건만, 지난번 실수 이후 아직도 혜석과 대화하기가 민망한 탓이었다. 구내식당에서 마주쳤을 때에도 겨우 목례만 하고 지나갔다.

하지만 도운은 수사정보 유출 이후 언론과 사회, 의회의 움직임을 보면서 드는 이상한 생각을 떨칠 수가 없었다. 그 생각이 맞는지 꼭 확인해야만 했고, 확인하려면 반드시 혜석의 도움이 필요했다.

결국 도운은 한 달 만에 강력팀 사무실로 올라갔다. 방문을 두드렸지만 안에서는 부산스러운 소음이 들려올 뿐 '들어오세요.' 같은 소리는 나지 않았다. 도운은 조심스레 문을 열고 들어갔다.

형사들은 모두 각자 바빠 보였고 혜석은 보이지 않았다. 강력팀 사무실 옆에 붙은 팀장실에 있는 것 같았다.

"팀장님은 팀장실에 계시죠?"

도운은 출입문 가장 가까운 책상에 앉아 있는 재수에게 물었다.

"네, 감식관님. 오랜만에 오셨네요. 잘 지내셨죠?"

재수가 의자 위에서 기지개를 켜며 대답했다.

"네, 이 형사님은……."

"저야 보시다시피."

도운이 아무리 다른 사람에게 별 관심이 없어도 재수가 며칠째 집에 돌아가지 못했다는 사실은 쉽게 알 수 있었다. 눈그늘은 코까지 내려왔고, 경찰청에서 샤워를 하는 듯했지만 어딘가에서 깊게 밴 쉰내가 났다. 옷은 갈아입고 있는지 모를 일이었다. 도운은 고개를 끄덕여 다시 인사했다.

"고생하십니다."

"네, 감식관님."

재수는 다시 하품하며 사건 기록 앞으로 돌아갔다.

도운은 아까보다 더 조심스럽게 팀장실의 문을 두드렸다. 이번엔 '네.'라는 대답 소리가 났다. 도운은 안으로 들어갔다.

"선배님, 저 도운입니다."

"어, 들어와."

혜석은 한 달 사이에 야위어 광대뼈가 툭 튀어나온 얼굴로 대답했다. 눈그늘은 재수보다도 더 밑에까지 내려앉아 있었다. 항상 식이조절과 근력운동을 철저히 하는 혜석에게서 보기 힘든 모습이었다.

"그……."

"그래, 오랜만이지."

"지난번에는 죄송했습니다."

도운이 혜석의 책상 앞에 서서 고개 숙여 인사했다.

"아니, 나도 무례했던 것 같아. 각자 사정이 있는 거고, 병가는 정당한 권리고, 내가 너한테 김성현 조사하라고 명령한 것도 아니었고. 그냥 운이 나빴던 건데."

혜석은 고개와 손을 흔들며 대답했다.

"어쨌든 살인 피의자를 찾았으면 바로 알렸어야죠."

"그야 당연하지. 누가 너더러 잘했다니?"

혜석은 핀잔주는 말을 했지만 정말 심각한 얼굴은 아니었다.

"괜찮아, 곧 잡을 거야."

"잘하겠습니다."

"그래. 일을 하자. 며칠 안에 밥이나 한 번 먹고."

도운은 고개를 끄덕이며 말했다.

"저, 일 말씀하셔서 말인데요. 실은 장택승 사건 흉기를 좀 보고 싶습니다."

"아니 그렇다고 그렇게 갑자기 열심히 일하는 흉내 안 내도 돼."

"네?"

혜석이 작게 실소했다.

"아직도 농담이 안 먹히네. 알았어. 칼이야 압수물 창고에 있으니까 보여줄 순 있는데, 정말로 갑자기 왜?"

"좀 확인하고 싶은 게 있는데 설명하려면 꽤 길어요. 선배 요즘 바쁘지 않아요?"

혜석은 고개를 절레절레 저었다.

"바쁘다. 그래, 무지 바빠. 이렇게 바쁜 적이 없어.

수사도 바쁘지만 언론 대응하고 상부 보고를 이렇게 매일 한 적이 없어. 알았어, 설명은 나중에 듣자. 일 마치고 보고서나 보내. 압수물은 압수계에 연락해서 감식관실로 보내줄게."

도운은 짧은 위로의 말을 한 뒤 혜석의 사무실을 나와 감식관실로 돌아갔다. 곧 압수계 직원이 칼을 가지고 왔다. 도운은 전달받은 칼을 분석실로 가지고 들어갔다. 언젠가 재판의 증거물로 쓰일 예정이기 때문에 칼에는 피와 살점도 그대로 묻어 있었다. 압수물 봉투에 밀봉되어 있어 건조 현상도 일어나지 않았다. 원래 DNA 감식용 시료는 화학반응을 막기 위해서 최대한 건조한 후 보관하는 게 원칙이지만, 이 칼은 사건 당시 칼날에서 피해자, 손잡이에서 가해자의 DNA를 채취한 걸로 감식 시료로서의 목적을 다 하고 그대로 보관되어 있었다.

도운은 분석실의 녹화 카메라를 켰다. 과학수사 증거물의 봉인을 해제할 때에는 언제나 그 과정을 전부 녹화하고 그러한 사실을 일지에 기록해야 했다. 나중에 재판에서 증거물을 제시할 때 봉인이 찢어진 자국이 있는데 그 연유를 모른다면, 그 물건은 조작이 의심되어 더 이상 증거로 쓸 수 없게 되기 때문이다.

도운이 압수물 봉투의 봉인지를 떼어내자 봉인지가 찢어지면서 찌익 하는 소리를 냈다. 도운은 수술용 장갑을 끼고 봉투를 열었다. 봉투에 든 칼은 손잡이의 무게 때문에 칼날이 위쪽으로 올라와 있었다. 도운은 썩는 냄새에 코를 한껏 찡그리면서도 조심스럽게 칼날을 잡고 꺼내어 스테인리스 선반 위에 올려놓았다. 그 칼날 전체가 죽은 소명의 DNA로 덮여 있는 검체였다.

도운은 벽에 걸려 있던 휴대용 진공청소기처럼 생긴 물건을 집어 들어 일회용 면체 롤러를 끼우고 전원을 켰다. 그러고는 나지막하게 모터 돌아가는 소리가 나는 진공청소기의 입 부분을 칼날에 가져다 댔다. 그것은 물체의 표면에 액체 형태로 묻어 있는 DNA 시료를 채취하는 간편 채취기였다. 원래는 사건 현장에서나 쓰는 단순하고 투박한 물건이지만 지금처럼 눈에 선명하게 보이는 액체 상태의 피가 단단한 물체의 표면에 묻어 있을 때에는 이보다 정밀한 장비를 굳이 쓸 필요가 없었다. 도운은 청소를 끝낸 진공청소기에서 새끼손가락만 한 원통을 꺼내어 장비에 집어넣었다. 나머지는 기계가 알아서 해줄 일이었다.

약 한 시간 뒤 도운은 모니터 화면을 통해 소명의 유

전체를 살펴보고 있었다. 그리고 그 순간 도운은 범인이 소명의 사체를 난자해 놓은 이유를 깨달았다. 하지만 확실히 하기 위해서는 검증이 필요했다.

도운은 다시 혜석에게 전화하여 소명을 담당한 부검의의 연락처를 받았다. 도운은 수사팀장 혜석의 이름을 빌려 부검의에게 부검 당시 동영상을 다시 살펴봐줄 것을 요청했다. 부검의는 좀처럼 받지 않는 요청에 당황한 듯했지만 못해 줄 것은 없는 모양이었다.

부검의의 회신을 기다리는 도운의 머릿속에서 사건의 흐름이 꿰맞춰졌다. 매우 급진적인 가설이지만, 몇 가지 부분만 검증되면 충분히 유력하다 할 수 있었다. 도운은 다시 혜석에게 재무분석 및 계좌 추적팀에게 부탁할 일을 말해주었다. 이쯤 되자 혜석도 내막을 묻지 않을 수 없었다. 도운은 혜석의 개인 집무실로 찾아가 자신의 가설을 알려주었다. 혜석은 어안이 벙벙해졌다.

"그게 가능한 얘기야?"

"제 생각엔 가능하니까 가설이라고 말씀드리는 거죠."

"허허, 거 참. 거 참……."

"수사해서 검증해 보시면 되잖아요."

"아, 그렇지. 그게 내 일이지. 근데 네 일은 내가 할 일을 정해 주는 게 아니거든? 차라리 그 반대라면 몰라도."

"아! 죄송합니다, 선배."

"아니, 죄송할 것까진 없고."

잠시 두 사람 사이에 어색한 순간이 흘렀다.

"장택승 이 새끼가 꼬리도 안 잡히는데 갑자기 황당한 이야기를 들으니까 또다시 신경이 날카로워졌나 봐."

혜석은 더 이상 말을 잇지 않았지만 도운은 장택승이 도망간 게 애초에 누구 때문이냐는 질책이 들리는 것 같았다. 도운이 이를 다문 채 입술을 벌려 살짝 공기를 빨아들였다.

"뭐야, 너 또 혼자 자책하고 있지?"

"아, 아니에요."

"진짜로 죄송해할 필요 없다니까."

"예."

"장택승이 나간 건 아쉽지만 애초에 스토커가 장택승이라는 걸 밝혀낸 게 너잖아. 그것만으로 네 할 일 범위를 넘어서 수사에 크게 기여한 거야. 나머지는 우리 일이지."

생각해 보면 혜석의 말이 틀린 것도 아니었다.

"앞으로 또 한 번만 혼자 끙끙 앓고 있으면 그냥 너 공식으로 징계 건의할 거다."

"네?"

도운이 놀라며 되물었다.

"너 스스로 잘못한 것 같은데 그냥 넘어가는 게 찝찝하면 차라리 징계해 주는 게 낫지 않겠어? 그게 아니면 이제 마음 좀 편히 먹어. 내가 수사 책임잔데 이렇게 말하잖아. 네가 잘했다 잘못했다 말할 권한이 있는 사람이라고, 내가."

"그렇죠, 선배님."

"그래, 이번에 말한 가설도 재미있고 말야. 그런데 네 말을 검증하든 아니면 원래 방향으로 수사를 하든 장택승은 빨리 잡아야겠네. 만약 가설이 맞으면 빅터도 다시 불러들여야 하는 거 아닌가?"

"그렇죠. 실은 제가 일하는 김에 좀 구체적으로 계획을 짜봤는데요."

"들어보지."

도운은 설명을 시작했다.

한 시간 뒤 혜석의 사무실을 나온 도운은 엘리베이터에 타 외투 지퍼를 올리고 꼭대기층 버튼을 눌렀다. 그곳에서 계단으로 한 층 더 올라가면 옥상에 갈 수 있었다. 광화문 옆에 있는 경찰청 옥상에 오르면 도심과 북악산은 물론 거의 강북 일대를 한눈에 볼 수 있었다.

한때 이곳은 흡연자들의 점령지였지만, 2년 전 1층 정원에서 담배꽁초로 인한 화재가 발생한 뒤 경찰청 건물 전체가 절대금연구역으로 지정되었다. 그렇게 옥상에서 담배연기와 특정인들만의 담배(남자 대화)가 사라지자, 마침내 옥상은 사무실에 계속 앉아 있기는 싫고 그렇다고 남들과 수다 떠는 데도 익숙하지 않은 도운 같은 부적응자들의 안식처가 되었다.

도운은 항상 엘리베이터 한 번만 타면 닿을 곳에 이런 멋진 옥상이 있다는 게 경찰청 근무의 큰 특혜라고 생각했다. 비록 미세먼지 때문에 매일 그 조망을 즐기지는 못했지만, 어쩌다 한 번 오늘같이 맑은 날에 찾아오는 것만으로도 족했다. 무엇보다도 지금 도운은 마음의 여유가 있었다. 범인을 알아냈고, 그것은 거의 도운의 공이었다. 비록 범인이 해외로 도망쳤고 그 과정에는 도운의 책임이 있었지만, 수사 책임자로부터 문책당

할 일이 아니라고 인정받았다. 도운도 이제는 그 일에서 스스로를 놔줘야 한다고 생각했다. 앞으로 경찰청에서 해야 할 일이 더 많았다.

옥상 난간에 기대선 도운은 마음뿐 아니라 몸이 가벼워졌음을 느꼈다. 이것은 단지 사건과 관련하여 한 문제를 해결한 후련함이 아니었다. 훨씬 오랜 기간 도운의 뱃속에 눌러앉고 어깨에 내려앉고 머리 위에 올라있던 무게감이 사라졌다. 뇌가 몸의 어느 부위에 신호를 보내도 예전보다 훨씬 민첩하게 전달되는 것 같았다. 그제야 도운은 깨달았다.

도운은 장래가 유망하던 스타트업 기업의 기술책임자이자 지분권자였다가, 상관이 지시한 반복적인 일을 하며 월급을 받는 공무원이 되었다. 물론 서울지방경찰청의 경감이란 적지 않은 사람들이 부러워하는 자리였지만, 세계적인 기술력을 가지고 국제증시 상장을 눈에 앞두었던 회사의 경영자와 비교할 것은 아니었다. 실제로 알피는 소명의 공격이 끝나자 고산그룹에 팔려나갔고, 현재는 당장 도운이 사용하는 DNA 초상화 프로그램을 한국 정부에 공급하고 있음은 물론 30개 선진국 정부로부터 관련 로열티를 받고 있었다.

도운은 DNA 초상화 프로그램을 사용할 때마다 자신이 잃은 것을 실감했다. 그가 얻었을 돈과 명성도 물론 아쉬웠다. 특히 자신보다 한참 뒤처져 있던 경쟁자들이 아직도 업계에 남아 도운이 받는 것의 몇 배나 되는 연봉을 받는 것을 볼 때마다, 속 좁은 줄 알면서도 화가 나는 것을 막을 수 없었다.

　그러나 가장 큰 상실감과 허탈감을 준 것은, 자신이 더 이상 알피 프로그램의 개발에 관여할 수 없음을 깨달았을 때였다. 도운은 처음 경찰청에서 프로그램을 쓰기 시작했을 때에는 모든 일을 잊으려 노력했고, 얼마 후 그것이 불가능함을 안 뒤로는 프로그램 사용자인 고객으로서 알피에 민원을 제기하기 시작했다. 그러나 회사는 도운의 정체를 안 것인지 아니면 원래 고객 피드백에 관심이 없는 것인지는 몰라도 아무런 반응을 보이지 않았다. 도운은 점점 신경질적인 성격으로 변해 갔고, 어느 날 감식관실 행정요원(규영의 전임자였다.)이 DNA 검체를 담는 채취통에 라벨을 잘못 붙여 피의자가 잘못 지목된 것을 알고는 욕설과 함께 요원의 따귀를 때릴 뻔했다.

　도운은 자신의 올라간 손을 보고 정신이 들어 스스로

놀라 이를 급히 내렸고, 요원은 묵묵히 방에서 나갔다. 그 후로 도운은 다시는 알피에 민원을 제기하지도 않았고, 새로 행정요원으로 들어온 규영이나 다른 누구에게 신경질을 부리지도 않았다. 그렇게 도운은 자신이 제정신을 차린 줄로만 알았다. 그러나 도운의 무의식 또는 정신세계의 어느 깊은 한구석에 가라앉은 패배감이 계속 그 몸을 끈적끈적하게 붙잡아 왔던 것이다.

그러던 도운은 이번 사건으로 자신의 정신세계 속 불청객을 몰아냈다. 회사를 잃을 당시에는 따로 가해자가 있는 줄도 몰랐지만, 알고 보니 그 일에는 가해자가 있었고, 가해자에게는 얼굴과 이름도 있었으며, 결국 도운과 유사한 피해자에게 괴롭힘을 당하다가 살해됐다. 만약 단순히 가해자가 살해된 것으로 끝이었다면 도운은 오히려 자신의 경력과 돈을 끝장낸 원수를 알게 됐는데 복수는커녕 미워할 기회조차 없이 죽어버렸다고 아쉬워했을지도 모른다.

하지만 도운은 그 살인사건의 진실을 밝혀내었다. 아직 모든 사실이 명백히 밝혀진 것은 아니었지만, 혜석도 도운의 가설과 그것을 확증할 수사 계획을 지지해 주었다. 어쨌든 도운은 살아 있고 소명은 살인사건의 피해자가 되었으니, 자신이 확실히 우월한 위치에 있었다. 그러한 위치에서 도운은 자신의 회사를 집어삼킨 가해자가 피해자로 변한 살인사건을 해결했다. 어찌 보면 원수를 은혜로 갚은 셈이었다. 그러한 긍정적인 마음의 작용이 도운의 패배감과 상실감을 걷어냈다.

오랜만에 머리가 가벼워지자 도운은 한 가지를 더 깨달을 수 있었다. 계속해서 도운을 사건 현장에 데리고 다니고 관련자 조사에 참여시키고 피해자들의 장례식에 참석하게 한 것이 혜석의 배려였음을 그제야 안 것이다. 도운은 언젠가 혜석에게 고마움의 표시를 제대로 해야겠다고 생각했다.


이틀 뒤 도운은 감식관실에서 혜석과 통화를 하고 있었다.

"야, 네 가설 진짜 맞는 것 같아!"

"뭐 좀 찾으셨어요?"

"우리가 장택승 연고 찾으려고 출국 전 행적 추적했었잖아. 그때 장택승 발신기지국 내역에 일주일에 한 번 정도 중랑구에 가는 게 나왔었어. 근데 거기 집도 없고 직장도 없고 거기 가서 연락하는 사람도 없는 거야. 그래서 그냥 그렇게 두고 있었는데, 이소명 발신기지국을 보니까 같은 시간에 중랑구가 뜨는 거지. 그래서 제일 가까운 데 설치된 도로 CCTV 확인해 봤더니 이소명하고 장택승 차량번호가 딱!"

"그럼 진짜 이소명이 장택승을 만나고 있었던 거예요?"

"그래, 이거 스토커 사건이 아니라 연인 간 데이트 폭력일지도 몰라."

"근데 장택승이 보낸 협박 메시지가 있잖아요."

"그걸 생각을 해봤는데, 왜 빅터가 이소명 이상하다고, 피지컬밴드로 자기 지배한다고 그런 거 있잖아. 그거랑 비슷한데 반대인 거 아닐까."

"그럼 이소명이 빅터한테는 S이고 장택승한테는 M이라서 장택승한테서 그런 메시지를 받았다는 거예요?"

"그럴 수도 있단 얘기지."

도운은 헛웃음이 나왔다.

"고인한테 죄송하지만 진짜 대단한 사람이네요. 남자 둘을 동시에 만나면서 하나는 지배하고 나머지 하나한테는 복종했다니."

"그러다 두 남자 중 하나가 다른 남자의 존재를 알

고 해까닥해서 이소명을 죽이고 칼로 난자해 놓았다. 말 되지 않냐?"

"그래서 이제 어쩌실 거예요?"

"일단 장택승하고 이소명이 진짜 만났는지 확인해야지. 기지국 내역이랑 차량 번호만으로는 둘이 완전히 같은 장소에 있었다는 게 입증이 안 되니까."

"그걸 어떻게 확인하는데요?"

"현장에 나가서 근처에 남녀가 자주 만날 만한 곳이 있나 보고, 가게 사장님들한테 사진 보여주면서 이 커플 단골로 오지 않았냐, 이렇게 저렇게 탐문하는 거지. 물론 내가 직접 할 건 아니고."

"그럼 그쪽은 됐고, 혹시 고산그룹 팀은 어떻게 됐대요?"

"아직 작업 중이긴 한데, 아까 통화해 보니까 잘된 거 같더라. 그런데 예상하지 못한 흥미로운 자료가 나왔어."

"어떤 겁니까?"

"이소명이 뭔가 디지털 자료를 숨긴 것 같다. 전체 용량이 40기가 정도 되는데 10000자리 암호가 걸려 있대. 뭔지는 모르지만 고산그룹에서 그렇게 갖고 싶어한 모양이야."

"고산그룹도 10000자리 암호를 깰 방법이 없었겠죠. 하지만 이소명은 그 긴 암호를 어떻게 외우고 어떻게 입력했을까요?"

"우리 디지털포렌식 쪽에서는 그 암호 자체도 다시 어딘가에 디지털 형태로 저장돼 있을 거라고 보고 있어. 아마 플래시메모리 같은 데에 넣어서 잘 두지 않았을까?"

"예전에 이소명 집 수색할 때 그런 게 있었어요?"

"못 찾았지만 그때는 메모리 찾는 게 목적이 아니었으니까 다시 수색해야지. 오늘 현장팀 여러 개 돌아간다."


두 시간 후, 혜석은 소명의 집 냉장고 앞에 엎드려 조명을 비추며 냉장고 밑을 들여다보고 있었다.

"저, 팀장님?"

"어, 준행아."

준행은 현장 보존을 담당하는 형사다. 혜석이 무릎으로 선 채 대답했다.

"저, 매일 찾아오는 가정부가 왔는데 지금 들여보내

도 될까요?"

혜석이 얼굴을 찡그리며 똑바로 일어섰다.

"가정부가 매일 찾아와? 그게 무슨 소리야. 나는 들은 적 없는데?"

"아, 그 가정부 신원은 확실하고, 집에 들어올 때는 항상 제가 옆에 붙어 있었습니다."

준행은 아무 생각 없이 혜석에게 말을 걸었다가 반응을 보고 당황한 모양이었다.

"아니, 옆에 붙어 있는 게 중요한 게 아니라, 애초에 왜 민간인을 현장에 계속 출입시킨 거야?"

"어항을 관리해야 한다고 해서요."

"어항?"

"아무리 사건 현장이라도 살아 있는 생물은 계속 지켜야 하는 것 아니냐며, 이소명도 전부터 가정부에게 특별히 부탁했다고……."

"허……."

"죄송합니다, 팀장님! 지금 바로 돌려보내고, 앞으로 출입금지하겠습니다!"

"아니, 그게 아니라…… 아니, 아닌 게 아니고 일단 돌려보내긴 하는데, 그, 어항이 그러니까 거실에 있는 거 맞지?"

"네, 팀장님!"

과연 거실에는 길이가 1미터는 되어 보이는 커다란 어항이 있었다. 안에는 여러 마리의 금붕어가 헤엄치고, 바닥에는 수초와 모래가 깔려 있으며, 외부형 여과기가 오른쪽 벽에 붙어 있었다.

"준행이랑 재수, 용희 이리 와봐. 지금부터 저 어항이랑 안의 부속품까지 샅샅이 수색해라."

"그럼 어항을 비우나요? 물고기는 어떻게 할까요?"

"고기는 살려두면서 해."

그러나 혜석이 믿는 세 명의 형사가 40분을 수색해도 어항에서는 어떤 디지털 저장장치도 발견할 수 없었다.

"팀장님, 고기 배라도 갈라봐야 되는 거 아닐까요?"

용희가 길이 3센티미터 정도의 금붕어를 쳐다보며 말했다.

"동물보호가 중요하기도 하지만, 수사과정에서 관련자 재산을 함부로 해하는 것도 곤란하다. 게다가 이소명이 그렇게 특별히 어항을 관리하고 물고기를 살려두었다는 게 뭔가 있는 것 같아."

"하지만 다른 데는 충분히 다 봤는데요."

"그, 청에다 전화해서 혹시 엑스레이 장비 있나 알아봐."

"엑스레이요?"

"또 모르잖아."


잠시 후 엑스레이 투사기 및 카메라와 함께 도운이 현장에 도착했다. 혜석이 반가우면서도 예상 못했다는 투로 인사했다.

"오, 너는 무슨 일이야?"

"물고기 뱃속을 보고 싶어 하신다기에, 어쩌면 제가 볼 것도 있을 것 같아서요."

"아니, 그냥 엑스레이 찍어보려고 하는데?"

도운이 어항을 쳐다보며 말했다.

"뱃속에 저장장치가 있을 수도 있지만, 장택승이 용의자라면 다른 가능성이 있습니다."

"말해 봐."

"장택승의 사업이 뭔지 고려해 본다면……."

혜석의 팀원들은 도운의 설명을 듣고 그한테서 장비를 건네받아 조심스레 어항에 집어넣었다.

다시 사무실에 온 도운은 모니터를 가만히 쳐다보았다. 화면의 위쪽과 아래쪽에 가로로 가느다란 선이 한 개씩 있었다. 너무 두께가 얇아 색이 잘 보이지는 않지만 어렴풋이 위쪽 선은 모두 검은색, 아래쪽 선은 대부분 파란색이지만 중간에 빨간 부분이 보이는 것 같았다. 그리고 아래쪽 선이 위쪽 선보다 조금 길었다.

도운이 오른손 엄지와 중지를 붙였다가 떼자 아래쪽 선의 빨간 부분이 확대되었다. 그러나 맨 처음에 보인 선의 두께는 화면에 표시되기 위한 최소한의 두께였는지, 한참 양쪽으로 길이가 늘어나도 두께는 그대로였다. 도운이 화면을 확대하는 동작을 9번 반복했을 때, 마침내 선이 두꺼워지기 시작했다. 몇 번 더 두꺼워진 선은 세로로 긴 직사각형이 연속으로 붙어 있는 형태였고, 그 안에는 알파벳이 새겨져 있었다.

도운은 빨간 바탕 안에 글씨가 있는 것을 확인하고 다시 화면을 축소해, 이번에는 양손 검지로 빨간 선의 두 지점을 누른 뒤 드래그하여 선을 상단 검색창에 집어넣었다.

몇 초 뒤 화면에 경고음과 함께 메시지가 나왔다. '일치하는 유전체 정보가 없습니다.' 그런데 검색 결과가 없다는 내용에 도운은 전혀 실망한 표정이 아니었다. 도운은 아까 드래그하지 않은 나머지 빨간 부분을 눌러 같은 방법으로 검색했다. 이번에도 아무 검색 결과도 나오지 않았다. 그 다음으로는 위쪽 선의 일부, 아래쪽 선의 파란 부분 일부를 계속해서 검색했다. 둘 다 '금붕어(Carassius auratus)'라는 이름과 함께 영문과 숫자로 된 약자처럼 보이는 짧은 단어가 쉼표로 여러 개 붙어 나왔다.

"이거다."

혼잣말을 한 도운은 바로 혜석에게 전화를 했다. 도운은 짐짓 목소리를 가라앉혔다.

"선배, 혹시 엑스레이에서는 뭐 안 나왔죠?"

"나한테 묻는 걸 보니 너도 못 찾았나 보네."

이번에는 반대로 갑자기 밝은 목소리로 혜석을 놀래주려고 했지만, 말을 꺼내기 전 뭔가 어색하다고 느낀 도운은 그냥 헛기침을 하고 평조로 말했다.

"아뇨, 저는 찾았습니다."

"뭐? 그런데 왜 그렇게 풀 죽은 목소리야?"

"풀 죽은 건 아니고요……."

"아니, 그래서 정말 금붕어 DNA에 자료가 있었단

말이야?"

"아직 그게 우리가 찾는 건지는 모르죠. 그런데 이소명 어항에 있던 금붕어한테는 다른 금붕어는 없는 수십만 염기쌍의 DNA가 있고, 그 DNA는 생물학적으로 아무 의미도 없는 쓰레깁니다. 그렇다면 디지털 자료일 거라고 짐작이 가능합니다."

자기 영역에 대해서 설명하기 시작하자 도운의 목소리에 다시 힘이 들어갔다.

"DNA에 디지털 자료라니 아직도 잘 이해는 안 되지만, 아무튼 거기에 이소명 자료의 10000자리짜리 암호가 있을 수도 있는 건가?"

"염기쌍이 수십만 개가 있으니 그 안에 10000자짜리 문자열을 저장하는 것도 충분히 가능합니다. 그게 그 암호인지는 아직 모르죠. 하지만 아무래도 인공적으로 집어넣은 것 같은 DNA가 있고, 그 DNA가 생물학적으로는 의미가 없으니, 무언가 자료를 저장해 둔 게 아닐까요?"

"잘했다. 그럼 그 염기서열 바로 용희한테 보내."

"네, 선배."

혜석과 통화를 마치자 규영이 사건 기록으로 보이는

서류 뭉치를 가지고 방으로 들어왔다.

"감식관님, 또 뭔가 해내셨나 봅니다?"

"뭘 찾긴 찾았는데, 아직 몰라. 우리가 찾는 자료일지 아닐지."

"어디서 뭘 찾으셨는데요?"

"어, 제대로 설명하려면 얘기가 길어질 텐데."

"괜찮습니다, 감식관님! 제대로 듣고 싶습니다. 저도 여기 부속실에 있는 동안 공부할 수 있는 건 하는 게 좋죠."

도운은 잠시 생각하다가 천천히 말했다.

"그럼 앉아보든가."

규영은 도운의 책상 맞은편에 있는 간이의자를 당겨 앉았다.

"네, 감식관님!"

"음, 그러니까, 어디부터 설명하지. 혹시 생명체 DNA에 디지털 자료를 담을 수 있다는 얘기는 들어봤나?"

"아뇨, 잘 모르겠습니다."

"DNA에 대해서는 얼마나 알아?"

"인간이나 다른 모든 생명체가 가지고 있고, 유전자하고 관련이 있죠."

"DNA와 유전자가 무슨 차이인지는 모르고?"

"네, 그건 잘 모릅니다."

"음."

짧게 신음한 도운은 자리에서 일어나 책장에 꽂혀 있던 《생명 : 생물의 과학(Life : The Science of Biology)》이라는 제목의 책을 집어왔다. 역사가 어지간히 오래됐는지 '제31판(31th Edition)'이라는 표시가 되어 있고, 표지에는 화려한 무늬의 도마뱀 사진이 있었다.

"DNA라는 건 '디옥시리보핵산(DeoxyriboNucleic Acid)'의 약자, 즉 화학물질의 이름이다. 우리가 가지고 있는 유전자의 총체인 유전체의 물질적 측면을 말하는 거야. 책으로 말하자면 종이와 잉크에 해당하는 부분이지."

"유전자의 재료가 DNA라는 화학물질이라는 말씀이신가요?"

"그런 식이지. 그리고 DNA가 책의 재료라면 책의 내용에 해당하는 게 유전자야. 우리가 책을 읽으면 개념을 이해할 수 있는 것처럼, 세포 속의 '리보솜'이라는 소기관이 유전자를 읽으면 그것을 설계도로 이해해서 몸 안에서 다양한 화학작용을 하는 단백질을 조립해 낼 수 있지."

"뇌가 없는 리보솜이 어떻게 유전자를 읽을 수 있죠?"

"정확하게 말하면 읽는 건 아니고 화학적인 작용이긴 해. 이것도 비유를 하자면, 어떤 격자가 있고, 그 격자의 왼쪽 위부터 시작해서 오른쪽 아래까지 순서대로 칸마다 어떤 색을 칠할지 정해주는 설명서가 있다고 하자. 이렇게 한 칸을 한 색으로 칠하는 건 고도의 정보처리 없이 아주 단순한 기계로도 할 수 있겠지. 하지만 정확하게 칠하기만 하면 설명서 작성자의 의도대로 아름다운 그림이 나오는 거야. 색칠을 하는 사람은 자기가 뭘 하는지도 모르고 한 칸 한 칸 칠하다가 마지막에 그림을 보고 깜짝 놀라겠지."

"그러니까 유전자가 그 설명서고, 리보솜이 아무것도 모르고 시키는 대로 색칠만 하는 단순한 기계고, 완성된 그림이 단백질이란 말씀이시군요."

"그렇지."

"그래서 그게 디지털이랑은 어떻게 연관이 됩니까?"

"다시 유전자와 DNA로 돌아가서, DNA가 책의 종이와 잉크하고 다른 점은 종이와 잉크의 구분이 없다는 거야. 글자 자체가 금속활자처럼 부피가 있는 실체이고,

바탕이 되는 종이 없이 글자끼리만 한 줄로 주욱 연결되어 있지. 그리고 글자는 총 네 가지가 있어. 한글에 14개의 자음과 10개의 모음이 있는 것처럼. DNA에서 글자 하나하나는 '염기'라고 한다. 그리고 컴퓨터가 글자를 몇 개 쓰는지는 알지?"

"0과 1이죠."

"그래, 컴퓨터에 저장된 모든 데이터는 사실은 0과 1의 연속이지. 그러니까 DNA의 네 가지 염기에 00, 01, 10, 11이라는 번호를 붙여주면 DNA에 담긴 정보를 컴퓨터 데이터로 저장할 수 있는 거야. 반대로 말하면 컴퓨터 데이터를 DNA에 저장하는 것도 가능하다는 얘기지."

"아, 그럼 DNA를 그냥 디스크처럼 컴퓨터에 넣을 수는 없는 거죠?"

"그래, 내 방에 있는 별도의 분석기를 가지고 DNA의 염기서열을 분석해서 그걸 0과 1로 번역하면 컴퓨터가 읽을 수 있을 거야."

"그런데 이번 사건 증거가 그런 디지털 자료 DNA였던 거예요?"

도운은 규영에게 수사팀이 소명의 어항에 주목하게

된 이야기, 어항 속 금붕어를 엑스레이로 찍었다는 이야기, 그리고 재수와 용희가 금붕어의 비늘 몇 장을 떼어내려다 하마터면 붕어를 죽일 뻔했지만 가까스로 물속에 무사히 돌려놓을 수 있었던 이야기를 해주었다.

"그리고 그 붕어 비늘을 가지고 DNA 염기서열 분석을 해봤더니, 누군가 인공적으로 넣어둔 서열이 발견되었어. 게다가 그 서열은 지금까지 알려진 어떤 생물의 유전자도 포함하지 않아. 생물학적으로 쓸 만한 단백질을 만들어내지 않는 DNA라면, 디지털상 의미를 가진 게 아닐까 싶은 거야."

"우아!"

규영이 감탄하는 눈빛으로 도운을 쳐다보았다. 머쓱해진 도운은 괜히 시선을 피하다가 규영의 손에 들린 서류 뭉치를 보았다.

"그런데 원래 다른 생물에 있는 유전자와 똑같지 않더라도, 나름대로 의미있는 단백질을 만들 수도 있는 거 아니에요?"

"적어도 이 경우에 그럴 가능성은 낮아. 말하자면 정상적인 단백질의 모든 공식을 다 벗어나 있거든. 그러니까 아까 DNA처럼 책을 예로 들자면, 어려운 단어가 계속 나오고 문장이 복잡해서 읽기 힘들더라도, 단어 하나하나 놓고 보면 뭔가 말이 되기는 하는 경우가 있을 수 있고, 글자들이 모두 제각각이라 아예 단어 자체가 안되는 경우가 있을 수 있겠지? 가끔 코드가 깨져서 나타나는 '궭궭뷃뷃' 같은 글자 말야. 이소명의 금붕어 DNA를 가지고 만든 단백질은 글자 하나하나가 다 따로 놀아서 전혀 말이 안 되는 경우야."

"자연에 존재하는 단백질들은 서로 다양하게 다른 모양이라 하더라도 최소한의 규칙이 있는데, 여기서는 그런 규칙이 안 보인다는 말씀이시군요."

"그래, 맞아."

"오늘 엄청 많이 배웠습니다, 감식관님. 고맙습니다!"

이번에 규영은 아예 허리를 구부려 인사했다. 어색해진 도운이 급히 말했다.

"아, 그래. 원래 뭐하려고 왔지?"

"네, 감식관님! 강력3팀에서 온 기록 사본입니다."

"기록?"

"네, 그냥 전달해 드리면 될 거라던데요."

도운이 건네받은 기록의 표지에는 혜석이 메모한 포스트잇이 붙어 있었다. '고산그룹이 가지고 있던 이소명 미행 보고서. 암호를 알아내려고 한 듯. 시간 있을 때 보면 됨.' 방금 암호에 대한 결정적 단서를 찾아낸 뒤였지만 달리 할 일도 없던 도운은 규영을 내보내고 기록을 읽기 시작했다.

사흘 뒤, 도운은 미행 기록이라도 읽고 있기를 잘했다고 생각했다. 야심차게 내밀었던 이소명 금붕어의 DNA 염기서열에서 아무런 정보도 건지지 못했기 때문이다.

"선배, 이소명이 DNA에다가 암호를 어떤 식으로 숨겼는지 모르기 때문에 좀 반복작업을 해야 할 겁니다. 암호가 시작되는 지점을 하나하나 옮기면서 해보고, 몇 자리를 묶어서 하나의 글자로 지정해 보기도 하고, 순서도 바꿔보고, 몇 글자씩 뛰어넘기도 해보고 그러다 보면 나올 거예요."

"다 해봤어. 상상할 수 있는 모든 방법으로 다 넣어봤대. 암호 집어넣어서 시험해 보는 건 생각보다 금방 되더라. 그냥 경찰청에 있는 컴퓨터로 하는데도 시작점을 맨 앞에서부터 맨 뒤까지 바꿔가면서 28만 가지 암호를 입력해서 돌려보는 게 1초도 안 걸렸어. 그래서 네 말대로 디지털포렌식 팀에서 온갖 방법으로 다시 10000개짜리 문자열을 추출해 봤는데, 전부 실패다."

"하지만 거기 분명히 뭔가 있는데……."

"뭔가 있을 수는 있는데 우리가 찾는 암호는 아냐. 물론 그 자체로 디지털 파일로도 읽어봤지만 그림도 아니고 영상도 아니고 별도로 구동되는 프로그램도 아니야. 운영체제까지 바꿔가면서 시험해 봤다."

"그럼……."

혜석이 자기 의자에 털썩 주저앉았다.

"이쪽은 일단 막다른 골목이야. 이소명 미행 기록을 더 자세히 봐야 될 거 같아."

도운이 자기가 잘했다고 생각한 것이 바로 이 순간이었다.

"미, 미행 기록은 저도 봐둔 게 있습니다!"

점점 초조해지던 도운이 외쳤다.

"깜짝이야. 갑자기 왜 소리는 지르고 그래?"

"아, 죄송합니다."

혜석이 살짝 머리를 흔들었다.

"기록에서는 뭘 봤는데?"

"이소명이 갔던 곳 중에 DNA 프린팅하는 데가 있

잖아요."

"그런 데가 있지. 고산그룹에서도 이소명 다음에 가 봤지만, 그 회사 쪽에서 이소명 부탁으로 자료를 다 지워놓는 바람에 이소명이 뭘 한 건지 알 수가 없었지."

"아, 선배도 보셨군요."

도운의 목소리가 조금 낮아졌지만 곧바로 다시 말을 이었다.

"그런데 제가 거길 가보면 뭔가 더 알아낼 수도 있습니다. 물론 가보기 전엔 모르지만 어쨌든 제 영역의 일이니까요."

"그래. 네가 원한다면 재수랑 한번 가 봐. 내가 말해 놓을게."

"알겠습니다!"


재수와 도운 둘이서 조사를 나서는 것은 이번이 두 번째였지만 차 안은 여전히 조용했다. 이제는 재수도 억지로 말을 거는 것보다 차라리 조용히 있게 두는 걸 도운도 더 편해 한다는 것을 알기 때문이었다.

목적지가 경찰청에서 그리 멀지도 않았다. 재수는 시속 40킬로미터의 느린 속도로 종로를 따라 운전했다. 건

물을 두어 층씩 차지하는 덩치 큰 점포들이 시야를 스쳐 지나갔다. 자리 잡은 지는 오래됐지만 가로 정비 사업으로 번쩍번쩍한 간판과 외벽을 달고 있는 것들이다.

느리게 달리는 차는 신호에 한 번도 걸리지 않고 10분 안에 목적지에 도착했다. 청계천과 종묘 사이를 길게 잇는 산업단지다. 정부에서 '기술특이점 공작소'라는 거창하고 의미가 불분명한 이름을 지었지만, 그와 별개로 지원 혜택이 좋아 실제 기술중심 중소업체들이 적잖이 입주해 있었다. 그중에서도 도운과 재수의 목적지는 청계천을 내려다보는 창문이 달린 좋은 사무실이었다. 하지만 그 출입문 앞 복도는 움직이는 사람과 기기들로 번잡했다.

"감식관님, 저거 혹시 DNA 어쩌고 하는 장비들 아니에요?"

도운이 보니 과연 편한 옷차림을 한 사람들이 DNA 프린터, 단백질 합성 탱크 등을 옮기고 있었다.

"어어, 얼른 저거 멈춰요."

"저희는 서울지방경찰청에서 나왔습니다. 수사중인 사건 관련 퓨지텍 직원분들께 물어볼 일이 있는데, 혹시 오늘 퓨지텍이 이사라도 하는 겁니까?"

급히 걸어간 재수가 먼저 수십 센티미터 길이의 금속 탱크를 들고 있는 사람에게 말했다. 탱크를 나르던 직원은 재수의 말에 탱크를 그 자리에 내려놓고 대답했다.

"혹시 저한테 전화하셨던 형사님이세요?"

"아, 네. 제가 퓨지텍에 전화했습니다."

"네, 오늘 저희가 이사하는 건 아니고요, 쓰던 장비를 누가 괜찮은 값에 사간다고 해서 팔려고 옮기는 중입니다."

"장비를 팔아요?"

"네, 원래 이런 장비는 중고 거래를 많이 합니다."

"그럼 일하시는 중에 죄송하지만 잠시 장비 옮기시는 걸 멈추고 저희랑 안에서 얘기 좀 하실 수 있을까요?"

직원은 고개를 갸웃했다.

"얼마나 걸리시는데요?"

"길지 않습니다. 길어야 30분 정도?"

"알겠습니다. 이 실장님, 사람들에게 잠시 휴식이라고 전해주세요."

"네, 팀장님."

팀장이라 불린 직원은 도운, 재수와 함께 건물 안으로 들어갔다. 퓨지텍은 사무실 한 칸과 작업실 두 칸,

총 세 개의 방을 쓰고 있었다. 팀장은 우선 둘을 사무실로 안내해 회의용 테이블에 둘러앉았다. 도운과 재수의 시야에는 녹색과 회색이 어우러진 청계천이 그대로 내려다보였다.

"뭐가 궁금하십니까?"

"작년에 이소명이라는 사람의 의뢰로 무슨 작업을 하셨는지 알고 싶습니다."

"이거, 예전에 고산그룹에서 같은 거 물어본 적 있는데, 관련된 일인가요?"

"그렇습니다."

"그때 고산그룹에도 똑같이 말해줬는데, 저희도 이소명 씨가 무슨 작업을 했는지는 모릅니다."

팀장이 대답하자 이번에는 도운이 되물었다.

"이소명은 단순 의뢰인이고 실제 작업을 한 것은 퓨지텍이 아닌가요?"

"단순 의뢰인이 아니라 이소명 씨 본인이 직접 작업을 했습니다."

"그게 가능합니까?"

"혼자서 한 건 아니고, 저희 직원 한 명이 도와줬죠. 그런데 그 직원은 지금 없습니다."

"퇴사했다는 뜻인가요?"

"퇴사하고 외국에 나갔습니다. 연락도 안 되고요."

재수가 얼굴을 찌푸리며 물었다.

"그 직원분이 나가신 게 언제입니까?"

"조금 됐습니다. 그러고 보니 이소명 씨라는 분이 다녀가고 얼마 안 지나서였네요."

"이소명이 직접 작업을 했다면, 작업일지나 장비 사용일지는 기록 안 했습니까?"

"네, 그 부분도 그 고객이 따로 이야기를 했습니다. 사용 기록은 안 남기고 싶다고요. 저희야 옆에서 직원이 지켜볼 거고 별일은 없을 거 같아서 그러라고 했습니다."

재수가 고개를 반쯤 돌려 도운 쪽으로 향했다. 도운은 아래를 바라보며 혼자 뭔가 생각하는 것 같았다. 잠시 초조한 침묵이 흐르고 마침내 도운이 고개를 들었다.

"보니까 여기 작업실이 두 곳 있는 것 같던데, 그 중 이소명이 어디 들어가 작업했는지는 알 수 있습니까?"

"글쎄요, 그것도 따로 기록을 안 해놔서……."

"저희가 작업실을 한번 볼 수는 있을까요?"

"그러시지요."

팀장이 먼저 자리에서 일어나 복도로 향하는 문을 열었다.

"이소명 다녀가고 시간도 한참 지났는데 지금 빈 방에서 알아낼 게 있을까요?"

그 뒤를 따르며 재수가 도운에게 물었다.

"그래도 왔으니까 뭐라도 보긴 하려고요."

도운의 자신없는 대답에 재수는 어깨를 으쓱하고는 복도로 나갔다. 도운과 재수는 팀장의 안내를 따라 사무실에서 나가 바로 왼쪽 문의 첫 번째 작업실로 들어갔다.

"여기가, 어, 저희는 D방이라고 부르는 곳입니다. 호수로 302호일 거예요."

"D방이요?"

재수의 질문이었다.

"DNA방의 약자입니다. 303호는 단방, 그러니까 단백질방입니다."

"그러고 보니 기계가 전부 DNA 관련된 것이군요. 저건 ADX…… 10인가요?"

팀장은 이채로우면서도 반갑다는 듯 도운을 보고 눈을 크게 떴다.

"오, 이쪽 기계를 아시는군요? 맞습니다. 11까지 나오긴 했지만 저것도 아직 쓸 만한 물건으로 통하죠."

"다른 기계는 다리미고요. 다 DNA를 합성하거나 시퀀싱하는 기계군요."

"네, 그런데 경찰관님은 이쪽 공부를 하셨나 봐요?"

"예, 예전에 좀……."

"정확히 어떤 쪽에서 일하셨어요?"

"그냥 옛날 일입니다."

팀장은 도운의 얼굴이 무거워지는 것을 보고 더 이상 묻지 않았으나, 아무래도 반가움은 어쩔 수 없는 것 같았다.

"네, 진작에 말씀하시지요. 아까 말씀드린 것처럼 이 소명이라는 손님이 뭘 했는지 저도 모릅니다만, 그 외에 저희 회사에 대해서 궁금하신 건 뭐든 물어보십시오!"

"그럼 나머지 작업실을 볼 수 있을까요?"

"물론입니다!"

재수는 팀장의 뒤를 따라 나가며 잠깐 도운을 보고 '오!' 하는 입 모양을 해보였다. 도운은 어떻게 응답해야 할지 몰라 가만히 있었지만, 재수는 가벼운 미소를 지으며 다음 방으로 갔다. 확실히 그 곳에 있는 기계들은 옆 방에 있는 것과는 달랐다.

"이건 피프로. 그러니까 리보솜을 이용한 단백질 합성기군요. 그리고 저건 분석용 기계 같기는 한데……."

"네, 폴리펩티드 아미노산 서열을 시퀀싱하는 겁니다."

도운은 고개를 끄덕이며 방 가운데에 있는 세 번째 기계를 향해 다가갔다. 방에 있는 것 중 가장 크기가 크고 투명한 창이 달린 문 안에 빈 공간이 있었다.

"그런데 이건 뭔지 도저히 모르겠네요."

팀장이 도운의 옆으로 다가와 자부심 띤 얼굴로 말했다.

"아직 흔치 않은 기계죠. 3D 단백질 합성기입니다."

"원래 단백질은 다 3D인데 그게 무슨 뜻인지……?"

"합성하는 방향을 3D로 마음대로 할 수 있다는 뜻입니다."

"폴리펩티드가 꺾이는 방향은 아미노산 서열과 분자 극성에 의해서 결정될 텐데 어떻게 그걸 마음대로 합성하죠?"

"그야 물론 블록 장난감처럼 아무렇게나 한다는 뜻은 아닙니다. 하지만 경찰관님도 말씀하시는 거 보니 알고 계실 거 같지만, 똑같은 아미노산 서열이라도 3차 구조, 4차 구조가 가능한 경우의 수가 여러 개 있지 않습니까? 그런 모양을 바꿀 수 있도록 아미노산 결합 방향에 영향을 가하는 거죠."

"그럼 이건 리보솜을 이용하는 건 아니겠군요."

"네, 순수한 화학·전기 작용으로 합성합니다. 화학 작용으로 아미노산이 결합하는 순간 각 방향에서 전자 기장이 형성돼서 결합된 아미노산이 꺾이는 방향을 어느 정도 조정할 수 있습니다. 아주 자유롭게는 아니고, 현재 기계 수준에서는 상하좌우 네 방향으로 지정이 가능합니다."

"허……!"

도운의 놀란 듯한 얼굴과 팀장의 입가에 떠오른 흡족한 미소를 본 재수가 말했다.

"그게 그렇게 대단한 거예요, 감식관님?"

"그렇죠. 그야말로 분자 수준에서, 그것도 하나의 분자에 수백 번 아미노산을 결합하면서 그 방향을 조정한다는 게 이론적으로는 가능할 것 같지만……."

"너무 비싼 기술이 아니냐는 말씀이시죠?"

도운이 흐린 말끝을 팀장이 받았다.

"아무래도 그렇습니다. 기계적으로 엄청난 정밀도가 요구될 테고, 그리고도 수많은 오류가 발생할 겁니다. 무엇보다 리보솜을 가지고 온도만 맞춰주면 알아서 잘 합성할 것을 그렇게 복잡한 방법으로 합성해야 할 이유가 무엇일지 잘 생각이 안 납니다."

"솔직히 말하면 저도 마찬가집니다. 어차피 생체 단백질과 같은 방법으로 합성해야 그 3차, 4차 구조가 재현이 될 텐데 말이죠. 그런데 의외로 실제 생물학적 기능과 상관없이 자기가 원하는 임의의 구조로 단백질을 조립하고 싶어 하는 고객들이 있더라고요. 말씀하신 대로 오류율도 높아서 단백질 10,000개를 합성한다 치면 그중 5개 정도만 원하는 모양으로 나옵니다. 그렇게 고객들에게 설명해도 나머지 9,995개는 그냥 당연한 비용으로 쳐 주세요."

"그만한 확률이면 오류가 아니라 무작위로 10,000가지 구조를 합성해 그중 원하는 모양을 얻어내는 정도 아닙니까?"

팀장이 빙그레 웃었다.

"하지만 저희 기계가 없으면 원하는 모양의 단백질은 한 개도 안 나오겠죠."

"대체 그런 의뢰를 하는 분들은 목적이 뭡니까?"

"저라고 그걸 알겠습니까? 세계에서 가장 작은 조각상이라도 만들고 싶은 건지. 아무튼 저희는 의뢰인이 비용만 지불하면 안 해줄 이유가 없죠."

그때 도운이 갑자기 입을 벌리고 크지만 짧은 한숨을 내뱉었다. 재수가 도운을 쳐다보았지만 도운은 단백질 합성기만 바라보며 말했다.

"팀장님, 이 기계도 이소명이 왔던 날의 기록은 하나도 없는 게 맞죠?"

"네, 고산그룹에서 왔을 때 다 확인했습니다."

"감사합니다. 큰 도움이 되었습니다."

그리고 도운은 재수에게 같이 가자는 말도 하지 않고 빠른 걸음으로 작업실을 나갔다. 재수도 급하게 팀장에게 인사하고는 도운을 따라갔다.

"감식관님! 갑자기 왜 그러세요?"

"뭔지 알겠어요."

"뭘 말입니까?"

"이소명이 여기서 뭘 했는지."

"설명 좀 해주실 수 있어요?"

"네, 일단 경찰청으로 출발하죠."

다시 차에 탄 도운은 재수의 질문에 따라 단백질 합성의 규칙에 관하여 설명해 주었다.

"일단 단백질은 아미노산들 하나하나가 사슬의 고리처럼 쭈욱 연결된 구조다, 그런데 아미노산들은 제각각이 다양한 모양의 자석 같아서 각 자석의 극 모양과 방향에 따라 사슬이 이런저런 모양으로 휘게 된다. 여기까지는 이해하셨나요?"

"네, 그건 알겠습니다."

"그런데 보통 단백질 사슬은 도저히 풀 수 없는 매듭처럼 엉망으로 아무렇게나 묶여 있는 게 아니고 어느 정도 정형화된 구조가 있습니다. 대표적인 게 알파 헬릭스와 베타 시트인데요, 알파 헬릭스는 아미노산 사슬이 나선형으로 감겨 올라가는 겁니다. 베타 시트는 사슬 몇 줄이 서로 평행하게 진행하여 납작한 평면을 만들고요."

"그러니까 아미노산 자석들이 서로 적당히 밀고 당긴 결과, 그렇게 나선형이나 평면이 나온다는 말씀이시죠?"

"그렇습니다. 보통 체내 단백질들은 이런 나선과 평면이 반복되어 나타나면서, 그 나선과 평면이 통째로 하나의 커다란 자석 덩어리가 되고, 덩어리끼리 또 서로 결합해서 더 큰 전체를 만들게 되거든요. 여기서 나선과 평면을 2차 구조, 그런 나선과 평면이 여러 곳에서 나타나고 서로 얽히면서 만들어지는 하나의 큰 덩어리가 3차 구조, 그리고 아미노산 사슬 자체가 한 가닥이 아니라 여러 가닥이어서 그 여러 가닥이 각자 모양을 만든 다음에 다시 서로 결합한 걸 단백질의 4차 구조라고 합니다."

"그런데 이소명 금붕어의 DNA로 단백질을 합성하면 그런 2차 구조가 전혀 안 나온다는 거군요. 그렇다면 우리가 자연에서 보는 것과 유사한 모양의 3차, 4차 구조도 안 나올 테고요."

"네, 나선이나 평면을 만들 수 있는 아미노산 서열이 거의 안 나옵니다. 그래서 저는 그 DNA가 단백질을 코딩한 게 아니라고 생각했는데, 오늘 인공 단백질 합성기를 보고 어쩌면 그 금붕어 DNA로도 제대로 된 단백질을 만들 수 있겠다 싶었어요."

"어떻게요?"

"아직 가설이라……. 일단 그 DNA 서열을 다시 좀 살펴봐야겠습니다."

그렇게 말하며 도운은 스마트밴드를 켜서 문제의 DNA 염기서열을 홀로그램으로 띄웠다. 재수는 눈앞에 집중하는 도운의 모습을 보고 자신도 일단 운전에 집중하기로 했다.

돌아온 강력3팀 사무실의 분위기는 차분했다. 강력 사건을 수사하는 경찰들이 조용히 있다는 것은 결코 좋은 신호가 아니었다. 도운은 책임감을 느끼며 혜석의 개인 사무실 문을 두드렸다.

"네."

도운이 먼저 문을 밀고 재수가 뒤를 따라 들어갔다.

"선배, 다녀왔습니다."

"퓨지텍이었지. 뭐 건진 게 있어?"

혜석이 나란히 서 있는 도운과 재수에게 물었다. 재수가 도운을 보며 말했다.

"감식관님이 설명하시죠."

"아마도 암호를 찾은 거 같습니다."

"그래? 퓨지텍에 뭐가 남아 있었어?"

심드렁하게 앉아 있던 혜석이 몸을 앞으로 당겼다.

"거기 암호가 있던 건 아닌데요……."

일단 도운은 혜석에게 DNA와 단백질 합성의 관계에 대해서 짧게 설명했다.

"그래, DNA 염기 3개가 모여서 코돈이라는 이름의 한 글자를 이루고, 코돈 하나가 단백질 사슬의 아미노산을 지정한다. 그건 예전에 너한테 들어본 얘기다."

"네, 그런데 이소명 금붕어에서 나온 DNA를 저희가 디지털 자료로 봐도 안 풀리고, 그렇다고 제대로 된 단백질을 합성할 수도 없을 거라고 했잖아요."

"그랬지."

"이소명이 방문했던 퓨지텍에서는 조금 다른 방법으로 DNA를 읽고 단백질을 합성할 수 있었던 것 같습니다."

일반적으로 생체 내에서 단백질 합성을 담당하는 소기관 리보솜은, DNA상의 염기 3개를 하나로 묶어 코돈이라 불리는 단위로 읽으면서, 각 코돈에 맞는 아미노산을 가져와 순서대로 이어붙인다. 각자 자석과 같이 부분 전하를 띠는 아미노산은 순서대로 이어지면서 세포 내의 온도 등 환경에 따라 자연스럽게 특정한 구조로 휘고 얽히게 된다. 하지만 퓨지텍에서는 생체 내 환경과 무관하게 아미노산이 결합하면서 휘는 방향을 지정할 수 있다.

"음, 그래서?"

"금붕어 DNA에서 제대로 된 단백질이 안 나온 이유
가, 혹시 그 DNA에는 아미노산의 결합시 휘는 방향을
지정해 주는 정보가 추가로 들어 있던 게 아닐까 생각해
봤습니다. 퓨지텍에서 아미노산이 휘는 방향을 상하좌
우 네 가지로 지정한다고 했거든요. 그런데 DNA 염기
의 종류는 네 가지입니다. 그러니까 염기 세 개가 코돈
하나를 이루고, 그 다음 염기는 방향을 지정하고, 또 다
음 염기 세 개가 코돈, 다음 염기 하나는 방향, 하는 식
으로 연결되어 있을 수도 있다는 거죠. 그래서 제가 한
번 그 금붕어 DNA에서 네 개에 한 개씩 제거하고 남은
염기만 읽어봤어요. 그랬더니, 정확하게는 실제로 합성
을 하거나 제대로 된 컴퓨터로 시뮬레이션해 봐야겠지
만, 일단 최소한 2차 구조를 가진 단백질은 나올 것 같
습니다."

도운이 설명을 다 했다는 듯 팔을 늘어뜨리자 혜석
은 재수를 쳐다보았다. 하지만 이번 설명은 재수도 처
음 듣는 것이었다.

"이소명의 금붕어 DNA가 단백질을 코딩하고 있었

고, 그 단백질은 퓨지텍에 있는 것 같은 특정한 기계로 합성할 수 있다?"

"맞습니다!"

"재미있는 발견이긴 한데, 우리가 찾는 건 디지털 암호잖아."

"물론 그렇죠. 그러니까, 이번 힌트를 어떻게 잘 사용하면……."

"그래, 네가 발견한 힌트니까 어떻게 쓸지도 생각해 봐."

"아, 금붕어 DNA에서 네 개마다 한 개씩 빼고 남은 것만 암호로 입력하든가, 아니면 남은 것을 세 개씩 코돈으로 묶어서 그 코돈을 각각의 아미노산을 상징하는 알파벳으로 바꿔서 입력해 보면 어떨까요?"

"아마 그 정도는 지난번에 다 해봤을걸?"

"네?"

"금붕어에서 나온 DNA를 온갖 방법으로 암호에 넣어 봤다고 했잖아. 중간 중간에 한 글자씩 빼놓고 읽는 거나, 글자들을 조합해서 다시 글자로 만드는 건 수천 년 된 고전적인 암호화 기법이야. 그때 다 거쳐봤을 거다. 확인은 해야겠지만. 재수가 한번 알아봐."

"네, 팀장님!"

재수가 방을 나가자 도운이 말했다.

"단순히 DNA나 아미노산의 서열 문제가 아니라면, 단백질로 합성하는 게 중요하다면, 3차원적인 단백질의 모양에 의미가 있는 걸까요?"

"그럴 가능성이 있지만, 나는 3차원 형태를 어떻게 변환해서 10000자리의 글자로 된 암호로 늘어놓을지 짐작이 안 된다. 아니, 물론 방법이야 무궁무진하지. 그 형태의 3차원 좌표로 읽어서 좌표마다 하나씩 문자를 부여해 두고 쭉 써놓는 수도 있고. 그런데 그런 식으로 하려면 좌표를 설정하는 방법이 거의 무한히 많을 거라서, 지금 가진 정보만으로는 결국 암호를 풀 수가 없어."

도운도 그 자리에서 더 이상의 아이디어는 떠오르지 않았다. 잠시 후 재수가 연락해, 도운이 제안한 것과 같은 해독 방법은 이미 시도해 보았다는 사실을 알렸다.

도운은 생각했다. 혜석의 말과 같이 이번 힌트를 찾아낸 자신이 그 힌트를 이용할 방법도 찾아내야 했다. 생물학적 신호를 디지털 신호로 어떻게 바꿀 수 있을지 알아내야 했다. 따지고 보면 자신이야말로 생물학적 신호 해석에 있어서 최고의 전문가였다.

DNA의 염기서열 자체를 그대로 암호로 바꾸려는 모든 노력은 실패했다. 이소명이 퓨지텍에 방문했던 일, 그리고 퓨지텍이 보유하고 있는 기계의 성능을 생각해 보면 단백질 합성과 연관성이 있음은 틀림없었다. 그러나 합성된 단백질의 아미노산 서열은 사실상 DNA 염기서열과 동치되는 것이기 때문에 그 자체로는 의미가 없을 것이고, 단백질의 3차원 구조에서 정보를 얻어내야 했다. 다만 혜석의 지적대로 3차원 구조를 1차원의 문자 서열로 옮길 방법은 무수히 많고, 따라서 현재로서는 정확한 방법을 찾을 수 없었다.

그렇다면 이소명은 단백질의 3차원 구조를 1차원으로 옮기는 적절한 방법을 또 다른 어딘가에 기록해 두었단 말인가? 아무리 이소명이 숨겨둔 것이 중요한 자료라고 해도, 한 번 암호화를 한 뒤 그 암호 자체를 다시 암호화하고 재암호화한 것을 해독할 방법을 또 별도의 장소에 보관한다는 것은 지나치게 거추장스러운 일이었다.

도운은 지금 자신들이 찾고 있는 디지털 자료가 애초에 무엇인지 다시 생각해 보았다. 이소명이 고산그룹에게 알피를 양도했다. 그 과정에서 비밀 자료를 만들었다. 그 자료는 고산그룹에게 큰 이익, 혹은 위협이 될 만한 자료였을 것이다. 결국 이소명은 고산그룹을 움직일 지렛대로 삼기 위하여 자료를 만들었을 것이다.

고산그룹처럼 강력한 상대를 위해 만들어둔 무기라면 극도의 보안성을 갖추는 것이 당연했다. 사람이 암기하거나 해킹하는 것이 불가능한 10000자리의 암호를 만든 것은 그 때문일 터였다. 하지만 그렇게 하니 암호의 기록이 반드시 필요했고, 그 기록을 재암호화해서 함부로 풀리는 일이 없게 해야 했다.

결국 도운은 재암호화 해독 방법을 따로 저장하는 거추장스러움과 유출의 위험성을 모두 해결할 방법은 하나뿐이라는 결론에 도달했다. 그것은 이소명의 머릿속에 저장되어 있어야만 했다. 물론 여기서 문제는 그가 살인사건의 피해자라는 점이었다.

"계속 그렇게 가만히 서 있을 거냐? 뭐 나한테 말해줄 아이디어라도 있어?"

"아니, 그냥. 애초에 우리가 살인사건을 수사하다가 왜 이렇게 애타게 디지털 자료를 찾고 있는지부터 생각을 시작하다 보니 한참 이러고 있게 됐네요."

"너는 비록 그 자료의 존재를 모른 채 가설을 세웠지

만, 진짜로 찾아내면 가설의 진위를 밝힐 제일 유력한 증거 아니야?"

"하긴, 그것만 찾으면 범인의 처음 계획이 뭐였는지 밝혀낼 수도 있죠."

"그래, 너 좀 앉아봐."

도운이 앉자 혜석이 천천히 말하기 시작했다.

"네 말대로 이건 살인사건이다."

"네."

"사건이란 게 그래. 너도 지금쯤은 알겠지만. 우리 일은 나쁜 짓을 한 놈을 찾아내서 잡는 게 아니야. 법에 의해서 처벌받을 행위를 한 놈을 찾아내고, 그 놈이 그 일을 했다고 검사가 판사를 설득할 수 있도록 그에 맞는 증거를 수집하는 거지. 어떻게 보면 열쇠와 자물쇠 같아."

"자물쇠요?"

"법률에는 누가 누구를 상대로 어떤 행위를 한다면 어떻게 처벌된다고 체계적으로 규정되어 있어. 그런 범죄의 구성요건 하나하나에 대해서 맞는 증거가 제시되어야 유죄판결이 나오는 거야. 마치 열쇠의 톱니 하나하나가 자물쇠와 맞물려 들어가야 열쇠가 돌아가고 자

제
3
장
─
청
계
천

211

물쇠가 열리는 것처럼. 그것도 살인사건처럼 처벌이 무거우면 증거가 있어도 자물쇠가 뻑뻑해서 잘 돌아가지도 않는다. 엄청 힘을 줘서 돌려야 겨우 판사 마음이 움직일까 말까 해."

그 말을 들은 도운이 턱에 힘을 주어 입을 굳게 다물자 혜석이 덧붙였다.

"초조해하지 말라고 한 얘긴데 더 긴장하네. 빨리 안 잡힌다고 조급해하지 말고, 우리가 이 자료를 왜 찾지 하는 생각도 하지 말고, 일단 최대한 증거를 모아두자고."

"더 긴장한 게 아니라요."

"뭐?"

"열쇠와 자물쇠 얘기를 들으니 생각나는 게 있어요. 그러니까 원래 우리 몸 안에서 단백질이 하는 역할이 대부분 그런 겁니다. 열쇠와 자물쇠."

"그건 무슨 말이야?"

"단백질이 입체적인 형태를 가진다고 했잖아요. 단백질마다 형태가 다르고 형태에 따라 기능이 달라지는 이유가, 그 입체적인 형태에 따라서 어떤 단백질이 우리 몸속의 다른 단백질이나 세포기관에 결합하고 작용을 하게 되는 거거든요. 어쩌면 이게…….”

혜석은 도운을 재촉하지 않고 그대로 두었다. 도운이 잠시 뒤 다시 시작한 설명은 생각보다 길게 이어졌다. 하지만 경청할 가치가 있는 이야기였다. 설명이 끝나자 혜석은 도운에게 한 번 더 출장 조사를 할 것을 지시했다.


재수는 입을 굳게 다물고 있었다. 벌써 도운과 함께하는 세 번째 출장 조사. 도운에게 굳이 애써서 말을 시킬 필요가 없다는 것은 진즉에 깨달았다. 하지만 그런 것을 감안하더라도 재수의 표정은 지나치게 굳어 있었다. 원래 말이 적고 붙임성이 없는 도운이지만 그조차도 불편하게 느낄 정도의 무거운 침묵이었다. 차 지붕을 두드리는 시끄러운 빗소리는 전혀 위안을 주지 못했다.

결국 도운은 자동차의 앞유리창을 바라보며, 옆 자리의 재수에게 조심스레 말을 걸었다.

“저, 이 형사님.”

“네, 감식관님.”

“오늘은 누가 주로 말하는 걸로 할까요?”

“……모르겠습니다.”

"그럼 제가 낸 아이디어니까 제가 조사할까요?"

"그러셔도 됩니다."

"네."

그리고 도운은 원래와 똑같은 무게에 짓눌리기 시작했다. 와이퍼를 최고 속도로 가동해도 시야가 흐린 마당에 왕복 2차선의 좁은 산길을 운전하고 있었지만, 재수도 분명 도운만큼이나 무언가에 신경을 빼앗기고 있었다. 도운이 다시 아무 말이나 하려고 입을 열 때, 재수의 목소리가 먼저 들렸다.

"사실 그동안 계속 고민이었습니다."

도운이 반갑게 대답했다.

"뭐가요?"

"아이에게 이야기를 전하는 거요. 지난번에도 아이의 삶에 진짜 중요한 소식은 전하지 않고 우리가 필요한 것만 물어보고 가는 게 기분이 이상했습니다. 그런데 아직도 아이는 사실을 모르고, 우리는 또 필요한 걸 챙기러 가고 있네요."

그제야 도운은 침묵의 의미를 알 수 있었다.

"그렇죠……. 그래도 덕분에 일단 조사는 할 수 있겠어요."

"죄송하지만, 저는 오늘 유빈이에게 엄마 이야기를 먼저 전하고 조사를 진행할 생각입니다."

"안 됩니다!"

마치 재수가 바로 유빈이 앞에서 이야기를 하려고 한 것처럼 도운이 다급하게 말했다. 재수가 그 어려운 운전을 하면서도 당황한 듯 잠시 이상하다는 얼굴로 도운을 쳐다보았다.

"어, 네, 뭐, 다르게 생각하실 수도 있죠. 그런데 조사가 아무리 중요해도 이건 좀 도리가 아닌 느낌이라……."

도운은 할 수 없이 고산그룹 압수수색을 시작하기 전에 혜석과 의논한 내용을 재수에게 털어놓았다.

"그러니까 아직은 때가 아닙니다. 사실 형사님께 말씀드리는 것도 조금 고민했는데, 뭐 비밀로 지키려고 그랬던 건 아니고, 제가 아직 자신이 없어서요."

"허, 그러니까 이번 조사가 정말 엄청나게 중요한 거네요. 그래도 계속 아무 말도 안 해주는 건 마음에 걸립니다."

"저는 그게 아이를 위한 것이라고 생각합니다."

재수가 작게 한숨을 쉬었다. 그 숨소리에 긴장된 도

운은 자기도 모르게 따라서 한숨을 쉬고 말았다. 재수가 살짝 웃음을 참는 것처럼 보였다.

"알겠습니다. 말하지 않겠습니다."

도운은 안도의 한숨을 마음속으로만 쉬기 위해 약간의 노력을 해야 했다.


"경찰 아저씨들이다!"

"먼저 '안녕하세요.'라고 해야지."

"괜찮습니다, 선생님. 안녕, 유빈아."

도운과 재수는 지난번 유빈이를 만난 방에 와 있었다. 유빈이에게 예절을 가르치던 교사는 유빈이와 나란히 경찰들이 앉은 책상 맞은편에 앉았다.

"아저씨들 왜 또 왔어요?"

"응, 유빈이 엄마에 대해서 더 묻고 싶은 게 있어서."

재수가 엄마를 말하자 유빈이의 밝던 표정이 갑자기 어두워졌다.

"요새 엄마가 안 와요."

"그래, 맞아. 엄마가 일 때문에 외국에 가 계시지?"

"네, 그런데 전화도 안 해요. 아까는 시준이가 우리 엄마가 감옥에 간 거라고 했어요. 그래서 연락을 못 하는 거라고요."

그 말을 듣자 유빈이의 담임교사가 자리에서 펄쩍 뛰었다.

"시준이가 그랬다고?"

"네. 시준이가 거짓말한 거죠?"

"당연하지! 아니, 시준이가 아무것도 모르면서 괜히 그런 거야. 유빈이 어머님은 너무 중요한 일을 하시느라 지금 함부로 남이랑 연락하면 안 된대."

하지만 거짓말에 익숙하지 않아서 그런 건지, 교사가 너무 큰 소리로 말을 해 유빈이가 얼굴을 찌푸릴 정도였다.

"유빈아, 아저씨도 아는데, 지금 유빈이 어머니는 정말 정말 중요한 일을 하고 계셔. 우리 경찰한테도 도움이 되는 일이야."

"정말요? 엄마가 경찰 아저씨랑 일을 해요?"

"어, 어. 같이 하는 건 아니지만, 도움을 주신단다."

"알았어요. 내가 내일 시준이한테 말해줄 거예요."

"그래, 유빈아."

"그런데 그러면, 아저씨가 엄마한테 우리 집에 전화 좀 하라고 얘기해주면 안 돼요?"

"아, 아저씨도 유빈이 어머니랑 직접 연락하는 건 아니라서……."

재수가 곤란해하며 옆에 앉은 도운에게 눈치를 주었지만, 도운이라고 딱히 할 수 있는 것은 없었다. 잠시 표정이 밝아졌던 유빈이가 다시 고개를 숙였다. 재수와 도운은 서로를 마주보았다. 하지만 여전히 해결책은 떠오르지 않았고, 미안한 마음을 잠시 접어둔 채 그냥 조사를 하는 수뿐이었다.

"유빈아, 너 엄마가 자장가 불러준다고 아저씨들한테 말한 거 기억나니?"

"네."

유빈이가 그대로 고개를 숙인 채 작게 대답했다. 더 이상 말을 붙이지 못하고 있는데, 작게 흥얼거리는 소리가 들렸다. 다른 누군가가 말을 하고 있었다면 듣지 못했을 정도였다. 재수는 황급히 스마트밴드를 조작해 녹음 기능을 켰다. 하지만 어느새 유빈이의 노랫소리는 멈춘 상태였다.

"유빈아, 미안하지만 그 노래 한 번만 더 불러줄 수 있니?"

유빈이는 대답하지 않았지만, 고개를 들고 한 번 더

노래를 흥얼거렸다.

"노랫말이 잘 안 들리는데, 가사까지 불러줄 수 있을까?"

"원래 가사 없는 노래예요."

그리고 유빈이는 노래가 중간에 끊겨서 짜증난 듯 고개를 흔들고는 다시 처음부터 자장가를 부르기 시작했다. 재수는 녹음과 동시에 그것이 무슨 노래인지 찾는 기능을 켰지만, 과연 세상에 알려진 노래는 아니라는 결과가 나왔다. 재수가 스마트밴드를 들어 도운에게 홀로그램이 보이게 했다. 도운이 고개를 끄덕였다.

하지만 두 사람의 만족한 표정은 유빈이의 노래와 함께 끊어졌다. 어느새 다시 고개를 숙인 유빈이가 어깨를 조금씩 들썩이고 있었다.

"엄마, 진짜, 잘 있어요?"

"그럼, 그럼! 잘 계셔! 엄마가 불러주셨던 자장가도 참 멋지구나."

"요새는 저 혼자 불러요. 아줌마는 자장가 안 해줘요."

"그래."

여전히 재수와 도운은 아이를 어떻게 위로해야 할지 몰랐다. 유빈이가 고개를 들자 도운은 그 눈가가 말라

있는 것에 감사했다. 아이가 정말 울기라도 한다면 큰 일이었다.

"그런데 아저씨들이 하는 일은 안 중요해요?"

"응?"

"엄마는 중요한 일을 하고 있어서 연락을 못 한다면서요. 경찰 아저씨들도 중요한 일 하잖아요. 그런데 왜 엄마만 아들한테도 연락을 못 하게 하는 거예요?"

도운은 자기도 가족에게 전화를 못 한다고 거짓말해야 하는지 고민했다. 그때 재수가 말했다.

"유빈아, 원래 세상에는 가끔 비밀로 일을 해야만 하는 경우가 있어. 아저씨들은 그냥 경찰관이지만, 비밀요원이라는 아저씨들도 있단다."

"비밀요원 알아요! 비밀요원 K는 수소폭탄을 막은 적도 있어요. 책에 나온 이야기지만요. 그럼 엄마가 비밀요원이에요?"

"그래, 엄마도 비밀로 해야 하는 일을 하셔."

"하지만 아들한테 전화를 못 하게 하는 건 너무하잖아요."

"그러게 말이야."

재수는 아이에게 미소를 보이려 애썼다. 유빈이가 재

수의 얼굴을 똑바로 마주봤다면 그 볼의 떨림을 눈치챌 수 있었겠지만, 불행인지 다행인지 유빈이는 재수의 가슴께를 힘없이 쳐다보고 있었다.

"감식관님."

"네."

"조사는 잘된 거죠?"

"그렇습니다. 실제로 그 결과가 쓸모가 있을지는 시험을 해봐야 압니다만, 일단 오늘 알아낼 수 있는 건 알아낸 것 같습니다."

"좋습니다."

그리고 둘 다 입을 다물었다. 억수 같은 비를 쏟아붓던 하늘이 거짓말처럼 개었다. 하지만 먼지가 씻겨나간 공기를 통과한 햇살이, 도운은 왜지 그저 따뜻하고 반갑게 느껴지지만은 않았다.

제4장

# 광화문

"선배, 어떻게든 체포해야 됩니다."

도운은 또다시 혜석과 머리를 맞대고 판사의 체포영
장 기각서를 살피고 있었다.

"아, 정말 수사 쉽지 않네요."

"애초부터 무리한 면이 있기는 했어. 한 번 체포했다
가 풀어준 사람을 재체포하는 거라. 게다가 지금 우리
시나리오가 우리가 보기엔 그럴듯해도 아직 판사가 믿
기는 어렵지."

"어느 부분이 믿기 어려운 거예요? 장택승 프로필
하고 사건 현장 DNA 초상화 일치율이 95%예요. 아무

DNA 샘플하고 아무 사람하고 우연으로 이렇게 일치할 확률은 10만 분의 1이라고요. 거기다 장택승은 확실한 범행 동기도 있고요."

"그래, 장택승 부분은 그렇지. 그런데 우리가 이번에 잡으려고 한 건 빅터잖아."

"그래서 이소명하고 스토커 장택승하고 애인 빅터하고 관계가 어떤지 엄청 길게 설명했잖습니까."

"누가 안 그랬다니. 아무튼 판사한테는 그 설명이 맘에 안 들었나 보지."

"하……."

"그리고 정작 제일 중요한 증거는 판사한테 안 보여 줬잖아. 암호해독 결과 찾아낸 이소명의 디지털 자료."

"아직은 사건과의 관계성을 설명하기 어려우니까요."

"너의 그 급진적인 가설을 공개하지 않더라도, 장택승이 이소명의 재산과 수입을 노렸다는 식으로 적당히 설명할 수도 있지 않을까?"

"그렇게 하려면 장택승이 이소명의 비밀을 어떻게 알았는지가 문제죠."

"그렇네."

사건을 거의 해결했다고 생각하던 도운은 야심차게

준비했던 체포영장이 기각되자 실망이 컸다. 아무리 좋은 증거를 찾았어도 범인을 잡지 못하면 소용이 없고, 그 계획의 첫 단계로 빅터의 체포는 필수적이었다.

"체포영장 없어도 사람 체포할 수 있지 않아요?"

"현행범체포나 긴급체포가 있는데, 우리는 둘 다 해당 안 되지. 빅터의 범죄 현장을 덮친 것도 아니고, 이미 체포영장을 신청까지 했던 마당에 '영장 받을 시간이 없었어요.'라고 할 수도 없잖아."

"명분은 선배가 잘 만들 수 있겠죠. 아무튼 판사 영장 없이 체포가 가능한 거잖아요."

"안 돼. 지금 우리가 가진 정보로 봐서는 긴급체포 사유는 하나도 없어."

"그렇다고 빅터를 그냥 조사하겠다고 부르면 나올까요?"

"모르겠다."

"그러니까 잡아오자니까요."

혜석은 고개를 절레절레 저었다.

"영장 신청했다가 기각됐는데 긴급체포하면 위법수사가 될 수 있어. 당연히 빅터 정에 대한 인권침해고."

"그럼 계획이 처음부터 어그러지는데……."

도운은 '범인은 어떻게 잡죠?'라는 말을 덧붙이고 싶었지만 그러지는 못했다. 이 복잡한 상황은 장택승을 놓치게 만든 도운의 책임이었기 때문이다. 어떻게 범인을 잡을지 물을 것이 아니라 어떻게든 방법을 내놓아야 했다.

"빅터 정도 물론 인권이 있지만, 어쨌든 이건 살인사건 아닙니까, 선배. 우리가 빅터 정을 영영 감옥에 넣거나 사형시킨다는 것도 아니고 그냥 잠깐만 잡아오면 살인범을 잡을 수 있는 건데. 정말 그것도 안 됩니까?"

"안 되지."

혜석의 짧지만 묵직한 대답에 도운은 마침내 입을 다물었다. 그러나 닫힌 입술 안에서는 계속 '그래도' 같은 말이 맴돌았다. 잠시 가만히 있던 혜석이 할 수 없다는 듯이 설명을 시작했다.

"도운아, 우리가 수사를 왜 하는 거니?"

도운은 혜석이 무슨 말을 하려는지 알 것 같았다. 인권 옹호야말로 수사기관의 본질적인 직무라는 식의 빤한 이야기리라. 그래도 도운은 비교적 얌전하게 대답했다.

"범죄자들을 붙잡아서 선량한 시민들의 사회를 보호

하는 거죠. 물론 인권 옹호도 우리의 본업이고요."

그러나 혜석의 대답은 도운의 예상과 달랐다.

"범죄를 처단하고 사회를 보호하는 건 맞지. 그런데 인권 옹호는 우리의 일이 아니야."

"아니라고요?"

"그래, 일이 아니라 일의 규칙이지."

"네."

도운은 대답과 달리 일과 일의 규칙 같은 작은 개념상의 차이가 뭐가 중요한지 이해하지 못했다. 혜석이 대체 무슨 얘기를 하려는 건지도 짐작이 되지 않았다. 혜석이 알 만하다는 듯 잠시 입가에 희미한 미소를 보였다.

"우리가 하는 주된 일은 사실 인권 옹호가 아니라 오히려 남의 권리를 제한하고 빼앗는 거야. 남의 통신내역을 뒤지고, 집 안을 헤집어놓고, 급기야는 양팔을 억지로 붙들어다 수갑을 채워 감옥으로 끌고 가지."

"아니, 그건 인권 침해가 아니라 법 집행이잖아요. 법에다 영장을 받아서 남의 집을 수색하라고 되어 있고, 징역형이 나오면 사람을 감옥에 가두라고 돼 있으니까 그렇게 하는 거죠."

"그래, 법이 우리에게 남의 권리를 제한하도록 허락

한 거지. 그런데 근거가 법이든 뭐가 됐든, 우리가 다른 사람들을 엄청나게 괴롭힌다는 사실은 변하지 않아."

"뭐, 굳이 따지자면 그렇긴 하지만……."

"하지만 그래도 정도가 있지. 좀도둑을 잡자고 남의 전화를 도청하거나 온 집 안을 뒤지지는 못해. 설령 구속영장을 받아서 사람을 잡아오더라도 마침 피의자의 어린 딸이 앞에 있다면 잠시 피의자의 회사 동료 흉내를 내지. 그렇게 우리가 남을 괴롭혀도 되는 정도를 정해주는 것이 인권이야."

"네."

"그런 한도를 정하는 이유는 뭘까? 아니, 이건 너무 선생님 같나."

"괜찮습니다, 선배. 마침 제가 잘 대답할 수 있는 질문이네요. 선배가 185센티미터 근육질인 빅터를 완력으로 제압할 수 있을 정도로 힘이 센데, 허리에는 실탄이 든 권총까지 차고 다니기 때문이겠죠."

혜석이 작게 코웃음쳤다.

"그래, 정확하네. 그리고 더 중요한 것은 나한테 그런 폭력을 휘두를 만한 권한이 있다는 거야. 다행인 것은 그 권한에 따르는 제한이 있다는 거고. 국가가 폭력을 휘두르는데 아무런 제한이 가해지지 않으면 많은 사람이 죽거나 다치게 돼."

사실은 도운도 아는 이야기였다. 도운이 아니라 누구라도 한국에서 현대사를 조금이라도 공부했다면 국가 폭력의 무서움을 모를 수 없었다.

"현대사 책에 나오는 이야기들 말이죠."

"그게 이제는 역사 속 이야기인 게 다행이지 않니? 우리가 위법수사를 하지 않는 덕에 말이야."

"하지만 선배도 '정도가 있다'라는 말을 했잖아요. 살인사건을 수사하는데 사람 하나 잠깐 데려다 잡아 놓는 정도는 괜찮은 정도 같은데요."

도운은 혜석의 말을 알아들었지만, 여전히 범인을 잡아야 한다는 집념에 사로잡혀 있었다.

"이만큼 말했는데도 네가 그렇다면, 이 얘기는 그만하자. 빅터는 다시 체포 안 한다."

"그렇다고 선배한테 다른 방법이라도 있습니까?"

"이게 단순히 법을 잘 지키자는 이야기가 아니야. 널 지키기도 하는 거야. 너 지금 예전에 장택승 외국으로 보낸 거 만회하려고 오버하고 있잖아. 그렇게 브레이크 없이 달리다가 큰 실수한다."

"아니, 선배⋯⋯."

뭔가를 더 말하려던 도운은 결국 입을 다물었다. 혜석이 저렇게까지 말한다면 이제는 어쩔 수 없었다. 도운은 혜석에게 인사하고 강력팀 사무실을 나가려 했다. 그때 재수가 강력팀 벽에 걸린 텔레비전에 시선을 고정한 채 혜석을 불렀다.

"팀장님! 지금 뉴스 한번 보셔야 할 것 같습니다!"

"뭔데 그래?"

"좀 보세요."

재수가 말하면서 텔레비전을 향해 손짓하여 음량을 높였다.


이른바 펀드 매니저 살인사건에 이어, 또다시 스토커가 저지른 것으로 추정되는 젊은 여성에 대한 살인사건이 발생했습니다. 김지예 기자가 보도합니다.

"서울 동부의 한 아파트 단지와 붙어 있는 얕은 산기슭. 나뭇가지가 부러진 길 끝에는 경찰의 출입통제선이 설치되어 있습니다. 신원이 알려지지 않은 20대 여성의 사체가 발견된 곳입니다.

⋯⋯한편 경찰은 여성의 사체가 아파트 단지에서 멀지

않지만 사람의 눈에 띄지 않는 위치에 유기된 점에 비추어보아, 평소 여성의 동선과 주변 지형을 잘 파악하고 있던 스토커가 저지른 범행으로 보고 탐문수사에 나서고 있습니다."

"그거 진짜 이상하네."

"그렇죠, 팀장님?"

"뭐가 그렇게 이상한 거예요?"

둘의 대화를 듣던 도운이 재수에게 물었다.

"아직 피해자가 누군지도 모른다잖아요. 그런데 무슨 근거로 벌써 범인이 스토커니 뭐니 하느냐는 거죠. 살인 사건에서 저렇게 마구 짚다가는 큰일 납니다. 제대로 된 경찰이라면 도저히 저럴 수가 없는데."

듣고 보니 속단은 금물이라는, 평소에 혜석이 항상 하던 것과 같은 얘기였다.

"그럼 저 수사한 게 엉터리 같은 경찰이라는 얘기예요?"

"그럴 수도 있지만……."

"언론이 사기 치는 걸 수도 있지."

혜석이 도운을 쳐다보며 말했다.

"아, 그럼……!"

"재수야, 저거 어느 서 사건인지 알아보고 기록 좀 사본해 달라 그래. 우리가 사건 가져와야 될 수도 있겠다."

"알겠습니다, 팀장님!"

자기 일이 늘어날 거라는 소리를 들어도 얼굴에 전혀 싫은 티를 내지 않는 재수였다.


사흘 뒤 오후, 도운은 결국 광수대가 가져온 살인사건의 피해자인 정체불명 여성의 유전체 분석을 마쳤다. 사건을 가져오는 과정은 간단했다. 그들은 재수가 연락하자 은인이라도 만난 듯이 신속하게 사건에 관한 모든 기록과 그간 작성된 보고서를 전달했다.

변사체가 발견된 것은 3월 10일. 신고자는 아파트 뒷산을 산책하던 주민이었다. 육안으로 확인 가능한 것은 피해자가 20대 여성으로 추정된다는 것과 옷이 모두 벗겨졌음은 물론 어떤 소지품도 없다는 것이었다. 검안의는 목이 졸린 흔적과 안구 충혈을 근거로 질식사일 가능성이 높다고 판단했다. 관할 경찰은 성범죄 여부를 확인하기 위하여 질내 검체를 채취하고 현장 주변 목격자

탐문을 실시하였으나, 아직 아무런 구체적인 정보가 없는 단계에서 언론 보도가 먼저 나왔다.

관할 서장이 난리가 났다고 했다. 정보를 유출, 아니 정보도 없는데 소설을 써서 언론에 뿌린 놈이 누구냐고, 당장 찾아내라고 소리를 질렀지만 하루 동안 집중적으로 이루어진 내부 감찰에서는 아무런 소득이 없었다. 변사체 발생 후 이틀이 지나 기자가 혼자 기사를 지어낸 것 같다는 믿기 어려운 잠정 결론이 내려질 때쯤, 서울지경 광수대에서 문의가 온 것이었다. 경찰서에서는 정보 유출에 대한 책임까지 전부 인수하라는 단서를 달며 사건을 넘겨주었다.

이 모든 상황에 대하여 도운과 혜석은 나름의 가설을 가지고 있었다. 도운은 스마트밴드에 유전체 분석 결과가 연동된 것을 확인하고 혜석의 방으로 갔다.

"틀림없습니다, 선배. 이번 검사에서도 꼬리가 잡혔습니다."

도운은 손목을 앞으로 내밀고 위쪽으로 홀로그램을 띄워 혜석에게 분석 결과를 보여주었다.

"그 꼬리, 그거면 진짜 확실하다 이거지?"

"맞습니다."

"알았어. 그건 네 분야니까 믿는다. 하지만 장택승이 외국에 있는데 이번엔 누가 한 거지?"

"그건 저도 모르죠. 이번엔 지난번처럼 난도질하는 게 아니라 그냥 목만 조르는 거라서 심리적 부담이 비교적 덜하지 않았을까요? 그러니까 본인이 했을 수도 있고, 다른 아무 사람 시켰을 수도 있고."

"너는 그런 얘기 하면서 살도 안 떨리냐? 목만 조르면 부담이 덜하다니."

"그렇게 스스로 생각할 수 있다는 얘기죠. 그보다 선배, 이제 어떻게 하실 겁니까?"

목적어가 생략된 질문이지만 혜석은 무슨 말이냐고 반문하지 않았다. 대신 가볍게 혀를 차면서 방 안을 천천히 걷기 시작했다. 폭 4미터 정도의 빈 공간을 세 번째 왕복할 때였다.

"너는, 적당한 아이디어가 있어?"

마침내 혜석이 걸음을 멈추고 물었다.

"저는 새로운 방법은 없습니다."

"그럼?"

"예전에 말씀드린 계획대로죠. 빅터 정 체포."

"그건 안 된다고 정리된 줄 알았는데."

"선배님이 팀장인데 계획이 있다면 당연히 거기 따르죠. 그런데 지금 빅터 잡아 오는 거 외에 공범 끌어낼 방법이 또 있습니까?"

혜석은 대답하지 않았다.

"선배, 선배도 이 추가 피해자가 무슨 의민지 알잖아요. 체포영장도 기각되고 이제는 안 잡힐 게 확실해 보이니까 막 나가는 거죠. 입법 속도가 성에 안 찼는지. 지금 경찰청에서 '스토킹 범행이라는 증거가 없다.'라는 진상 설명자료까지 냈는데 단신만 하나 띄워주고 메인 보도 내용은 그대로인 거 아십니까?"

"내가 모르겠니?"

괜히 기고만장해 있던 도운은 혜석의 짜증 섞인 대답에 움츠러들었다. 안 그래도 한 달 동안 언론 대응에 정신없던 혜석이 그 정도도 확인하지 않았을 리 없었다. 도운이 어색하게 서 있자 혜석도 이 상황이 답답한 듯 팔짱을 꼈다.

"선배, 이제 정말 끝내야 됩니다."

"네가 잡은 꼬리만으로 이소명 사건이랑 이 사건이랑 동일범이라고 판사를 설득할 순 없어. 장택승 잡기 전까지는 다른 사람 체포영장은 못 받아."

"그러니까 긴급으로 그냥 잡아 오자니까요! 피해자가 계속 나오게 두실 거예요?"

"피해자가 계속 나온다……."

도운은 혜석에게 그게 혼잣말로 되뇔 일이냐고 따지고 싶었다. 그때 혜석이 되물었다.

"피해자가 계속 나올 이유가 뭐지?"

"범인들 입장에서는 사회가 시끄러워질수록 유리하니까요?"

"그래. 그런데 경찰이 시체를 발견했다고 해서 곧바로 그런 효과가 생기는 건 아니지. 제보가 들어가야 해, 언론에."

"네. 그렇긴 한데……."

"이걸로 뚫어야 된다."


혜석은 마침내 피의자를 체포해 당당하게 광수대 사무실로 데리고 들어왔다. 장택승과 소명의 행적이 밝혀지면서 재차 유력 피의자로 떠오른 빅터 정이었다. 마침 혜석을 보러 사무실에 와 있던 도운이 말했다.

"진짜로 빅터 정을 체포하셨어요?"

"내가 뚫는다고 했잖아. 본인 앞에 두고 이런 식으

로 말하는 거 좀 예의가 아닌 거 같긴 한데, 아무튼 체포했다."

도운은 혜석을 데리고 잠시 사무실 구석으로 가 속삭였다. 하지만 도운의 목소리가 큰 편인데다 약간 흥분한 기색이라 가까이 있는 사람에게는 목소리가 들릴 것 같았다.

"장택승 그것만으로 빅터 기소할 수 있어요?"

"못 하지. 그러니까 조사를 잘해야지!"

"이거 잘못하면 같은 피의자 두 번이나 체포해 놓고 그냥 풀어주게 될 텐데, 여태까지 언론 대응한다고 난리 친 거 다 헛수고 되는 거 아니에요?"

"그러니까 헛수고 안 되게 조사를 잘하면 된다니까. 걱정 마."

"조사를 잘한다는 게 무슨 말이에요? 괜히 책상이나 쳐서 인권위 진정이나 당하겠지."

"너는 감식관이 무슨 조사에까지 간섭하려 들어? 걱정 말고 가봐."

"저도 할 말 있어서 왔어요."

"할 말?"

"어제 현장 탐문팀이 중랑구 모텔 주인 조사해서 장

택승, 이소명처럼 생긴 사람들이 같이 왔다는 진술 받았잖아요. 거기서 채집한 DNA 검체의 프로필이 오늘 오전에 장택승과 일치하는 걸로 나왔어요."

이때 재수에게 붙들려 있던 빅터의 고개가 조금 돌아갔다. 재수가 빅터에게 가만히 있으라고 주의를 주는 소리가 들리자 그제야 혜석은 자기들의 실수를 깨달은 듯 재수에게 화를 내며 빅터를 어서 조사실에 데려다 놓으라고 지시했다.

"너는 이, 피의자 앞에서 그런 얘길 하면 어떻게 하냐!"

"아, 몰라요. 내가 볼 땐 내가 아니라 선배가 일낸 것 같은데, 어차피 본인이 책임자니까 알아서 하세요."

혜석은 입을 떡 벌리고, 자기 할 말만 하고 나가는 도운의 뒷모습을 바라보았다.

"저걸 그때 그냥 징계를 먹이는 건데……."


"형사님, 정말 이런 식으로 조사하셔도 되는 거예요? 이렇게 근거도 없이 사람 체포까지 해서 억지로 몰아세우는 거 징계감 아닙니까? 이거 다 녹화되고 있는 거 맞죠?"

"그러니까 빤한 걸 가지고 마치 본인이 이길 자신이라도 있는 것처럼 쓸데없이 우기니까 이렇게 되는 거 아니에요. 장택승이 이소명 스토커가 아니라 애인이었던 게 밝혀졌다니까요? 근데 빅터 씨가 처음부터 이소명은 스토커에게 죽은 거라고 진술하고, 나중에는 언론에까지 나와서 억울하다고 울고. 그런 게 우리에게 무척 이상해 보이지 않겠습니까? 제 말투가 기분 나빴다면 사과할 테니까 진정하시고 말씀해 보세요."

혜석은 재수를 옆에 앉히고 5평 정도의 조사실 안에서 빅터와 마주보고 앉아 있었다. 조사실 책상에는 지금껏 사건을 수사한 수만 쪽의 기록이 놓여 있었지만 혜석은 한 번도 그 기록을 들춰보지 않았다. 흔히 경찰 영화에 나오듯 페인트나 벽지 없이 시멘트로 마감되고 창백한 색깔의 형광등 하나만 켜져 있는 풍경은 아니었다. 오히려 베이지색의 마감재와 밝은 형광등 여러 개, 소파는 아니지만 폭신한 의자가 준비되어 있었다.

사회 전체의 인권 감수성 발달로 피의자 인권보호도 더욱 강조되면서 '조사 대상이 압박과 회유를 받지 않고 최대한 편안한 환경에서 사실대로 말하게 해야 한다.'는 인식이 경찰 내부에 받아들여지고, '아늑한 조사실'이

전국에 보급되었다. 물론 이는 아늑한 조사실을 도입할 당시 경찰의 보도자료 내용이고, 정말로 그런 아늑한 조사실이 수사에 필요하다는 공감대가 경찰 조직 내에 광범위하게 형성됐는지는 알 수 없었다. 적어도 혜석은, 사람을 때리거나 욕설을 해서는 안 되겠지만 달래기와 압박을 교대로 써가며 상대방을 손바닥 위에 앉혀야 제대로 된 자백을 들을 수 있다는 입장이었다.

빅터는 혜석의 입장을 아는지 모르는지 폭신한 의자에 몸을 묻으며 크게 숨을 한번 내쉰 뒤 다시 말하기 시작했다. 혜석이 사과한다는 말을 하자 조금 진정된 모양이었다.

"장택승은 진짜 스토커 맞습니다. 원래 제가 그놈 이름은 몰랐지만 아무튼 소명이가 저에게 스토킹 때문에 죽겠다는 이야기를 몇 번이나 했는데요."

"빅터 씨는 정확히 어떻게 처음으로 이소명 씨가 스토킹 당하는 것을 알게 되었습니까?"

"그게…… 아마 제가 소명이 스마트밴드에 온 메시지를 봤던 것 같아요. 아, 이상하게 형사님 조사만 받으면 자꾸 민망한 얘길 하게 되는데……."

"지금 살인사건 조사 중입니다, 빅터 정씨. 다 성인

인데 쓸데없이 낯 붉히거나 하지 않을 테니까 빨리 말씀하세요."

"형사님은 괜찮을지 몰라도 제가 민망해서……. 그러니까, 뭐 네 성기에 뭘 어떻게 하고 싶다, 그런 메시지가 있었어요."

"다소 가학적인 내용이었나요?"

"그렇죠. 그래서 저는 소명이가 다른 남자 만나는 줄 알고 화를 냈는데 갑자기 막 우는 거예요. 저는 바람피운 걸 들켜서 그러는 줄 알고 더 다그쳤는데, 다른 메시지들을 보여주기 시작하더라고요. 소명이는 답장을 안 하고 상대방만 계속 그런 이상한 내용으로 보내는. 그러면서 자기가 스토킹을 당하고 있다고 말한 거예요."

"그럼 빅터 씨는 장택승을 스토커로 알고 있었다고 주장하시는 건데, 사실은 장택승이 스토커가 아니고 둘이 지속적으로 만나는 사이였다는 게 확인됐다니까요."

"생각해 보니까, 그것도 소명이가 말했던 것 같아요."

"그건 또 무슨 말입니까?"

"잘 생각해 보니, 소명이가 그랬어요. 스토커가 자기를 협박하면서 만나자고 해서 어쩔 수 없이 만난다고 했어요. 좋아서 만나는 게 아니고, 만나서 뭐 한 것도 없

242

고, 그냥 억지로 만나는 거라고."

"그래서 빅터 씨는 그냥 이소명 씨가 장택승을 만나게 두셨다는 겁니까? 애인을 의심을 해서든 아니면 보호하기 위해서든, 그 뒤라도 따라갔어야 되는 것 아닌가요?"

"그냥 그때는 그런 생각 같은 걸 못 했어요. 소명이가 정말 힘들겠구나, 하는 생각만……."

"그럼 빅터 씨는 이소명 씨가 살해당하기 몇 주 전에 이미 이소명이 장택승을 만나고 있는 것을 아셨던 거네요?"

"절대 아닙니다. 아니, 장택승은 그냥 스토커였다니까요!"

"빅터 씨가 의심받는 이유는 그것뿐만이 아닙니다."

재수가 끼어들었다.

"또 뭡니까?"

"빅터 씨는 이소명 씨가 사망하자마자 그 상속인 이유빈 군에 대하여 법원에 후견인 지정을 청구하셨죠?"

"고아였다가 겨우 엄마가 생겼는데, 다시 엄마를 잃은 아이가 불쌍해서 얼른 후견인을 붙여주었습니다. 그게 문제가 됩니까?"

"제가 공부를 좀 해봤는데, 미성년자가 재산을 상속했을 때 그 아이의 후견인을 지정해 달라는 청구는 아이의 친척이나 재산상 이해관계자만이 할 수 있습니다. 빅터 씨는 이소명에게 횡령금 반환 채권이 있었죠?"

빅터는 대답하지 않았다. 다시 혜석이 물었다.

"처음 우리 조사를 받을 때에는 이소명의 횡령에 대해서 모른다고 하지 않으셨습니까? 하지만 사실은 그때 이미 후견인 지정 청구를 해놓으셨더군요. 이소명이 당신 돈을 가져갔음을 알았지만 되돌려받기 어려울 것 같으니, 어린 상속인을 상대하려고 한 것 아닙니까!"

빅터는 자신의 앞만 노려보고 있었다.

"결정적으로, 빅터 씨에 대한 체포영장이 어떻게 발부됐는지 아십니까? 이소명 씨와 최근의 이름이 알려지지 않은 여성, 두 건의 살인사건 보도에 모두 빅터 정 씨가 연루되었음을 확인했습니다. 보도 직전 김지예 기자와 스마트밴드로 문서 파일을 주고받으셨죠."

이제 빅터는 다리를 떨었다. 조사실에 울려퍼지는 빠르고 규칙적인 소리는 빅터를 오히려 더 초조하게 했다. 그때 용희가 조사실에 들어와 빅터의 변호사가 도착했음을 알렸다.

"전 이제 변호사와 상의하기 전에는 조사 안 받을 겁니다."

빅터가 변호인 접견실에서 변호사를 만나는 동안 혜석은 변호사 선임계를 보고 이름을 검색해 보았다. 대형 로펌 소속도 아니고, 전관도 아니고, 그렇다고 선수들 사이에 소문난 이름도 아닌, 그냥 평범한 변호사였다.

그러나 혜석은 변호사 이름이 어딘가 익숙한 느낌을 지울 수 없었고, 마침내 빅터가 가정법원에 제출한 후견인 지정 청구서에 기재된 바로 그 이름임을 떠올릴 수 있었다. 변호사는 무슨 이야기를 하는지 빅터와 한 시간을 꽉 채워 면담했다. 변호인과 피의자의 면담 내용은 절대 수사기관이 알아서는 안 되는 법률상 엄격한 비밀이었다. 접견실을 나온 변호사는 혜석에게 인사를 건넸다.

"안녕하십니까, 팀장님. 양재호 변호사입니다."

양재호 변호사가 혜석에게 명함을 내밀었다.

"광수대 신혜석 팀장입니다."

혜석은 명함을 받았지만 한 번 들여다보지도 않고 옷주머니에 쑤셔 넣었다.

"그래서, 피의자 입장은 어떻습니까?"

"당연히 살인 혐의에 대해서는 부인하고 있고요, 조사는 최대한 협조하겠다는 입장입니다. 사실 저희는 구속되어 있을 필요는 없다고 보는데, 그냥 풀어주진 않으시겠죠?"

"일단 체포영장을 받아서 체포한 거니 체포적부심이라도 해서 법원에서 풀어주라고 하지 않는 한은 어렵습니다."

"네, 물론 이해합니다. 그런데 조사는 오늘은 말고 내일부터 해주시면 좋겠습니다."

"조사에 최대한 협조하신다고 했고, 오래 잡혀 있는 것은 싫으시다면서 조사를 미룰 이유가 있습니까?"

"저도 막 사건을 수임해서 내용을 알아보고 변론 준비를 해야 해서요. 오늘 온 김에 의뢰인에 대한 지난번 피의자 신문조서도 등사해가고 싶습니다."

"그러시다면야 저희야 어쩔 수 없긴 한데…… 웬만하면 그냥 오늘 조사 받으시지요."

"계속 권하신다면 송구하지만, 공식적으로 진술거부권을 행사하도록 하겠습니다."

혜석은 할 수 없다는 투로 손을 내저었다.

"좋아요. 그럼 조사를 하루 미루는 대신 내일은 아

246

침부터 시작할 테니 09시 30분까지 와주시겠습니까?"

"네, 감사합니다. 그렇게 하겠습니다."

변호사는 출석을 약속하고 사무실을 떠났다. 혜석은 변호사가 나가자마자 계단을 이용해 지하주차장으로 뛰어 내려가 빅터를 미행할 때 탔던 승용차에 탔다. 그 안에서는 이미 도운과 재수가 기다리고 있었다.

"잘 됐어요, 선배?"

"그런 것 같다. 일단 가 보자."

혜석은 좁은 곡선으로 된 지하주차장의 빗면을 빠르게 올라가 순식간에 지상의 민원인 주차장이 보이는 지하주차장 출구에 도착했다. 그곳에서 잠시 기다리고 있으니 변호사의 검은색 대형 세단이 출구로 가는 게 보였다. 차량번호는 처음 변호사가 들어왔을 때 확인해 둔 상태였다.

변호사의 차량은 남쪽으로 내려가 남산터널을 통과했다. 선임계에 나온 변호사의 사무실 주소대로라면 그대로 한남대교나 반포대교를 지나 서초동으로 가야 했다. 그러나 터널을 통과한 변호사의 차량은 한강을 건너지 않고 강변북로를 타 동쪽으로 가더니, 동부간선도로에 올랐다. 중랑천변에는 겨울을 난 나무들에 꽃봉오리가 맺히기 시작하고 있었다. 혜석은 조수석에 앉은 재수에게 말했다.

"재수야, 사무실에 전화해서 변호사 집 주소 좀 조회해 보라고 해봐. 혹시 집이 이쪽에 있는지."

"네, 팀장님."

그러나 사무실의 회신을 받기도 전, 변호사의 차량은 목적지에 도착했다. 서울의 동쪽 끝에 위치한 용마폭포공원이었다. 과거 채석장이었던 이곳엔 말 그대로 깎아지른 암벽이 서 있었고, 그곳에 인공폭포가 조성되어 있었다. 서울에서 볼 수 있는 폭포치고는 상당히 크고 볼 만했지만, 아직 공기가 쌀쌀한 이 계절에 평일부터 사람이 몰릴 만한 곳은 아니었다. 혜석은 변호사가 주차장에 차를 댄 뒤 내리는 것을 보고 어떻게 해야 들키지 않고 계속 쫓을지 고민했다. 결국 혜석은 아직 변호사에게 얼굴을 보이지 않은 도운을 혼자 내리게 했다.

"대낮부터 주변에 상업빌딩도 없는 공원에 혼자서 어슬렁거리면 이상해 보이지 않겠어요?"

"이제 곧 대낮은 지난다. 그리고 요새 백수가 얼마나 많은데. 아파트촌 옆에 있는 공원에 젊은이 혼자 있어도 그렇게 안 이상해."

"그런데 전 미행을 해본 적이 없어서⋯⋯."

"저쪽도 미행을 감지해본 경험은 없을 거야. 그냥 보고 있다가 이상한 거 있으면 바로 연락해."

결국 도운은 양재호 변호사가 차에서 내리고 약 10초 뒤 따라서 차에서 내렸다. 얼마 전까지의 도운이었다면 혼자서 사람을 미행하는 것은 상상도 못 할 일이었다.

변호사가 사라진 길굽이를 따라 천천히 걸어가던 도운은, 그가 호수를 바라보고 벤치에 앉은 것을 발견했다. 다행히도 공원에 다른 방문객이 전혀 없지는 않았다. 아직 학교에도 가지 않은 것으로 보이는 어린이를 데리고 나온 남자와 벤치에 드러누워 있는 젊은 사람이 보였다. 변호사는 누구를 기다리는지 수시로 고개를 돌려 공원 입구 쪽을 바라보았다. 도운은 더 이상 변호사를 쳐다보지 않고 차라리 자신도 입구 쪽을 바라보기로 했다. 어차피 공원의 구조상 변호사가 다른 곳으로 이동한다고 해도 도운이 앉아 있는 곳 앞쪽을 지나야 할 것이었다.

5분이 지나도록 상황은 변함없었다. 뒤통수가 간지러워진 도운은 살짝 고개를 돌려 변호사를 쳐다보았다. 그때 변호사와 눈이 마주쳤다. 도운은 급히 고개를 다시 공원 입구 쪽으로 돌렸다. 마치 등 뒤에서 변호사가 공원을 떠나는 발소리가 들리는 것 같았다. 혹시 움직이고 있나 확인해야 했지만 만약 다시 고개를 돌렸다가 또 눈이 마주친다면 미행한다고 광고를 하는 거나 다름없었다.

도운은 변호사 쪽으로 초점을 맞추지 않고 고개를 살짝만 돌려 변호사를 곁눈질했다. 정확히 알 수 없지만 아마도 도운 쪽을 보고 있는 것 같았다. 도운은 조금 더 변호사 쪽으로 고개를 돌렸다.

그 순간 변호사가 자리에서 일어났다. 도운은 즉시 스마트밴드를 들어 혜석에게 전화했지만 도운의 팔 동작을 본 변호사는 그야말로 미행을 확신한 것 같았다. 변호사도 곧바로 손목을 들어 누군가에게 전화하는 눈치였다.

"선배, 우리 미행 들킨 거 같아요."

도운이 속삭였다.

"뭐, 어쩌다가? 아니, 어쩌다가가 아니라 그래서 양 변호사는 어떻게 하고 있는데?"

"어디랑 전화하면서 공원 출구 쪽으로 가고 있어요."

"좀 자세히 볼 수 있어? 상대방이 전화를 받아서 대화를 하는 건지 아니면 그냥 전화를 거는 중인지."

"어, 어, 잠시만요…… 지금! 지금 전화 받은 거 같아요!"

"누구랑 통화하는지 알겠다. 끊는다."

도운은 공원 출구 쪽을 바라보았다. 혜석과 재수가 차에서 내려 횡단보도 쪽으로 걸어가고 있었다. 횡단보도 건너편에는 몸집 작은 사람이 하나 서서 누군가와 통화를 하고 있었다. 운동복에 운동화, 두꺼운 패딩 점퍼를 입고 캡모자에 마스크까지 써서 이 계절에 어울리는 복장은 아니었다. 그러나 그렇게 싸맸지만 도운은 멀리서도 그의 콧날과 눈을 알아보았다.

몸집 작은 사람이 통화를 하다가 고개를 들어 횡단보도 건너편의 혜석과 재수를 보더니, 갑자기 몸을 돌려 빠른 걸음으로 걷기 시작했다. 혜석이 스마트밴드를 통해서 명령을 전송한 것인지 수사용 승용차가 사이렌을 울리며 혜석과 재수 쪽으로 오기 시작했다. 사이렌 소리를 들은 작은 몸집의 사람은 이제 달리기 시작했다.

승용차가 계속 사이렌을 울리며 다가오자 도로 위 자동차들의 흐름이 느려졌다. 혜석은 경찰 배지를 쳐들고 양옆의 차를 살피며 도로를 건너기 시작했다. 몸집 작은 사람은 계속 뛰어서 이제 200미터가량 거리가 벌어져 있었다. 그러나 혜석이 도로를 다 건너 달리기 시작하자 거리는 금방 좁혀졌다. 재수도 죽을힘을 다해 달렸지만 혜석이 더 빨랐다.

도망자와의 거리가 10미터 이내로 좁혀졌을 때였다. 도망자의 허벅지가 골목에서 나온 어린아이의 상체와 부딪혔다. 도망자는 잠깐 균형을 잃은 정도였지만 어린아이는 그대로 길바닥에 넘어졌다. 골목에서는 전동 킥보드가 달려오고 있었다. 혜석이 모터 소리를 듣고 킥보드 쪽을 보니, 놀랍게도 그 운전자는 스마트밴드의 홀로그램을 보고 있었다. 혜석은 소리를 질렀지만 운전자는 무엇에 그렇게 집중했는지 아무런 반응도 없이 그대로 달려왔다.

부딪히고서 계속 달려가던 도망자도 킥보드 소리를 듣고 뒤를 돌아보았다. 도망자는 멈칫했지만 이미 킥보드는 아이에게 부딪히기 직전이었다. 충돌 직전, 혜석이 몸을 던져 아이를 감싸 안았다. 킥보드는 그대로 혜석의 등에 부딪히고, 킥보드와 운전자의 몸이 함께 앞으로 거꾸러졌다.

마스크로 얼굴을 가린 도망자의 표정은 알 수 없었

다. 도망자는 잠깐 머뭇거리며 혜석과 아이를 살피더니, 혜석의 등 뒤를 보고는 다시 황급히 도망쳤다. 혜석이 몸을 일으키는 순간 등에 강한 통증이 천둥처럼 내리쳤다. 낙법을 처음 배우던 시절 시멘트 바닥에 잘못 떨어진 이후 가장 큰 고통이었다. 혜석이 숨을 몰아쉬며 손을 땅에 짚자 그 옆으로 재수가 지나갔다.

"바로 잡아 올게요!"

재수의 마지막 말은 잘 들리지 않았다. 혜석이 겨우 고개를 들자 재수가 도망자의 옷자락을 잡아채고 있었다. 도망자가 팔을 강하게 뿌리치자 결국 재수는 그 허리를 잡으면서 앞으로 넘어졌다. 엉덩이부터 넘어진 도망자는 허리에 가해진 충격에 잠시 움직이지 못했다. 잽싸게 다시 일어난 재수가 도망자의 양팔을 뒤로 돌렸다. 도망자가 반항하려 했으나 팔에 가해지는 통증에 신음할 뿐 움직이지 못했다.

발걸음 소리가 들리더니, 제3의 손이 나타나 재수가 단단히 붙든 양팔에 수갑을 채웠다. 도망자는 고개를 들었다. 하지만 몸을 구부리고 있는 도망자의 눈은 겨우 상대방의 허리 높이였다. 도망자의 얼굴에서 마스크가 벗겨지고, 머리 위로 체포자의 목소리가 들려왔다.

"당신을, 쓰흡."

허리 통증에 나온 혜석의 신음이었다.

"당신을 살인교사 및 위계공무집행방해죄로 긴급체
포합니다, 이소명 씨."

일순간 살아 있는 이소명의 얼굴이 혜석이 익히 보아
온 시체와 같이 굳었다.


아늑한 조사실의 효과가 좋았는지, 그 안에 앉은 소
명은 그새 당황한 기색을 거의 감추었다. 희미한 미소
가 보일락 말락 한 무표정한 얼굴이었다. 차라리 만면
에 여유 있는 웃음을 띠고 있었다면 긴장과 두려움을 감
추려는 발악처럼 보였을 것이다. 그러나 지금의 소명은
정말로 자신의 운명에 대해 별 걱정을 하지 않는 것 같
았다. 혜석은 과연 소명이 언제까지 그 얼굴을 유지할지
궁금해 하며 소명과 마주앉은 채 물었다.

"신원부터 확인하죠. 신분증을 주시겠습니까?"

"드릴 의무는 없는 거죠?"

"그렇습니다."

"그럼 이름도 대답하지 않고, 신분증도 드리지 않겠
습니다. 형사님이 아까 체포하실 때는 저를 이소명이라

254

고 부르셨으니 저한테 설명을 해보시든가요."

"여긴 제가 이소명 씨를 조사하며 질문하고 대답을 듣는 자리이지 제가 이야기하는 자리가 아닙니다. 수사상 필요에 따라 뭔가 설명을 드릴 수도 있지만, 언제 무엇을 설명할지는 제가 정합니다."

"알았어요, 형사님. 굳이 무섭게 말씀 안 하셔도 다 알아들어요."

"글쎄요, 저는 오늘 누군가가 길바닥에 팽개친 어린이를 구하다가 허리를 다쳤거든요. 별로 착하고 친절하게 말할 기분이 아닙니다."

소명은 살짝 고개를 숙이며 어깨를 안쪽으로 구부렸다. 어쩌면 그도 최소한의 부끄러움은 아는 사람일지 몰랐다.

"그럼 다시 여쭙겠습니다. 이소명 씨가 맞으십니까?"

"그건 대답 안 하겠습니다."

하지만 소명은 방금 전의 동작으로 자신이 표시해야 할 부끄러움과 미안함은 충분히 표시했다고 생각한 모양이었다. 혜석이 겨우 질문 하나 던졌는데 소명은 다시 처음의 태도로 돌아가, 결코 협조하지 않겠다는 단호한 의사를 평온한 어조로 나타내기 시작했다.

"그럼 이소명 씨를 아십니까?"

"알기야 알죠. 뉴스에 많이 나왔잖아요."

"뉴스에는 그 이름이 나온 적 없습니다."

"그래도 알 사람은 다 알아요. 형사시라면서 신상털기가 뭔지도 모르세요?"

"그럼 지금 말씀하시는 분은 성함이 어떻게 되십니까."

"말씀 안 드릴래요. 왜 형사님이 갑자기 엉뚱한 사람 이름으로 저를 체포하셨는지 설명해 주시면 대답할 수도 있죠. 그리고 뭘 설명할지는 형사님이 정하신다고 했지만, 최소한 제가 무슨 죄로 조사받는지는 알아야 할 거 아닙니까."

"이소명 씨에 대한 살인 혐의입니다."

"아까는 저보고 이소명이라면서요. 솔직히 형사님 생긴 거하고 말투는 너무 멋있는데, 말하는 내용은 좀 미친 사람처럼 들리는 거 아세요?"

"압니다. 그리고 이소명 씨가 그 미친 소리를 말이 되게 풀어 설명해 주실 걸로 기대하고 있습니다."

"그런 헛된 기대로 조사하시는 거면 조사 전체를 거부하겠습니다. 그럴 수도 있죠?"

혜석은 역시 당황하지 않았다. 일단 무턱대고 모른다고 하거나 부인할 것은 충분히 예상한 바였다. 이제 모든 시나리오를 만든 도운에게 잠시 바통을 넘겨줄 때였다. 사실 아직도 허리 때문에 계속 말하고 있기가 힘들기도 했다. 혜석이 옆에 서 있던 도운에게 눈짓하자 도운이 선 채로 이야기하기 시작했다. 도운의 말투도 평온했다.

"이름을 말씀 안 해주시니 잠시 저희가 정한 이소명이라는 이름으로 부르겠습니다. 그래도 좋습니까?"

"죽은 사람 이름이라 께름칙하지만 형사님들이 그렇게 하신다면 저야 어쩔 수 없죠."

"저는 광수대 형사가 아닙니다. 저는 이소명 씨 살인사건의 DNA 채취와 분석을 담당한 서울지방경찰청 소속 특별감식관 채도운이라고 합니다."

도운의 이름이 소명의 기억 어딘가를 되살린 것 같았다. 소명은 잠시 눈을 크게 뜨며 왼쪽 위 허공을 바라보았다. 0.5초도 안 되는 시간이었지만 소명에게 집중하고 있던 도운은 이를 놓치지 않았다. 그러자 조사 시작 전 혜석과 나눈 대화가 떠올랐다.

"명심해. 조사는 상대방 말을 듣는 거야. 무조건 이소명이 말을 많이 하게 해."

"그렇다고 아무 거짓말이나 마음대로 늘어놓게 하면 안 되잖아요."

"결정적인 순간에 추궁하면서 우리가 가진 증거를 조금씩 이용할 수는 있지. 그런데 거짓말이든 진짜든 상대가 말을 많이 할수록 우린 그만큼 정보를 얻는 거야. 그러니 너는 말 많이 하지 마."

도운은 혜석과 의논한 내용을 되새기며 다시 소명을 노려보았다. 대답하는 소명은 여전히 여유 있는 태도였다. 도운은 특히 미세하게 올라간 소명의 입꼬리가 신경 쓰였다.

"네. 안녕하세요, 감식관님. 그런데 특별감식관이란 명칭은 조금 낯간지럽네요. 대단히 특별한 일을 하시나 봐요?"

"특별한 일을 해서 특별감식관은 아니고, 사실은 특질식별의 약자입니다."

"특질식별이요?"

"제가 하는 일은 DNA 초상화 작업, 그러니까 사람의 DNA를 가지고 그 주인의 자세한 생김새를 그려내는 일입니다. 그런 일을 하는 사람을 법률에서 개인특질식별 유전정보 감식관이라고 부릅니다. 법률의 이름은 '개인특질식별 유전정보의 보호에 관한 법률'이고요. 원래는 '개특법'이라는 법률의 약칭에 맞추어 저희 감식관들도 '개특감식관'이라고 부르려고 했지만 어감상의 문제로 특별감식관으로 고치게 되었습니다."

"와, 농담으로 한마디 던진 건데 엄청 상세한 설명! 그러면 감식관님은 일반적인 경찰이 아니라, 무슨 기술전문관 같은 건가요?"

도운은 벌써부터 너무 말을 많이 하고 있었다.

"제 이야기는 그만하죠. 이 자리는 저희가 이소명 씨에게 물어보는 자리입니다."

"네, 알겠습니다."

소명은 일부러 높은 톤의 연극적인 목소리로 공손하게 대답했다. 도운은 가능한 한 무표정을 유지하며 소명에게 말했다.

"그럼 여쭙겠습니다. 최근 화제가 된 살인사건의 피해자인 이소명 씨에 대해서 얼마나 알고 계십니까?"

"글쎄요, 그냥 뉴스에서 본 정도? 30대 여성, 예쁘게 생겼다고 들었고, 큰 돈을 만지는 펀드 매니저였다죠. 스토킹 당하다가 스토커한테 살해당했고요."

"그 외는요?"

"제 기억에는 그게 답니다."

"좋습니다. 그럼 올해 2월 4일 어디서 무얼 하셨는지 말씀해 주시겠습니까?"

"두 달 전 일과를 제가 어떻게 기억하겠어요? 감식관 님은 한 달 전 오늘 뭘 했는지는 기억나세요?"

"좋습니다. 그럼 이소명 씨와는 무슨 관계입니까?"

"방금 전혀 모르는 사람이라고 했는데……."

"하지만 지금 조사받는 이소명 씨와 살인사건 피해자 는 얼굴이 완전히 똑같은데요?"

"그게 정말이에요? 놀라운 얘기이기는 하지만, 그 냥 많이 닮았거나 제가 모르는 쌍둥이라도 있었나 보 지요."

"좋습니다."

좋다는 이야기를 벌써 세 번째 반복하고 있었다. 아 무래도 범인을 추궁하기 위해서는 수사 내용을 조금은 공개해야 하는 모양이었다. 도운은 잠깐 혜석을 쳐다보 았다. 혜석이 살짝 고개를 끄덕였다.

"저희가 생각하는 이 사건의 시작점부터 이야기해 보 겠습니다. 펀드 매니저로서의 이소명 씨에 대해서 얘기해 주시겠습니까?"

"아까 말씀드렸잖아요. 큰 돈을 굴리는 사람이었다는 것밖에는 모릅니다."

"저희가 조사한 바로 이소명 씨는 매우 뛰어난 투자자였습니다. 투자 대상을 고르는 안목도 훌륭하지만, 기업 인수시 대상을 공격해서 외관상 가치를 낮추고 싼 가격에 인수하는 방법을 썼다고 하더군요."

"똑똑한 사람이었군요! 그런 건 그냥 사건 조사를 하면서 아시게 된 거예요?"

"그렇습니다."

"음, 왠지 감식관님이 그런 수법에 대해서 잘 알고 계신 것 같아서요."

이소명은 자기가 이소명을 모른다고 주장했지만 경찰이 그 말을 믿으리라고는 전혀 기대하지 않는 것 같았다. 사실 이소명의 얼굴을 그대로 가지고 있으니 당연한 일이었다. 따라서 지금 이소명이 도운에게 과거의 일을 이런 식으로 언급하는 것은 노골적인 도발이었다.

"철저히 조사했으니까요. 혹시 이소명 씨, 그러니까 피조사자 분이야말로 그에 대해 잘 알고 계신 게 없습니까?"

"상식선에서 생각해서 이야기해 볼 수는 있겠네요. 기업의 내재적 가치를 유지하면서 가격을 떨어뜨리려면, 허위사실을 유포하고 스캔들을 일으키면 되겠죠? 그러면서 기존 투자자나 채권자에게 접근해서 대상기업을 압박하게 만들고요."

"정확합니다."

도운의 대답은 짧았지만 그 안에서도 흔들림이 느껴졌다.

"이소명이 정확히 그렇게 했다고요? 오, 제가 잘 맞혔군요!"

"악독한 방법이었죠. 아, 그 악독하다는 말은 제 생각이 아니라, 이소명 씨를 그렇게 평가한 같은 업계 사람들이 있었습니다."

소명이 재미있다는 듯 고개를 갸웃했다.

"그래서, 그렇게 악독한 사람이 잔학하게 살해당한 데서 통쾌함이라도 느끼셨나요? 통쾌라는 표현이 과하다면 시원하다, 아니면 그냥 사필귀정이라고 할까요?"

도운은 바로 대답하지 않았다. 대신 옆으로 몸을 돌려 한 걸음 걸었다가 제자리로 돌아온 후, 소명의 머리 위쪽을 바라보며 말했다.

"위화감, 저희가 느낀 건 위화감입니다. 그렇게 악독, 아니 공격적이고 계획적으로 일하던 사람이 너무 허무한 최후를 맞은 것 같았어요. 게다가 그 범인도 이소명의 피해자, 아니 이소명에게 기업을 넘긴 사람이라는 것이 더욱 위화감을 들게 했습니다."

"이소명의 악독한 수법에 회사를 빼앗겨 원한을 가지고 스토킹하는 게 뭐가 이상하다는 말씀인가요? 하긴, 회사를 빼앗기고도 남을 괴롭히기나 하면서 인생을 낭비하는 게 아니라, 더 생산적으로 사는 방법이 있기 때문이라면 그럴 수도 있겠습니다. 사업을 하면서 얻은 실력과 경력을 활용할 수도 있겠죠. 감식관님도 경찰에 들어오기 전에 관련 경력을 쌓으신 거 아니에요?"

"그래요, 맞습니다. 회사를 빼앗기더라도 그 후에 다시 괜찮은 삶을 살 수도 있어요. 그럴 수 있죠. 그렇게 뛰어난 연구자이자 사업가였던 사람이 스토커 범죄자가 되었다는 게 이상했습니다. 그런데 그게 다가 아니에요. 이소명 씨, 저를 놀리고 싶으신 거 같지만 우리는 당신 생각보다 많은 걸 알고 있습니다."

"오, 그러신가요?"

"개특법 개정 논의가 결정적인 지점이었죠. 이소명

씨도 무슨 말씀인지 아시죠?"

"전혀 무슨 말씀이신지……."

"수사 정보가 줄줄이 새어나가고, 피해자의 남자친구는 눈물의 인터뷰를 하고, 거대 정당이 나서서 순식간에 입법 절차까지 나아갔죠. 그냥 자연스럽게 그렇게 된다는 게 말이 됩니까? 이소명 씨 일당이 손을 쓴 거잖아요."

"죄송합니다. 도저히 얘기를 못 따라가겠네요."

소명이 어깨를 으쓱했다. 도운은 다시 소명의 앞에 마주앉아 몸을 앞으로 내밀었다.

"계속 시치미 떼실 거라면 한번 따져봅시다. 개특법 개정 논의 자체에 대해서는 아시죠?"

"뉴스에서 봤죠. DNA 초상화를 스토킹 범죄에 적용한다는 거였죠?"

"그렇습니다. 그런 법안이 통과되면 가장 이익을 보는 건 누구일까요?"

"그야 당연히 스토킹 피해를 입는 여성들 아닌가요?"

소명이 답했다.

"물론입니다. 하지만 스토킹 피해자들이 사회운동을 벌일 수는 있지만 그림자 속에서 입법 공작을 한다는 것

264

은 생각하기 힘들죠. 그들이 경찰청의 누군가에게 뇌물을 주고 정보를 빼내고 있을 가능성도 낮고요. 제 말은 경찰청 직원과 언론과 정치권에 돈을 써서 법 개정을 할 만한 사람이 누구냐는 겁니다."

"그런 사람이 있나요?"

"그래요. 알아들으실 때까지 설명드리겠습니다."

"이소명 씨, 이쯤에서 한 번 더 생각해 보시죠. 오늘 어떤 방향으로 조사를 받으실지에 대해서요."

혜석이 도운의 말을 끊었다. 그제야 도운은 아차 싶은지 고개를 조금 숙이고 목구멍 속으로 신음을 삼키며 입술 끝을 깨물었다.

"감식관님 말처럼, 우리는 이소명 씨 생각보다 많은 사실을 알아냈습니다. 기본 죄질이 중하니만큼 조금이라도 형을 감경받기 위하여 되도록 빨리 범행을 인정하시는 게 좋을 겁니다. 머리가 좋은 분이시니 우리가 뭘 가졌는지도 대충 짐작하셔야죠."

"뭘 가지셨든 상관없습니다. 저는 여러분이 말하는 살인사건의 조사를 받겠다고 이렇게 앉아서 이야기하고 있는 게 아닙니다."

"그럼 앉아 계신 이유가 뭐죠?"

"감식관님에 대한 빚이요."

그 말에 도운이 고개를 똑바로 들었다.

"왜 자꾸 저한테 살인사건 얘기를 하시는지는 모르겠지만, 채도운 감식관님이 누군지는 기억합니다. 당시 저는 직업 활동을 한 것뿐이지만 감식관님이 하던 사업에는 타격이 있었을 거예요. 그에 대한 미안함이 있다고 해두죠."

그러나 미안하다는 소명의 목소리는 여상하고 가벼웠다. 도운을 똑바로 보고 있는 눈빛에는 어떤 감정이 담긴 것인지 읽기 어려웠다. 도운의 얼굴이 상기됐다.

"저한테 미안하다고요? 그렇다면 본인이 이소명이라는 건 인정하는 겁니까?"

"말씀드린 것처럼 사업일 뿐이었기 때문에 사과를 드리지는 못하겠네요. 다만 감식관님이 원하신다면 이렇게 한동안 이야기 정도는 나눌 수 있다는 겁니다."

소명은 자기가 누군지에 대해서는 정확하게 답하지 않았다. 게다가 도운의 회사를 빼앗았음을 인정하면서도 사과를 할 수 없다는 태도는 여전히 조롱과 같이 느껴졌다. 도운은 다시 말하기 전에 짧게 호흡을 골라야 했다.

"이소명 씨, 개특법 개정으로 가장 큰 이익을 보는 것은 바로 이소명 씨가 강탈했던 회사 알피입니다. 쉬운 얘기죠. 원래는 살인, 강도, 강간 같은 사건이 있을 때 경찰청 의뢰로만 일을 했는데, 스토킹까지 대상범죄가 넓어지는데다가 민간인의 DNA 초상화 작성까지 허가되면 일감이 수백 배로 늘 테니까요."

"그럴 수도 있겠네요. 그런데 그게 저랑 무슨 상관일까요? 지금 알피를 소유하고 운영하는 곳은 고산그룹이라고 알고 있는데요."

"그래요, 고산그룹이 모든 일의 배후일 가능성이 있습니다. 하지만 빅터와 죽은 이소명 씨의 관계, 잔인한 범행 수법, 범행 발생 즉시 언론에 기사가 난 일까지 생각해 보면, 배후의 범인은 아무래도 입법 과정만 조작한 게 아니라 애초에 살인사건 자체를 조작한 것처럼 보인다는 말이죠."

"뉘앙스가 재미있군요. 감식관님은 예나 지금이나 순진하셔서 고산그룹 같은 대기업이 돈 때문에 살인을 할 리는 없다고 생각하시나 봐요?"

소명이 빙그레 미소 지었다. 한순간 도운은 어이없게도 아름다운 얼굴이라고 생각했다. 얼른 스스로에게 코웃음 친 도운은 다음 이야기를 서둘렀다.

"아뇨, 고산그룹이 돈을 위해서 사람을 죽이지 못한다는 이야기는 아닙니다! 몇 조의 돈이 걸린다면 충분히 살인을 사업적 선택지로 고려할 것이라고 생각합니다. 하지만 아무 여자나 스토킹 피해자로 만들어서 살해해도 될 일인데, 굳이 고산그룹에 알피를 매각한 이소명을 희생자로 삼은 것이 우연의 일치는 아닐 거라는 말이죠. 그렇다면 무엇일까요?"

"오, 드디어 얘기가 조금 재미있어질 것 같은데요? 기대합니다!"

이런 불필요하고 과장된 반응은 드디어 소명이 이 조사에 압박을 느끼기 시작했다는 의미일까. 도운이 말했다.

"무슨 이야기가 나올지 예상하시지 않습니까?"

"전혀요! 감식관님 이야기를 기대한다는 건 진심입니다. 제 기억으로는 예전에 동업자 분의 피칭 실력도 대단했었죠."

소명은 성현을 이야기하는 것이었다. 도운의 목소리가 높아졌다.

"언제까지 그렇게 가짜 여유를 부릴 겁니까? 이소명

씨는 자신이 모든 걸 완벽히 숨긴 줄 알았겠지만, 최근에 고산그룹이 압수수색 당했다는 소식 정도는 어디선가 들으셨을 텐데요? 이소명 씨가 고산그룹에 알피를 팔았다는 게 종전에 알려진 사실관계지만, 우리는 이소명 씨가 예전에 횡령한 700억 원을 어디에 썼는지 알아냈습니다."

여기까지 말한 도운은 소명의 표정이 불안해지지 않는지 살폈지만 그의 미소는 단단했다.

"우리 수사팀의 재무·회계 담당자가 고산그룹의 재무제표를 살펴보았습니다. 2030년에서 2032년 사이에 갑자기 몇 년 묵은 악성 채권들이 회수되더군요. 저희가 그 채무자들 하나하나에게 직접 물어봤더니 자기네는 돈을 갚은 적이 없다면서 당황하는 눈치였습니다.

결국 회사에 현금이 늘어났고 회계 처리도 했는데, 그 돈의 출처가 불분명했습니다. 우리는 고산그룹과 알피의 사무실을 압수수색하여 이면계약서를 찾아냈습니다. 사실은 이소명 씨가 알피의 지분 55%를 소유하되, 대외적으로는 고산그룹의 100% 자회사로 한다는 거였죠. 물론 이소명 씨가 갖는 지분의 대가는 바로 횡령한 700억 원이었고요."

"이제 좀 얘기가 재미있어지나 했더니, 오히려 갈수록 미궁이네요. 이소명이 고산그룹에 회사를 팔았다면서요. 이소명이 지분 55%를 가지려면 그냥 자기가 가지고 있는 100% 중에서 45%의 지분만 고산그룹에 팔면 되죠. 55%에 대한 대가를 이소명이 고산그룹에 지불할 이유가 없어요."

"그래요, 700억 원을 지분의 대가라고 한 건 정확한 표현이 아니죠. 이면계약과 차명소유의 리스크에 대한 대가라고 합시다. 그런데 이런 꼬투리를 잡으실 때가 아닐 텐데요?"

"꼬투리가 아니라, 이면계약이랑 차명소유는 또 뭔데요?"

소명의 동그랗게 뜬 눈을 보며 혜석이 다시 끼어들었다.

"자세한 얘기는 저희가 드리지 않아도 이미 다 아실 겁니다. 아니, 애초에 고명하신 전문 투자자께서 이 정도 거래를 이해 못 하실 리 없잖아요. 이제 이소명 씨 이야기를 좀 들려주시죠."

혜석의 재등장에 소명은 약간 어깨를 움츠리는 듯했다.

"글쎄요, 대체 무슨 얘기를 드려야 할지……."

"정말로 제 동료에게 미안함이 있다면 이소명이 아직까지도 알피를 지배하고 있는지 정도는 대답해 주실 수도 있지 않을까요?"

소명은 잠시 입을 다물었다. 경찰이 이미 상당한 정보를 확보한 것으로 보이는 마당에 일부 사실이라도 인정하는 게 나을지 고민하는 것이라고 도운은 생각했다. 마침내 소명이 다시 입을 뗐다. 지금까지 하지 않은 사뭇 진지한 표정이었다.

"알피가 아주 훌륭한 투자대상이기는 하죠. 누가 봐도 앞으로 업계를 대표할 회사예요. 만약에 제가 알피를 인수한 전문 투자자였다면, 일시적인 수입을 조금 얻자고 지분 전량을 매각하지는 않았을 겁니다. 그건 말할 수 있겠네요."

도운이 천천히 고개를 끄덕였다.

"그래요, 만약이란 말이죠. 그럼 만약 알피를 인수했던 이소명이 지금 저와 대화 중인 분과 같은 생각이었다면, 아직도 실제로는 알피의 지분을 보유하고 있겠네요."

"가정하자면 그렇죠."

"그런데 표면적으로는 고산그룹의 계열사니까, 이소명은 차명으로 지분을 가지고 있겠군요. 고산그룹에서 그런 이면계약에 동의한 특별한 이유가 있을 테고요."

"그렇겠죠?"

"아마도 그 이유는 알피의 사업 특성과 연관됐을 겁니다. 알피는 독보적인 DNA 분석 알고리즘을 가졌지만, DNA 초상화를 그리기 위해서는 DNA와 그 DNA가 발현되어 발생한 인간에 관한 데이터가 절대적으로 필요했습니다. 그 수집에는 돈이 들고요. 그래서 본격적인 수익이 발생하기도 전에 국제증시 상장을 노렸고, 결국 대기업 고산그룹의 투자를 받아야 했던 거죠."

"네, 알피의 사업 특성에 맞는 설명이네요."

"문제는 알피가 막대한 자본을 투입하여 10만 명의 데이터를 수집했다고 홍보했는데, 사실 업계에서 보기에는 그것도 부족했다는 거예요. 인간 유전체의 복잡성, 그리고 알피의 초상화에 요구되는 정교함의 정도를 고려하면 말입니다. 그럼 알피를 인수했던 이소명은 어떤 방법을 쓴 걸까요?"

"아까 말씀하신, 고산그룹이 이면계약에 동의한 이유와 관련된 건가요?"

"네, 10만 명의 동의를 받아 그에 대한 각종 개인정보와 유전체 시료까지 채취하는 것보다 훨씬 효율적인 방법이 있었는데, 그 방법을 이소명이 가졌던 겁니다. 바로 장택승이었죠."

"장택승도 들어본 이름이네요. 장기 배양 업체를 만들었죠."

"네. 그것도 이소명이 인수한 회사답게 줄기세포 유도 및 장기 배양에서 압도적인 기술력을 가지고 있었습니다. 실제 인간이 발생하고 성장하는 데 필요한 것보다 훨씬 짧은 시간에 성인의 장기를 배양할 수 있었죠. 특수한 단백질과 호르몬이 있었다고 하는데 제 전문 분야가 아니라서 자세히는 모르겠습니다."

"그 회사가 알피의 기술과 상관이 있었다는 말씀이시죠?"

도운은 잠깐 눈을 치켜떴다.

"유전체와 그 유전체가 발현된 신체의 자료 수집을 위해, 통제 상황에서 인체를 발생시킨 겁니다. 장택승 업체의 장기 배양 기술을 이용해서요. 그럼 성장 환경의 영향을 배제한 채 유전자 발현 상태를 연구할 수 있고, 때로는 성장 환경을 인위적으로 조작할 수도 있으며, 그때그때 필요한 장기만 배양하는 식으로 데이터가 부족한 분야에 집중한 연구도 가능하죠. 각자의 환경에서 자라나 이미 사회생활까지 하고 있는 10만 명의 사람들을 연구할 때에 비해 훨씬 효율적으로 데이터가 수집됐을 겁니다. 이 사실은 장택승의 장기 배양 업체를 압수수색하고 연구원들을 조사해서 확인했죠. 그 배양 공장의 광경은 정말 끔찍했다고 들었습니다. 피비린내가 난무한 것은 아니지만 살아 있지 않은 인체들의 모습만으로도 숨이 막혔다고 하더군요.

그런데 그 와중에도, 이미 그런 걸 논하기 힘든 상황이지만 그들에게도 최소한의 양심이 있었는지, 아니면 진짜 의식을 가진 인간이 탄생하면 관리하기 힘들 거라고 생각했기 때문인지, 복제 인간의 대뇌 피질 신경망 발달은 제한했다고 하더라고요. 결국 DNA 초상화에서 정신적 분야가 배제됐던 것은 단순히 인간 정신의 복잡성만이 문제가 아니라 데이터 부족의 문제도 있었던 겁니다."

소명이 눈을 동그랗게 떴다.

"대단한 작전이네요! 이소명이 그 기술을 레버리지로 해서 고산그룹에 이면계약을 강요하기라도 한 것인

274

가요?"

"역시 정확하게 아시는군요. 이소명이 고산그룹에 건넨 700억 원도 이 부분과 관련이 있는 것이었습니다. 이소명은 DNA 초상화 기술 완성을 위해 수천억 원의 자본이 필요했고, 고산그룹에 이를 요청했습니다. 고산그룹은 차라리 자기네가 회사를 100% 인수하겠다고 했고요. 이소명은 여기서 장택승의 기술을 내걸었습니다. DNA 초상화 데이터베이스 구축에 필요한 돈을 수조 원에서 수천억 원으로 깎아줄 테니, 자신을 숨은 55% 주주로 해달라고 한 겁니다. 다만 표면적으로 알피를 고산그룹의 회사로 만들기 위해 이소명 씨는 이면계약과 차명소유의 리스크에 대한 대가로 700억 원의 현금을 고산그룹에 건넨 거죠."

"이야기를 듣고 나니 이소명이 대단한 사람인 건 알겠습니다. 이소명이 알피의 지배주주니까 이번 살인사건과 입법운동으로 가장 이익을 보는 것도 이소명이고, 따라서 이소명이 범인이라는 말씀이신 거 같네요. 문제는 이소명이 범인이면서 피해자라는 거고요."

"이제 와서 그런 건 오히려 간단한 문제 아니겠습니까? 이소명이 장택승의 기술로 한 일이 인체를 만드는 것이었잖아요. 이소명은 자기 자신의 인체를 복제해서 살인사건을 만들고, 입양한 아들을 상속인으로 하여 배후에서 알피의 지분권을 행사하려고 한 겁니다."

충격적인 이야기였지만, 소명의 얼굴은 평온했다. 조사를 처음 시작할 때처럼 인위적인 미소는 아니었다. 도운은 마침내 소명이 뭔가를 내려놓았을지도 모른다고 생각했다.

"이소명도 대단하지만 우리 경찰관님들도 존경스럽네요. 이소명과 고산그룹, 알피의 관계, 살인사건의 진실을 정말 기발하고도 훌륭하게 설명하셨습니다."

"지금까지 제 설명이 모두 사실이라는 겁니까?"

도운의 목소리가 기대에 차 있었다.

"저는 훌륭한 설명이라고만 했습니다. 사실인지는 제가 아니라 감식관님이 말해 주셔야죠."

"아뇨, 사실을 제일 잘 아는 건 사건을 직접 행하거나 겪은 이소명 씨 본인이지 않습니까."

혜석의 말이었다.

"꼭 저만이 사건 당사자라고 할 수는 없죠. 알피와 관련된 일이라면 여기 감식관님도 당사자 아닌가요? 게다가 한참 전부터 사업 그만두고 경찰 일을 하셔서 그런지

276

본인이 보지 못한 일에 대해서도 추리를 잘하시던데요. 그러고 보면 회사를 다른 사람에게 넘긴 것이 꼭 감식관님에게 나쁜 일만은 아니었던 것 같습니다."

소명이 천연덕스럽게 말했다. 도운은 소명의 반응을 종잡을 수 없었다. 조사 초반부터 과거 일을 언급하며 도운을 도발하더니 경찰의 수사가 상당히 진행된 것을 알고서는 가정법을 사용하면서 사건과의 관련성을 인정하는 것처럼 보였다. 그러나 이를 확정지으려는 혜석의 질문을 받자 처음으로 돌아가 다시 도운을 조롱하기 시작했다.

그제야 도운은 소명이 이번 조사에 있어 아주 일관된 태도를 유지했으며, 잠시 협조적인 태도를 보인 것은 위장에 불과했다는 사실을 깨달았다. 도운의 목소리가 높아졌다.

"장난은 그만하십시오. 이소명 씨가 그동안 대단히 똑똑하게 군 것 같지만 결국 어떻게 되셨죠? 저와 신 팀장님이 이소명 씨와 빅터 정, 장택승의 삼각관계를 의심하는 연극을 하고, 빅터 정 씨가 두 번의 살인사건 모두와 관련하여 언론사와 접촉한 정황을 밝혀내 체포영장을 받아내자, 이소명 씨는 본인이 상황에 대한 통제

력을 잃어가고 있다는 초조감에 빅터의 변호사를 만나려다가 우리한테 체포되고 말았습니다. 지금 이 상황은 절대 이소명 씨의 계획일 리가 없어요."

"그래서요? 어차피 제가 이소명이라거나 살인사건에 개입했다는 증거는 없는 거 같은데요. 늦어 봤자 모레면 풀려나겠죠."

"증거가 없다는 건 누구 생각입니까? 우리는 이소명이 고산그룹과의 이면계약을 통해 이번 사건으로 가장 큰 이익을 보리라는 것을 밝혀냈습니다. 당연히 그 계약서도 확보했고요. 또 그 이익을 만들어내는 과정에는 이소명 씨의 애인인 빅터 정이 깊이 관여했지요. 무엇보다 피해자의 사체가 장택승의 기술로 만들어낸 복제 인체라는 명백한 증거가 나왔어요."

"그럴 리, 아니, 그런 게 있다고요?"

"장택승은 판매용 장기를 늙지 않게 하려고 장기 배양시 염색체 끄트머리에 항상 비정상적으로 긴 텔로미어를 붙였습니다. 그리고 저희가 수사 중인 두 번의 살인사건의 피해자 모두한테서 그와 같이 긴 텔로미어가 발견되었고요. 진짜 이소명이 협조한 게 아니라면, 그 복제 신체가 이소명의 집 안에서 발견되고 진짜 이소명은 생존을 숨긴 채 몰래 거리를 활보한다는 게 가능한 일일까요? 게다가 개특법 개정 진행 속도가 느려지자 때마침 새로운 살인 피해자가 등장하고, 별다른 근거도 없이 스토커의 범행으로 추정된다는 보도가 나왔지요.

이러한 정황에 더하여, 제 눈앞에 있는 사람이 이소명이라는 걸 증명하기야 무엇보다 쉬운 일입니다. 이소명이 생전에 신체를 접촉한 곳에서 샘플을 채취하여 유전체 비교만 하면 되는걸요."

소명은 다른 곳을 쳐다보며 잠시 뭔가 생각하는 눈치였으나 딱히 큰 걱정을 하거나 절망과 공포에 빠진 것 같지는 않았다. 소명이 말했다.

"그래서 그렇게 기세등등하셨군요. 정말로 제가 놓친 사항도 몇 가지 있는 것 같고요. 하지만 제가 정말 이소명이라 해도, 정말 그 정도 증거로 유죄판결을 받으실 수 있겠어요? 다른 것도 아니고 살인사건인데. 제가 그 복제인간의 죽음에 관여했는지는 입증이 안 되신 것 같네요. 무슨 이면계약서 얘기를 하시던데, 고산그룹에서 이상한 음모를 꾸미다가 남한테 떠넘기려고 했는지 누가 알까요? 아니다. 애초에 감식관님 말씀대로라면 죽은 사람은 진짜 사람이 아니라 장택승이 만들어낸 복제

인체라는 거잖아요? 그것도 뇌가 발달하지 않아서 의식이 있었던 적도 없는. 그럼 아예 살인사건이 성립할지 자체가 의문인데요?"

"저는 이번 사건 피해자의 뇌가 발달하지 않았다는 말은 한 적이 없습니다."

"알피의 데이터베이스를 구축할 때 장택승이 배양한 인체가 전부 대뇌 발달이 안 되었다고 하셨잖아요. 이번에도 장택승이 배양한 것이라면 마찬가지였겠죠. 감식관님이 증거라고 주장하는 나머지 사항들도 그리 설명하기 어려울 것 같지는 않습니다. 수사상황에 대한 상세한 설명에는 깊이 감사드려요. 하지만 제가 그에 대한 변명을 이 자리에서 할 이유는 없으니, 가능하면 이제 조사는 그만 받고 싶습니다."

지금까지의 조사 내용은 거의 피조사자의 승리와 마찬가지였다. 소명이 지금까지 도운과 많은 이야기를 나누었지만 사실 그 진술내용은 모두 '모른다.'라는 것이거나 '상식적으로 이렇게 했을 것이다.' 하는 추측에 불과했다. 이미 소명의 정체를 확신하고 있는 도운과 혜석에게 그 어떤 새로운 정보도 제공하지 않았다. 소명이 말한 내용 중 그나마 의미 있는 것들이 도운에 대한 도발과 위장이었다. 반면 소명은 경찰이 무엇을 가지고 있는지 상세하게 알게 되었다. 도운이 소명에게 말해준 내용은 모두 경찰의 수사상황에 대한 진실하고도 구체적인 설명이었다.

아직 도운이 제시하지 않고 남겨둔 증거는 한 가지뿐이었다. 갑자기 소명이 고개를 쳐들었다. 엉덩이도 의자에서 거의 떨어질 뻔했지만 가까스로 일어나지 않을 수 있었다. 소명은 책상에 올린 자기 양손을 쳐다보며 다시 몸의 무게중심을 가라앉혔다. 그러자 도운은 입속에서 작게 흥얼거리던 노랫소리를 조금 키웠다. 이소명은 점점 원래의 미소를 되찾았다. 그리고 도운의 노래가 끝날 때까지 아무 말도 하지 않았다.

"이 노래를 아시죠?"

"글쎄요."

"그럼 이건 어떻습니까?"

도운이 스마트밴드를 조작하자 도운과 소명의 옆쪽에 있는 벽이 화면으로 변했다. 감시카메라에서 찍은 듯한 천장 구석 시점의 영상이 나왔다. 소리까지 녹음된 꽤 좋은 화질의 영상이었다. 다시 소명의 손에 힘이 들어가고 얼굴이 굳었다.

"당연한 얘기지만 영상만 있는 것이 아닙니다. 사실 영상은 그 자체로 중요한 증거라기보다, 저희가 확보한 서류의 진실성을 입증해줄 간접적인 증거죠. 이소명 씨와 고산그룹 간의 이면계약서 말입니다."

소명은 꼼짝도 하지 않았다. 도운이 혜석을 보자 혜석이 말했다.

"저희가 도대체 어떻게 자료를 입수했는지 궁금하시겠지요. 맞아요. 우리 디지털포렌식 수사관들이 10000자리나 되는 그런 암호는 절대 해킹할 수 없다, 암호를 걸어둔 사람한테서 암호를 알아내야만 한다고 하더군요. 그것이 금붕어의 DNA에 있다는 것까지는 짐작했지만, 그것을 암호로 변환하는 방법이 상당한 골칫거리이긴 했습니다."

이번에는 도운이 혜석의 말을 받았다. 이소명이 무엇보다 단단하게 숨겨두었다고 생각한 비밀을 풀어낸 과정을 이렇게 두 사람이 함께 공개하는 것은 이소명에게 압박을 주기 위해 처음부터 계획한 부분이었다.

"이소명 씨가 이미 확보하고 있는 장택승의 회사를 이용하지 않고 청계천 근처에 있는 작은 DNA, 단백질 분석 및 합성기 회사를 이용했다는 게 그 다음 힌트였죠. 금붕어의 몸 속에 있는 DNA 서열 그 자체로 암호가 아니라, 그것을 가지고 실제로 단백질을 합성해야 한다고 짐작할 수 있었습니다. 하지만 DNA에서 단백질을 합성한다고 해서 서열 자체가 크게 바뀌는 것은 없어요. 그저 DNA 속 세 개의 염기가 모여서 하나의 아미노산을 지정한다는 것뿐인데, 굳이 단백질을 합성해 보지 않아도 그 정도 변환은 디지털로 얼마든지 가능합니다."

"채 경감 말로는 붕어의 DNA로 합성한 단백질 그 자체에 어떤 생물학적·화학적 반응을 일으켜야 할 거라고 하더군요. 그리고 무슨 반응을 일으켜야 할지는 이소명 씨의 머릿속에 저장되어 있으리라는 게 우리의 추리였고요."

"그래서 처음에는 자연계 혹은 실험실에서 흔히 일어나는 어떤 반응일 거라고 생각했습니다. 한 사람의 머릿속에 복잡한 반응 경로와 그에 관여하는 효소 및 화학 물질의 구조를 모두 기억해 두기는 어려울 테니 반응 전체를 하나의 단순한 개념으로 기억해 두고 정해진 공식을 재현하는 방법이 아닐까 한 겁니다. 하지만 그랬다가는 아무래도 보안성에 문제가 생기겠더군요. 물론 세상에 존재하는 생물학·화학 반응의 종류는 무수히 많고 우연히 그 반응이 일어날 확률은 0에 가깝지만, 그 확률이 실현되는 순간 이소명 씨의 모든 계획은 무너지니까요. 그래서 어쩌면 이소명 씨가 붕어의 단백질과 반응할 열쇠 단백질의 구조 자체를 암기했을지도 모른다고 생각했습니다."

"하지만 평범한 단백질은 보통 아미노산 수백 개의 사슬로 만들어져 있습니다. 사람의 머리로 외우기 불가능한 수준은 아니지만, 그렇다고 흔히 사람들이 기억하는 10자리 비밀번호처럼 간단한 문제도 아니지요. 다만 뭔가 의미 있는 시구나 노래 같은 거라면 기억하기 편할 겁니다. 거기까지 생각이 닿은 뒤엔 사실 운이 따랐지요. 이소명 씨가 외운다고 저희가 알고 있는 노래는 단 하나뿐이었거든요."

"유빈이를 다시 만나셨군요."

지금까지 들은 중 가장 날이 선 목소리였다. 하지만 혜석은 그 감정적인 요동에 딱히 반응을 보이지 않았다.

"유빈 군이 외는 노래의 음정마다 아미노산을 한 개씩 대응시켜서 몇 번 시뮬레이션해 보니, 꽤 괜찮은 구조의 단백질이 나오더군요. 그 단백질을 금붕어의 DNA로 합성한 단백질과 결합하는 순간 4차 구조의 변경으로 아미노산 서열 자체에 변화가 일어났고, 변화한 후의 서열이 바로 저희가 찾던 암호였습니다."

"아드님한테 그 노래를 들려준 특별한 이유가 있었을까요? 상속재산을 전달하고자 한 겁니까?"

소명은 질문에 대답하는 대신 엉뚱한 이야기를 했다.

"두 분 이야기, 정말 재미있었습니다. 하지만 보여주신 영상들이 조작이 아니라고 어떻게 확신하죠? 영상을 보면 모두 이소명의 시점에서 촬영된 것인데, 이소명이 자기에게 불리한 증거들을 왜 남기겠어요?"

이번엔 도운이 답했다.

"그야 고산그룹과 양재호의 배신을 막기 위해서지요. 본인의 죽음을 가장한 뒤 고산그룹에서 정말로 100% 지분권자인 것처럼 행세하거나, 양재호 변호사가 후견인의 권한을 마음대로 휘두르기 시작하면 곤란하니까요. 이소명 씨는 분명히 그들에게 영상의 존재, 그리고 그들이 배신할 경우 영상을 가지고 어떤 조치를 취할지 알렸을 겁니다. 물론 영상의 구체적인 위치가 어디인지, 즉 본인의 집에 있는 어항이라는 것은 비밀로 했겠죠. 그런데 방금 저희가 드린 질문은 이유빈 군과 관련된 것이었습니다만."

"하……."

소명은 말이 없었다. 당연했다. 유빈이와 노래에 관한 혜석의 질문에 답하는 것은 곧 수사관들의 추궁을 모두 시인하는 것과 마찬가지였기 때문이다. 하지만 도운이 보기에 소명이 자신이 생존한 채 알피를 소유하고 있음을 더 이상 부인하는 것은 부질없는 일이었다. 한참 고개를 숙인 채 침묵하던 소명이 마침내 얼굴을 보였다. 그리고 소명의 눈을 본 도운은 소명도 자신과 같은 결론에 다다랐음을 깨달았다. 도운이 침을 삼켰다. 소명은 말을 내뱉었다.

"맞습니다. 제가 이소명이고, 알피의 실제 소유자이며, 저 자신의 죽음을 꾸몄습니다."

도운은 이런 상황에 어떻게 대응해야 할지 몰랐다. 혜석이 얼른 앞으로 한 발 나서며 말했다.

"더 자세히 말씀해 주시겠습니까?"

"솔직히 인상적이었습니다, 두 분. 정말로 알피가 앞으로 돈을 벌 거라는 예상만 가지고 시작해서 그런 기발한 생각들을 다 해내신 거예요?"

소명이 오히려 질문을 꺼내자 도운도 작은 승리감을 누리면서 말을 할 수 있었다.

"사실 복제인간이라는 아이디어를 떠올린 데에는 죽은 이소명의 사체를 본 첫인상의 영향도 컸습니다."

"어떤 면에서 영향을 받았던 거죠?"

"너무 미인이었어요."

소명이 어이없다는 듯이 웃었다. 하지만 그렇게 말하는 도운의 표정은 진지했다. 소명이 다시 물었다.

"요새는 피의자 조사를 할 때 외모 칭찬으로 라포 형성을 하나 보죠? 순식간에 감식관님에 대한 인상이 다시 안 좋은 쪽으로 바뀌려고 하는데요?"

"피부가 너무 좋았어요. 흔히 하는 표현이지만 정말 아기 피부 같았죠. 돈 많고 외모에 신경 쓰는 사람이 피부 관리에 엄청나게 신경을 썼다고 생각할 수도 있지만, 진짜 태어난 지 얼마 안 되는 아기 피부일 가능성도 있다고 생각했죠. 게다가 온몸이 그렇게 난자당한 것도 신경 쓰이는 부분이었습니다."

"그거야 살인범이 증오에 가득 찼다거나, 변태였다거나 하는 식으로 쉽게 설명되는 것 아닌가요?"

"그런 것치고는 너무 성실하고 세세하게 몸 전체를 베었거든요. 온몸에 제대로 된 근육 조직이 거의 안 남아있을 정도였죠. 눈이 뒤집혀 마구 휘두른 칼자국이 아니었다는 겁니다. 그렇다면 그 행위에도 명확한 목적이 있었던 게 아닐까 생각했죠. 예를 들어 죽은 이소명이 사실은 몸을 제대로 움직인 적이 거의 없는 아기여서 그 사실을 숨기려 한 게 아닐까, 하고 말입니다."

"하하하, 대단하십니다. 그럼 빅터를 체포하고 오늘 양재호 변호사를 따라온 것도 처음부터 제가 잡힐 줄 알고 그렇게 하신 거예요?"

"저희가 알고 있는 건 경찰청 내에 정보를 유출하는 스파이가 있다는 것, 아마 빅터도 이소명 씨와 한편일 거라는 것 정도였죠. 그래서 스토커에 의한 살인사건에서 엉뚱하게 데이트 폭력으로 방향을 틀고, 또 이소명 씨가 미리 정해놓은 상속인의 후견인을 통해 본인의 재산권을 계속 행사하려 한다는 걸 저희가 안다는 듯한 인상을 흘리면, 이소명 씨가 빅터의 입단속을 위해 나설 수밖에 없으리라고 생각했습니다. 그래도 직접 빅터의 변호사를 만나러 나오실 줄은 몰랐습니다."

"제가 하려는 일이 좀 규모가 크잖아요. 회사 하나를 국제적으로 수조 규모 시장의 선두에 세우는 것. 이런 건 여러 사람이 저를 따라줘야 가능한 일이거든요. 사실 저를 죽은 사람으로 만든 것도 그런 의미가 있었어요.

'내가 이 정도 희생을 했다.' 하고 보여주는 거. 진정한 리더는 '돌격 앞으로'가 아니라 '나를 따르라'라고 한다잖아요. 다른 사람들을 움직이게 하려면 이 정도는 나서 줘야 한다고 생각했는데, 함정이리라고는 생각도 못 했네요. 변호사도 면담을 마치고 저에게 연락할 때 빅터가 엉뚱하게 의심받고 있다는 얘기만 했고요. 예상치 않게 빅터가 체포돼서 제가 너무 당황했나 봐요."

"그럼 저희가 정리해드린 세부사항 중에 틀린 건 없고요?"

"네, 제 기억에는 다 맞습니다."

도운은 자신의 승리감이 생각보다 작은 이유를 깨달았다. 그것은 이소명이 생각보다 간단하게 혐의를 인정하는 것에 대한 의아함이었다. 하지만 순간 연구자이자 수사관으로서의 궁금증이 이를 앞섰다.

"그럼 제일 먼저 묻고 싶었던 게 있습니다. 일단 죽은 이소명을 칼로 벤 사람은 장택승이 맞는 건가요?"

"네, 맞습니다. 그 사람 DNA가 현장에서 나왔잖아요."

"장택승을 대체 어떻게 설득하신 겁니까?"

"일단 제가 그 사람 회사를 빼앗은 것까지는 알고 계

시죠? 물론 회사를 빼앗을 당시에는 장택승이 저를 별로 좋아하지 않았습니다. 아마 혐오했다고 표현하는 게 더 맞을 겁니다. 하지만 알피의 DNA 초상화 사업과 장택승의 사업을 결합해 훨씬 큰돈을 벌면서 비밀리에 그 책임자 자리에 앉혀주겠다고 하니 넙죽 승낙하더라고요. 저마저 당황스러울 정도로요. 자기는 하고 싶은 연구도 계속하고 돈은 이전보다 더 벌 수 있다면 그걸로 됐다고 했습니다.

그래서 한동안 장택승을 비밀리에 연구책임자로 써먹다가 이번 가짜 살인사건에까지 끌어들인 거죠. 지금까지는 내 밑에서 연구를 했지만 이제는 이름만 바꾸면 제3국에서 연구실을 갖춘 회사 대표를 하게 해주겠다, 어차피 당신의 기존 업체의 기술을 모두 내가 사들였기 때문에 다른 업체에서 일하려면 기술 유출로 걸릴 거다, 내 말에 따르는 게 최선이다, 라고 설득했어요. 결과는 아시는 대로고요."

"그랬군요. 다음으로 궁금했던 것. 입법 운동은 역시 고산그룹의 역량을 이용한 건가요?"

"그렇습니다. 그분들이야 언론, 시민단체, 정치인, SNS 인플루언서까지 손 안 닿은 데가 없죠. 알피가 커지면 물론 경영권은 과반수 지분권자인 저에게 있지만 고산그룹도 돈벌이가 엄청나게 커지는 거니까 적극적으로 일에 참여했습니다."

"그렇다면 고산그룹은 이소명 씨의 살인사건에도 가담한 겁니까?"

"그건 아니에요. 감식관님도 뭔가 개인적인 게 느껴진다고 하셨잖아요. 고산그룹 쪽에는 이소명은 그냥 불의의 죽음을 당한 걸로 하고, 후견인인 양재호 변호사가 저희 집에서 이면계약서를 발견해 제 권리를 행사하면서 저의 죽음을 이용할 방법을 떠올렸다는 식으로 일을 처리했습니다."

그때 한참 동안 조용히 있던 혜석이 끼어들었다.

"그런데 아무리 빠져나갈 구멍이 없어 보여도 이렇게 쉽게 사실을 인정하셔도 됩니까? 여태까지의 큰 계획이 다 무너지는 건데?"

"이미 개특법 개정안은 거의 통과되었고, 설령 이번 사건이 꾸며낸 거라고 하더라도 스토커한테 피해를 입는 여성들은 분명 수도 없이 존재해요. 저와 제 회사를 필요로 하는 엄청난 수요가 있다고요."

혜석은 소명의 '제 회사'라는 말에 도운의 눈썹이 꿈

틀하는 것을 보았다.

"여전히 개특법이 개정될 거라고 보십니까?"

"물론이죠. 혹시 감식관님은 제가 오로지 돈 때문에 신분까지 지운 거라고 생각하세요?"

"그래요, 사실 그 부분도 의문이긴 했습니다."

소명이 대답하기 시작했다. 소명은 말을 하면서도 예전 일들을 회상하자 새삼 화가 나는 눈치였다.

"돈 주는 사람이 갑인 건 세상 모든 업계가 마찬가지죠. 저는 조 단위의 돈을 굴리는 직업 투자자, 그것도 스타트업 전문입니다. 저한테 돈을 받으려는 사람들은 저아니면 바로 회사 문 닫아야 할지도 모르는 영세한 업체들이에요. 상식적으로 제가 갑, 그냥 갑이 아니라 절대 갑이어야 합니다. 그런데도 제가 어디 전화해서 대표랑 대화하려면, 제가 실제로 돈을 줄지 말지 결정하는 사람이란 걸 몇 번이나 설명하고 설득해야 돼요. 제가 젊은 여자이기 때문에요.

오히려 처음 컨택할 때가 그나마 낫죠. 기업 잠재가치 평가 들어갔는데 분위기가 좋으면, 밖에서 따로 술한잔 하자는 남자들이 나타납니다. 만약 평가 결과가 나빠서 떨구려고 하면 그런 회사의 대표들은 여기 신 형사님이 맨날 상대하는 그런 거친 사람들의 행동과 말투를 구사하기 시작하죠. 최악의 경우에는 스토커가 되고요. 회사가 망하고 나면 달리 할 일도 없고 저 때문에 망했다고 생각해서 그런지 정말 끈질기고 집요한 스토커가 된다고요."

"그게 이소명 씨가 벌인 일이랑 무슨 상관입니까?"

"그러니까 그런 사람들을 찾아서 혼내줄 수 있는 법이 필요하단 말입니다. 개특법은 제가 꾸민 사건이 드러나건 말건 사회의 근본적 수요에 따라 개정될 겁니다. 이번 사건은 이미 재어 놓은 화약에 불을 댕길 공이로 준비한 것에 불과하다고요. 감식관님이 제가 이번 가짜 살인사건을 꾸민 첫 번째 이유를 돈이라고 추측하셔도 부인할 생각은 없지만, 그래도 사회적 수요를 실현한다는 인식도 분명하게 가지고 있었어요. 게다가 개인적으로 여자의 이름과 얼굴로 사업하는 데 지치기도 했고요. 그냥 이번 기회에 죽은 사람이 되어 표면적으로는 퇴장하고 비밀 지분으로만 회사를 지배하려고 했죠. 상속인으로 할 양자도 세워뒀고, 대표이사하고도 얘기가 됐고요."

도운은 어이가 없다는 표정이었다.

"어쩌면 신 형사님은 아실지도 몰라요. 형사님은 강력 범죄자들을 잡는 사람이니까, 당연히 그 사람들한테 갑이겠죠?"

"저는 시민에게 봉사하는 공무원입니다."

"누가 뭐래요? 어쨌든 범죄자 입장에서는 자기 운명을 쥔 형사님 눈치를 보고 두려워해야 하잖아요. 그런데도 형사님이 젊은 여자라고 무시하는 사람들 있지 않아요?"

"이소명 씨도 별로 저를 두려워하지는 않는 것 같은데요."

혜석은 건조하게 답했지만 입가를 씰룩이고 있었다. 실제로 강력 범죄 피의자 중에는 자기를 붙잡고 조사하는 혜석마저도 '여자애'로 생각하는 사람들이 적잖이 있었다. 그런 자들은 걸핏하면 혜석의 상사를 찾거나 은근히 한마디씩 말을 놓고는 했다. 때로는 혜석의 신변의 안전을 위협하는 말을 하기도 했다. 물론 그런 말을 한 자들은 대개 혹독한 대가를 치렀다.

"에이, 저는 큰 죄를 안 지었으니까 그런 거고요."

"살인죄를 저지르셨는데요?"

"아, 저는 살인죄를 저지른 게 아닙니다. 살인사건을

꾸민 거죠. 형사님들이 발견하신 시체는 진짜 사람이 아니잖아요. 한 번도 깨어난 적이 없고 뇌는 있지만 신경망이 발달하지 않은, 인형 같은 거였다고요.

아까 형사님도 저 체포할 때 말씀하셨잖아요. 공무집행방해였나? 그거 형량이 얼마나 되나요? 사회적으로 아예 죽을 각오도 했었는데 그깟 징역형 조금 살면 되죠. 그리고 나오면 제 회사는 지금과는 비교도 안 되게 커져 있을 거예요."

혜석은 또 한 번 소명의 '제 회사'라는 말에 도운이 숨을 크게 들이쉬는 것을 보았지만 모른 척하고 계속 소명에게 물었다.

"그런데 이소명 씨는 정말 죽은 이소명이 의식 없는 인형이었다고 알고 계십니까?"

"네? 그렇게 아는 게 아니라 그게 사실이라니까요."

"저희가 이소명 씨를 체포할 만한 증거를 잡은 것은 이소명 씨의 사건 통제가 완벽하지 못했기 때문이지요. 이소명 씨가 장기 배양이나 유전체 전문가가 아니라서 그런 실수가 있었던 겁니다. 그런데도 죽은 이소명 씨의 분신이 정말 지금 말씀하시는 것처럼 그저 몸뚱어리에 불과했다고 확신하십니까?"

"장택승이 분명히 저에게 그렇게 말했어요."

여유를 찾았던 이소명의 목소리가 다시 흔들리기 시작했다. 도운이 다시 나섰다.

"저는 의사도 아니고 인체 발생 전문가도 아니지만, 전문가의 말을 듣고 이해할 정도의 지식은 있습니다. 당연히 이번 가설을 세운 뒤 바로 이소명의 부검의와 제가 아는 발생학자에게 문의를 했고요.

죽은 이소명은 의학적으로 완벽한 인간이었습니다. 신경망도 충분히 발달했고, 그 나이의 성인에 어울리는 정도는 아니지만 근육을 사용한 흔적도 약간 있었습니다. 저희는 처음에 피해자의 몸에서 저항한 흔적을 발견하지 못해, 피해자가 자는 사이에 마취를 한 뒤 살해한 걸로 생각했어요. 하지만 혈액 약독물 검사 결과 마취제의 흔적은 전혀 없었죠. 부검 동영상을 천천히 다시 돌려본 결과 그 미약한 손가락의 손톱 밑에서 살인자에게 맞서다 생긴 멍 자국을 발견했습니다."

여기까지 말한 도운은 잠시 목이 메는 듯했다.

"이소명 씨, 당신은 당신과 같은 인간, 당신 쌍둥이의 가슴에 칼을 찌르고 수백 번 그 몸을 벤 것입니다."

"아니, 분명 장택승이……!"

"장택승이 이소명 씨에게 그렇게 말했는지 아닌지는 확인해 봐야겠죠. 만약 이소명 씨 말이 사실이라면, 사실 장택승은 이소명 씨에게 복종하지 않고 계속 복수의 칼날을 갈고 있었던 게 아닐까요? 그래서 이소명 씨의 분신을 죽이면서 대리로 복수심을 충족하고, 또 이소명 씨에게 살인죄까지 씌운 거죠."

그때 혜석이 다시 나섰다.

"다행이랄지 모르겠지만 그나마 두 번째 시체의 대뇌는 정말로 미발달 상태였습니다. 아무튼 개특법 개정과 이소명 씨의 회사를 위하여 어떤 원대한 계획과 프레임을 갖고 계신지는 몰라도, 살인자의 신분으로는 계획을 실행하기 어려우실 겁니다."

이소명은 제자리에서 고개를 흔들었다.

"아니, 절대 아닙니다! 설령 장택승이 진짜 사람을 만들어서 죽였다고 하더라도 저는 모르는 일입니다. 살인의 고의가 없다고요!"

"역시 법 공부도 해서 오셨군요? 그래요, 그건 천천히 따져봅시다. 하지만 아마 오늘 밤에는 미처 공부하지 못한 사항에 곧바로 적응하셔야 할 겁니다. 유치장 생활이 그리 유쾌하지는 않을 거예요."

# 종장

그 뒤 약 5개월이 흘렀다. 이소명의 협조로 붙잡혀 온 장택승은 이소명에게 모든 상황을 자세히 설명했다고 주장했고, 이소명은 설명을 듣지 못했다고 주장했다. 다만 소명은 최후변론에서, 자신은 인형을 죽이는 걸로 잘못 알았지만 결국 장택승에게 살인을 저지르게 한 것은 사실이고, 그 때문에 죽은 쌍둥이 자매에 대한 죄책감을 떨칠 수 없다고 말하며 눈물을 쏟았다. 방청석을 가득 메운 기자들은 당연히 이 내용을 그 날의 가장 중요한 뉴스로 보도했다. 한국이 선도하는 생명공학 기술을 놓고 탐욕스런 중국계 사업가와 당찬 한국인 여성 사업가가 대결하는 구도가 그려졌다.

사실 장택승은 소명이 아무것도 몰랐다고 진술할 경우 혼자서 살인의 모든 책임을 뒤집어쓸 수밖에 없었다. 설령 정말로 장택승이 소명에게 제대로 설명하지 않은 채 일부러 소명의 복제인간을 뇌신경망이 제대로 발달한 인간으로 만든 뒤 살해했다고 하더라도, 그것을 사실대로 말할 상황이 아니었던 것이다.

결국 1심 법원은 이소명의 살인교사죄에 대한 유력한 증거인 장택승의 증언에는 위증을 할 만한 동기가 있기에 이를 그대로 신빙할 수 없고, 기존 장택승의 업체에서 배양한 인체들의 대뇌 신경망 발달이 제한된 점에 비추어보면, 이소명이 이번에도 자신의 복제인체가 신경망이 형성되지 않은 인형일 거라고 생각했다는 주장에 신빙성이 없다고 할 수 없다면서, 소명의 살인교사 혐의에 대해 무죄를 선고했다.

그러나 가짜 살인사건을 만들어낸 위계공무집행방해죄에 대하여서는 유죄 판단과 함께 징역 3년이 선고되었다. 법조계에서는 이것을 이례적인 중형이라고 불렀다. 검사는 항소심에서 재판을 뒤집겠다고 이를 바득바득 갈았다.

자신의 유죄를 인정한 장택승은 살인죄로 징역 20년 형을 선고받고 구치소 안에서 독약을 제조하여 자살을 시도하였으나, 한쪽 손이 마비되는 데에 그치고 더 이상 같은 시도를 하지 못했다.

　소명과 함께 법정에 선 빅터는 범행을 자백하면서도 자신은 소명의 카리스마에 휘둘린 하수인에 불과하다고 주장했고 소명도 이를 인정했다. 집행유예를 예상한 것인지, 1심에서 징역 1년을 선고받고 법정 구속되는 빅터의 얼굴은 창백해져 있었다.

　국회는 결국 개특법 개정안을 통과시켰다. 혜석은 잘나신 의원님들이 겨우 돈에 눈먼 여자 한 명의 공작에 놀아났음을 인정하기 싫었던 것 같다고 분석했다. 대신 DNA 초상화의 적용을 확대하는 범위는 최소화하여, 피해자의 신체에 대한 구체적인 협박이 가해진 스토킹 범죄에 관하여서만 경찰의 DNA 초상화 작업을 허가하고, 민간인에게는 여전히 전면 금지 상태로 남아 있게 되었다.

　그러나 소명은 살인죄에 대해서 무죄를 선고받자 아직 일이 끝나지 않았다고 생각하는 모양이었다. 소명은 계속해서 양재호 변호사를 통해 외부단체와 연대하여 입법운동을 개진하고 있었다.

소명과 유빈이의 양자관계는 유지되었다. 입양을 하기 전이었다면 소명의 범죄가 입양의 결격 사유가 되겠지만, 이미 입양을 해서 1년간 엄마로 지낸 자를 다시 떨어뜨리는 것은 오히려 어린이의 건전한 정서발달에 방해될 것이라는 게 법원의 판단이었다. 물론 소명이 구속되어 재판을 받는 동안에도 새로운 변호사가 후견인으로 나타나 소명의 재산권을 대신 행사하여 유빈이에 대한 경제적 지원이 지속되었다는 점이 중요한 고려 요소로 작용했을 것이다.

도운은 성현에게 소명이 자신들의 기업을 무너뜨린 장본인이었다는 사실과, 비록 그 일로 인해서는 아니지만 같은 맥락에서 행한 일로 형벌을 받게 되었다는 사실을 전하고 싶었다. 하지만 지난번 만남 이후로 성현을 만나는 것은 도운에게 두려운 일이 되었다. 결국 도운은 성현에게 긴 편지를 보냈다. 이메일 주소만 알았더라도 그렇게 많은 손 글씨를 쓰지는 않았겠지만, 성현의 업무용 이메일 주소는 없어진 지 오래였고 개인용 이메일 주소 또한 더 이상 사용되지 않고 있었다. 모처럼 정성을 들인 손 편지였지만, 답장은 오지 않았다.

감식관실에 드나드는 모든 서류를 보고 도운의 대화를 엿들으면서 수사 정보를 유출했던 이는 규영이었다. 규영은 곧바로 사표를 냈지만 수리거부당한 뒤 파면처분을 받았다. 형사 처벌을 할지는 아직 경찰청에서 검토가 진행 중이었다. 도운은 새로운 행정요원을 받았고, 매일 얼굴을 보는 직장 동료와 멀지도 가깝지도 않은 업무적 거리를 유지하는 훈련을 하게 되었다.

그리고 도운은 소명의 수사접견 요청을 받았다. 뭐라도 정보를 얻을지 모른다고 생각한 도운은 서울구치소를 방문했다. 감식관인 도운은 경찰임에도 불구하고 구치소에는 처음 와보는 것이었다. 서울구치소는 한때 의왕시의 외곽에 있었지만, 서울 남쪽의 모든 도시들이 비대해지면서 구치소도 몸집 커진 의왕시의 시내구역에 들어가게 되었다. 토끼와 곰돌이, 어린이가 뛰노는 4미터 높이의 빈틈없는 벽과 이를 마주보고 있는 아파트, 중학교의 모습은 벽화를 그린 대학생이 보기에도 기괴했을 것이다.

구치소의 내부는 더 기괴한 구조였다. 교도관의 안내를 따라 둥근 나선 대신 직사각형의 달팽이집처럼 생긴 복도를 지나가던 도운은 3분을 걷고도 여전히 복도 한

가운데에 있던 시점에야, 그것이 수용자들의 탈주를 막기 위한 구조라는 것을 깨달았다. 교도관은 도운을 경찰관들이 수용자를 조사할 때 사용하는 수사접견실로 데려갔다. 여러 개의 책상이 줄줄이 놓인 곳에 경찰과 수용자들이 마주보고 앉아 있었다. 도운이 앉은 책상 앞에 잠시 뒤 소명이 도착했다.

"오랜만입니다, 감식관님."

"네, 오랜만입니다. 구치소에 계신 분께 잘 있었냐고 묻기는 우습군요."

"하하, 그렇죠. 그래도 접견을 와주셨네요."

"이소명 씨가 굳이 저를 지목하셨다기에, 수사팀의 일원으로서 혹시 저에게 주실 만한 정보가 있나 해서 와봤습니다."

"죄송하지만 딱히 정보는 드릴 게 없습니다. 이미 감식관님이 다 알아내셨고, 재판에서도 밝혀진 것처럼 저는 제 분신이 살아있는 줄은 정말로 몰랐습니다. 다만 그 사실을 알고 나니 감식관님께 부탁하고 싶은 일이 생겨서요."

"수사 대상자한테서 부탁을 받지는 않습니다. 정보가 없으시다면 돌아가겠습니다."

"저를 위한 게 아니니까 한 번만 들어봐 주세요. 죽은 이소명, 아니, 이제는 제 이름으로 부르기도 미안하네요. 아무튼 그 사람을 위한 일입니다."

그대로 자리를 떠나려던 도운은 소명의 마지막 말에 멈칫했다.

"정 그렇다면 부탁을 듣기 전에 저도 질문 하나만 하죠. 대답에 따라 이소명 씨의 부탁이 무엇인지 들어보겠습니다."

"부탁이 무엇인지 들어본다는 게 아니라 부탁대로 해주겠다고 약속하셔야 되는 거 아니에요?"

"그렇다면 이소명 씨가 먼저 제 질문에 성실하게 대답하겠다고 약속하시든가요."

"흠……."

소명은 잠시 계산하는 눈치였다.

"그래요, 서로 일단 상대방이 뭐라고 하는지 들어나 보죠."

"제 질문은 정말 이소명 씨가 단지 돈 때문에 그 모든 일을 꾸몄냐는 것입니다. 본인의 복제인간을 죽인 일 말입니다."

"그때 말씀드리지 않았어요? 돈이 가장 큰 목적이라

306

고 말씀하셔도 부인하지는 않겠지만, 젊은 여성 사업가로서 부딪히는 현실이 너무 짜증 났다고. 그리고 사실 사회적 자살이라는 발상을 떠올린 데에는 카지노 사건의 교훈도 있었어요. 애초에 개특법이 통과된 것 자체가 살인사건 하나가 발단이었잖아요. 한 사람의 죽음과 그에 대한 언론의 적절한 반응이 있다면 법을 만들 수 있다. 그렇다면 역시 한 사람의 죽음으로 법을 없애는 것도 가능하겠구나 생각했죠."

"저는 그걸로도 설명이 모자란 것 같습니다. 사람들과의 사회적 관계가 힘들고 법이 불합리해서 자신의 사회적 존재를 지워버린다? 그건 문제를 해결하는 게 아니라 문제를 없애버리는 일인데, 제가 볼 때 이소명 씨는 웬만하면 문제를 해결하는 똑똑한 사람이었거든요."

소명은 미소를 띠면서 갑자기 양 손바닥을 들어 펼쳐 보이더니 손목을 서서히 돌렸다.

"이 작은 손 좀 보세요. 제가 제 손아귀에서 다룰 수 있는 일이 그렇게 많지 않아요. 문제를 해결하지 못한다면 그냥 그 문제에서 도망치는 걸로도 족할 때가 있답니다, 감식관님."

하지만 소명의 말투는 자신의 말을 믿어달라는 것이

아니었다. 아무래도 도운은 한동안 같은 질문을 자신에게 몇 번 더 해야 할 모양이었다.

"어쨌든 제 부탁이 무엇인지 들어보실 차례인 것 같네요. 제 부탁은 죽은 이의 장례를 다시 치러 달라는 거였어요."

"죽은 이소명이요? 장례식이라면 이미 한 번 성대하게 치르지 않았습니까?"

"그건 진짜 저의 가짜 장례식이었죠. 이번엔 가짜 저, 아니 또 다른 저의 진짜 장례식을 치르고 싶어요. 세상에 딱 2주간 존재하다가 자길 만든 사람의 칼에 찔려 죽은 그 아이는 자기를 추모하는 장례를 치르지 못했어요."

도운은 소명을 빤히 쳐다보았다.

"법정에서 쏟은 거짓 눈물로는 부족한 것 같으십니까? 이제는 자기가 죽이지도 않은 피해자의 장례까지 챙기는 사려 깊은 사람이 되려고 하시는군요."

"하하, 아니에요. 감식관님께서 저를 싫어하시는 거야 이해는 되지만 그때 쏟은 눈물도 진짜고, 장례를 부탁하는 것도 진심입니다. 그리고 저하고는 무관하게, 죽은 이소명에게 제대로 장례를 해줘야겠다는 생각은

308

혹시 안 드세요?"

소명이 도운이 원래 피해자들의 장례식에 참석하는 습관이 있다는 정보를 입수한 것인지, 도운과 대화한 몇 시간 만에 그 성격을 속속들이 파악한 것인지는 알 수 없었다. 어쨌든 도운으로서는 거절하기 힘든 부탁이었다.

그렇게 해서 도운은 죽은 소명의 골분을, 마포구 차 없는 거리의 가로수 밑에 뿌리게 되었다. 살아남은 소명은 그곳이 자기가 좋아하던 동네라면서, 죽은 소명이 어디를 좋아할지, 그곳을 좋아했을지는 알 수 없지만 그나마 자신과 취향이 비슷하지 않겠느냐고 했다. 일리가 있는 말이었다.

도운은 골분을 뿌린 자리에서 묵념했다. 가벼운 가을바람에 도운의 바지 자락이 흩날렸다. 그때 인기척이 다가왔다. 도운은 무시하고 계속 묵념했지만, 옆에 다가온 사람이 다시 떠나지를 않고 있었다. 결국 도운은 눈을 떴다.

도운의 옆에 다가와 조심스럽게 선 두 남자는 둘 다 캐주얼 차림에 하나는 카메라를 들고 있었다. 모두가 스마트밴드 내장 카메라를 이용하는 시대에는 보기 드문 모습이었다. 카메라를 들지 않은 자가 말을 걸었다.

"저, 혹시 서울지방경찰청 채도운 감식관님 아니십니까?"

"맞습니다만, 누구신지?"

"아, 네, 실례했습니다. 저는 한국신문 기자 정재철이라고 합니다. 다른 취재차 지나가는 길인데 마침 감식관님 계신 게 보여서 인사드리려고요."

"아, 성함을 들으니 알겠네요. 감식관실에 전화 몇 번 주셨었죠."

"네, 맞습니다!"

도운이 자신의 이름을 기억하자 재철은 크게 반가워하며 살갑게 말했다.

"그때 정말 좋은 사건 하셨죠. 기자들도 다들 수사팀 대단하다고 깜짝 놀랐었습니다. 6개월이 지났지만 지금도 그 가짜 시체를 생각하면 황당합니다."

"가짜 시체가 아니었습니다. 죽은 사람이 우리가 알던 이소명은 아닐지 몰라도 진짜 사람이긴 했어요."

"아, 네. 그렇죠. 뭐 어쨌든 그게 진짜 사람인 건 이소명이 몰랐다는 게 법원 결론이잖습니까."

"네, 그랬죠."

도운의 얼굴이 조금 어두워졌다. 재철이 분위기를 바꾸려는 듯 도운에게 물어보았다.

"그런데 손에 들고 계시는 단지는 뭔지 여쭤봐도 되겠습니까?"

"아, 이건 방금 말씀하신 사건 피해자의 골분 단지입니다."

재철이 놀라는 투로 반문했다.

"피해자 골분이요? 어쩌다 그런 걸 이런 곳에 들고 나오셨어요?"

"간소하게라도 장례를 치러 줄까 해서요. 지난번 장례식은 사실은 지금 살아 있는 이소명의 장례식이었으니까, 이 죽은 사람은 진짜 장례를 못 치른 거죠."

"아, 무슨 말씀이신지 알겠습니다. 그런데 경찰관이 그런 의무나 권한이 있는 건가요?"

"꼭 그렇진 않습니다만, 부탁을 받았습니다."

"어떤 부탁을 받으셨는지?"

"이 이상은 사적인 얘기라서……."

"아, 네. 그러시죠! 알겠습니다. 나머지는 저희가 확인해 보겠습니다."

"확인해 보시겠다니, 지금 혹시 저를 취재하신 건가요?"

그제야 수상함을 느낀 도운이 재철을 다그쳤다.

"그게 꼭 저희가 감식관님을 취재하러 왔던 건 아니고 어쩌다 보니 그렇게 된 것 같은데, 정식 취재는 아니고 아무튼 그렇게 되었다고 보셔도 될 것 같습니다."

"그게 무슨 말입니까. 혹시 제가 오늘 피해자 장례를 치른 게 뉴스가 될 수도 있는 겁니까?"

"원하시면 감식관님 성함이랑 직함이랑 다 가려드리겠습니다. 걱정 마세요. 그냥 장례를 부탁한 사람이 누구인지랑, 장례가 치러졌다는 내용만 보도할 겁니다. 말씀드린 것처럼 누가 부탁했는지도 감식관님이 말해주실 필요 없고, 저희가 알아서 하겠습니다."

이제 기자는 아예 노골적으로 소명을 위한 기사를 쓰겠다고 말하고 있었다. 그러나 도운의 이름과 신분도 가려주겠다는 마당에 도운이 그 보도를 막을 명분은 없어 보였다.

정중하게 인사하고 가는 두 사람을 씁쓸하게 바라보던 도운은 갑자기 큰 목소리로 그들을 불렀다.

"기자님들!"

재철이 뒤돌아보고 손으로 자기 가슴을 가리키며 '저요?' 하는 입 모양을 해보이더니, 다시 사진기자와 함께 도운에게 걸어왔다. 도운이 말했다.

"기왕 오신 김에, 조문이라도 하고 가시죠."

"조문이요?"

"어차피 꽃이나 향 같은 건 없고, 길바닥에서 절을 하기도 뭣하니까 그냥 묵념만 하셔도 됩니다."

기자들이 서로를 쳐다보며 쭈뼛쭈뼛하더니, 결국 재철이 사진기자에게 먼저 말했다.

"묵념할까?"

사진기자는 어깨를 으쓱했다. 두 사람은 서로의 눈치를 살피며 다시 도운이 들고 있는 골분 단지 쪽으로 돌아선 뒤, 눈을 감고 고개를 숙였다.

도운은 조문객을 받기로 한 자신의 선택이 옳은 것인지 알 수 없었다. 다만 그가 잡은 범인이 피해자의 쌍둥이로서 그 취향을 짐작해 장례 장소를 골랐듯이, 도운도 피해자와 유전체의 99.9%가 겹치는 같은 인간으로서 그 마음을 짐작하고자 할 뿐이었다.

# 작가의 말

제일 먼저 누구보다도 이 책을 집어주신 독자분께 감사드린다. 부디 선택을 후회하지 않으셨길 빈다. 보답의 뜻으로 몇 가지 사소한 지식을 전해드리자면, 빛은 질량도 없는 주제에 신기하게도 물체에 닿으면 거기에 압력을 가한다. 또 판다는 한때 '커다란 체구와 판다곰이라는 통칭에도 불구하고 사실은 너구리과'라는 게 일종의 재미있는 상식으로 통했으나, 나중에 분자생물학적 검사 결과 곰과로 확인되었다. 마지막으로 영화사 최고의 감독은 〈역마차〉, 〈나의 계곡은 푸르렀다〉 등을 촬영한 존 포드이다.

이 책에 대한 이야기로 돌아가서, 장르소설과 영화의 팬으로서 나도 저렇게 재밌는 이야기를 만들어보고 싶다는 꿈을 거의 20년 전부터 꾸었지만, 그것을 서랍에서 꺼낼 용기를 얻은 것은 그 사이에 계속 글을 쓴 선배 장르 작가들 덕이었다. 판을 여기까지 만드신 분들께 감사드린다.

그래도 글을 쓰지 않은 그 시간을 꿈만 품고 낭비한 것은 아니어서, 10년 가까이 직장생활을 하면서 나름 다양한 일을 겪고 들었다. 그것들을 녹여 이야깃감을 만들어보니 도둑질과 살인이 주된 내용이었다(10년간 도둑질과 살인을 했다는 이야기는 아니니 걱정 마시라). 사실은 고전과 전통을 좋아하는 쪽이라, 범죄를 다룬다면 이를 추적하는 이야기를 그려야겠다고 생각해 경찰들을 주인공으로 했다. 그리고 나의 SF에 대한 사랑을 반영해 미래의 과학수사 기법을 넣었다.

작품을 쓰면서 가진 목표는 SF와 추리소설의 지적 즐거움을 한꺼번에 독자에게 전달하는 것이었다. 혜석과 도운의 수사과정이 재미있게 다가갔으면 좋겠다.

제목에도 암시했지만 도운과 혜석, 그리고 어쩌면 다른 인물들도 재등장하는 이야기를 두 편 정도 더 구상하고 있다. 더더욱 놀랍고 정교하고 스릴 있는 이야기로 만들어보겠다. 후속편의 빠른 발간을 위하여 이 책에 많은 성원을 부탁드린다.

　책의 출간까지 많은 분들의 힘씀이 있었다. 원시의 원고를 훌륭한 책으로 완성해주신 그래비티북스와 허문원 편집장님께 감사드린다. 그리고 꾸준히 지원해주신 윤여경 선생님이 없었다면 이 책이 세상빛을 보기가 조금 더 어려웠을 것이다.

　글을 쓰기 시작한 뒤 지속적으로 격려해 준 친구들에게도 고마운 마음을 전한다. 특히 지로와 상효는 줄글로 된 자세한 감상을 전해 주었고, 김주현 박사는 과학기술적인 내용에 대한 감수는 물론 이야기의 핵심 수수께끼에도 많은 아이디어를 제공했다. 소설 속 법적인 내용에 대한 질문에 답해 주신 모 법조인께도 감사한다. 그럼에도 불구하고 과학적으로, 법적으로 부정확한 내용이 책에 담겼다면 그것은 전적으로 나의 책임이다. 소설적 재미를 위하여 희생한 부분도, 그냥 내가 모자라서 잘못 쓴 부분도 있을 것이다.

　물론 내가 글을 쓸 수 있었던 것은 무엇보다 가족들 덕이다. 그들에게 가장 깊은 감사를 전한다.